时晨——著

水浒猎人

②

人民文学出版社

图书在版编目（CIP）数据

水浒猎人 . 2 / 时晨著 . -- 北京：人民文学出版社，
2018

ISBN 978-7-02-013152-5

Ⅰ . ①水… Ⅱ . ①时… Ⅲ . ①长篇小说—中国—当代
Ⅳ . ① I247.5

中国版本图书馆 CIP 数据核字 (2018) 第 051877 号

责任编辑：甘　慧　张玉贞

出版发行　人民文学出版社
社　　址　北京市朝内大街 166 号
邮政编码　100705
网　　址　http://www.rw-cn.com

印　　刷　上海利丰雅高印刷有限公司
经　　销　全国新华书店等

开　　本　890 毫米 ×1240 毫米　1/32
印　　张　10
字　　数　223 千字
版　　次　2018 年 9 月北京第 1 版
印　　次　2018 年 9 月第 1 次印刷

书　　号　978-7-02-013152-5
定　　价　45.00 元

如有印装质量问题，请与本社图书销售中心调换。电话：010-65233595

朝廷实时海捕赏金榜

匪盗榜

水泊梁山	宋江	一万贯文
水泊梁山	关胜	两千贯文
水泊梁山	武松	一千五百贯文
水泊梁山	鲁智深	一千贯文
水泊梁山	杨志	九百贯文
水泊梁山	孙二娘	三百贯文
水泊梁山	燕青	八百贯文
光之国	方腊	九千贯文
夜行者军团	孙列	四千贯文
破戒僧兵团	崔道成	四千五百贯文

谍人榜

辽　代号"灰狼"	三千贯文
大理　代号"阿修罗道"	两千五百贯文
徐燎	一千贯文

命匪榜

祝家庄　栾廷玉	六百贯文
扈家庄　扈三娘	四百贯文
兵诛城　唐霄	一千五百贯文
药王谷　杨采苓	一百贯文
龙虎山　祝永龄	三百五十贯文
流寇　张闲	十贯文

梁山泊机构和头领布置图

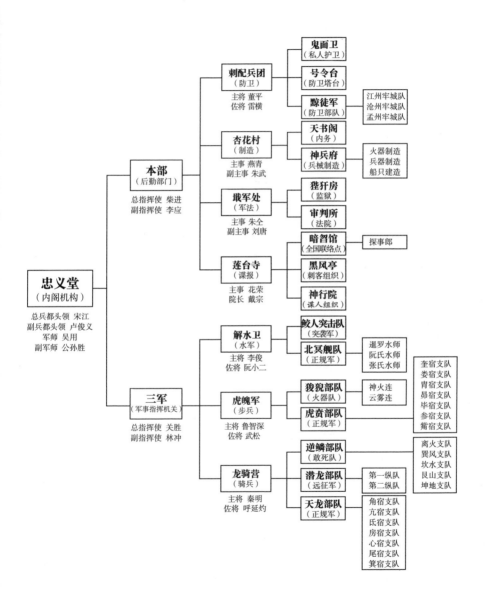

目录

众头领且来看晁盖时，那枝箭正射在面颊上；急拔得箭出，血晕倒了。看那箭时，上有"史文恭"字。林冲叫取金枪药敷贴上。原来却是一枝药箭，晁盖中了箭毒，已自言语不得。林冲叫扶上车子，便差三阮、杜迁、宋万先送回山寨。其余十五个头领在寨中商议："今番晁天王哥哥下山来，不想遭这一场，正应了风折认旗之兆。我等只可收兵回去，这曾头市急切不能取得。"呼延灼道："须等宋公明哥哥将令来，方可回军。"

——《水浒传》第六十回

第一章 禁军

　　乳白色的定瓷香熏炉里，燃起袅袅青烟，将禅居内熏染得满室幽香。

　　礼部侍郎张叔夜端坐在案几之前，静品焚火熏香之雅趣。每天深夜时分，张叔夜最重要的事情就是焚一炉香，暂时抛却一切公务，坐在炉前静思，让他长期绷紧的神经得到舒缓。

　　而今他已逾天命之年，回顾入仕以来的数十个春秋，几乎每日都在仓皇中度过。

　　他少时就喜谈军事，成年后便任兰州录事参军。兰州地处大宋西北边境，正是羌患的重灾区。张叔夜反复考察地势，在大都建了一座叫作西安州的城池，有力遏止了羌人的侵袭，为朝廷缓解了边疆不安定的忧患。宋徽宗大为赏识，并重用张叔夜。其后，他又曾担任过襄城、陈留知县，以及舒、海、泰三州知州。

　　然而，张叔夜的仕途并非一帆风顺。大观三年，其弟弹劾奸臣蔡京，与蔡京结下深仇，多次遭到蔡京的暗中弹劾。无奈官家对蔡太师言听计从，因此，张叔夜也颇为无奈。长期的精神压力使他落下了虚损劳瘵的病症，时常受到"五心烦热"的痛苦，如果不焚香静心，夜里觉都睡不安稳。

正胡思乱想，屋外的卫兵忽然隔着门报道："张大人，韩将军来了。"

张叔夜眼也不抬，随口道："请他进来。"

门"吱"的一声推开，一位身材魁伟的青年，大步跨进禅居，对张叔夜拜道："下官韩世忠，参见张大人。这么晚了，不知张大人召来下属，有何事指教？"

这青年身材高壮，肩背厚实，只是脖子略短。最吸引人的，莫过于他两条粗浓的双眉，仿佛用黑墨涂抹在眼上一般。浓眉之下，是一对精光四射的眸子和坚挺的鼻梁，他的嘴唇略厚，衬得他那张国字脸分外硬朗。此人便是天下闻名的禁军四大将之一，韩世忠。

韩世忠出身贫寒，十八岁便应募从军。有一年，在大宋与西夏的攻城激战中，韩世忠爬上墙头，以一敌百，凭一人之力一举斩杀敌军头领，名扬天下。和他战斗过的人，无不畏惧他的勇猛，称其为"鬼面夔"。

张叔夜指了指边上的座椅，示意韩世忠坐下，然后起身递给他一封密函。韩世忠接过之后，匆匆扫视了一遍，大惊失色。

"这……这是怎么回事？"韩世忠两条浓眉皱起，面上流露出困惑的神色，"想不到朝廷竟发布了征寇令？"

"前几日早朝，蔡太师出班，细数梁山贼寇罪行，奏请官家出兵讨伐梁山泊。不知韩将军是否记得那位御史大夫崔靖？"

韩世忠点了点头，说记得。

张叔夜续道："此人当年因曾主张招安，当日便被官家送去了大理寺问罪。蔡太师还举荐童贯亲率大军，去剿扫梁山泊草寇。童贯立刻应了，官家随即下圣旨，赐与金印兵符，任其从各处调选军马，择日出师起行。"

"这媪相如何剿梁山泊？"韩世忠话甫出口，便明白道，"是了，蔡太师知道梁山囤重兵集结于少林，此时趁梁山泊内防空虚，快速出兵，正是千载难逢的好时机。他不想增兵给我们，自己却举兵打梁山泊，美其名曰'围魏救赵'，其实是在抢功。若梁山远征军孤注一掷，奋力攻打少林怎么办？蔡太师此举，是要让我们陷入更危险的境地。"

韩世忠口中所谓的"媪相"，乃当时大宋百姓对童贯的别称。童贯是个阉人，出身宦官，欺君罔上，作恶多端，为百姓所厌恶。民间歌谣云，打了桶，泼了菜，便是人间好世界。这"桶"指的是童贯，"菜"便是蔡京。

"这也是老夫忧心的地方。若梁山泊被童贯拿下，而少林失守……"

张叔夜不敢继续说下去。

韩世忠愤愤道："这些奸臣，总有一天要他们人头落地！"

"将军息怒，这种话可不能乱说，须知隔墙有耳。若是被旁人听去，那可不得了。"张叔夜在禅居内来回踱步，"此外，还有一个更坏的消息。方才探子来报，梁山泊此次攻打少林寺，出动的乃是潜龙远征军，还集结了大小四十多个山寨的兵力，可谓声势浩大。以我们目前这点兵力，恐怕抵挡不了。"

梁山泊此举，殊为诡异，少林寺与梁山泊向来没有过节，何苦置这千年古刹于死地？难道仅仅是为了少林寺藏经阁的武功秘籍？这种流传于江湖的鬼话，骗骗三岁小孩可以，韩世忠当然不会相信。

宋江一定有其他的打算，又或者，少林寺的道禅大师还有什么事瞒着他们。韩世忠心道，得空一定要去"请教"一下这位方丈。

"对了，率领这支远征军的头领，还是你我的旧识。"

韩世忠瞪大双目，惊问道："何人？"

张叔夜高声道："正是曾领兵攻打梁山的蒲东巡检，**大刀·关胜**。"

韩世忠哼了一声，不屑道："关云长何等忠义，没想到后人中竟出了这么一个甘为草寇的败类。若他泉下有知，不知做何感想！唉，当年我和这关胜曾有过一面之缘，也切磋过武艺，一口青龙偃月刀使将起来，确有万夫不当之勇。用'安邦定国之策，降兵斩将之才'来形容他，也不为过。谁知竟然被宋江召了去，做了梁山泊的走狗。"

两人同在朝为官时，当真是英雄惜英雄。韩世忠这一番话，说来颇有惋惜之意。同时，他也对梁山泊为了招揽高手而不择手段的伎俩，十分恼怒。

张叔夜无奈道："我们才带了这点人，打起来，实力完全不对等。"

"不妨把这些情况，如实上奏官家，请朝廷调动一些禁军兵马来支援吧？"韩世忠身体前倾，神情热切，"或许，还能把刘光世将军请来！"

韩世忠口中的刘光世，与张俊、吴玠和韩世忠，并称禁军四大将。甚至民间传言，这四人武艺之高强，当世无人能出其右，乃是朝廷军最高战力。便是水泊梁山的天罡军团，单论武艺，也不是他们四人的对手。

"将军有所不知，昨日老夫派去东京的几个传令兵，均被人砍了头，把脑袋送了回来。如今的嵩山，恐怕已经被梁山贼寇给围困住了。"张叔夜心里清楚，这极可能是梁山探事郎所为。

"难道他们已到了山下？"韩世忠面色严峻道。

张叔夜沉吟片刻，点了点头。

便在此时，三个黑点蓦地穿窗而入，挟着破风声，联翩打至。

——是毒针！

这一变故实在太过突然，韩世忠脸色大变，惊道："张大人，小心！"说话间，韩世忠已单手一把推开张叔夜，同时用脚背撩起案几，去挡那三枚毒针。毒针射入案几的木板后，韩世忠立刻做出了一个决定——追击！

他没有选择从入口出去，那样太慢了，而是直接用身体撞破窗户。这么做虽然有风险，倘若刺客伏击在窗外，那韩世忠武艺再高，恐怕也无法抵挡。但作为一个武者，有时候并不会考虑太多，很多决定几乎都是凭本能做出的。

随之传来一阵窗户破裂的声音。

两条黑影在夜色里闪过，如果是普通人，在昏暗的光线下肯定难以捕捉，但他是禁军四大将之一的韩世忠，没有什么能逃过他的双眼。

"站住！"韩世忠大喝一声，追出禅居。

禅居的门口躺着一个卫兵，鲜血从他的脖颈处涌出，淌了一地，看来早已成了刺客的刀下亡魂。韩世忠瞥了一眼，心想，能在武僧遍布的少林寺中行刺朝廷命官，看来并不是普通的刺客，这次若是让他们溜走，则后患无穷。念及此处，奋力追去。

几个起落，三人已来到寺外密林之中，只是那两条黑影左右飞纵，轻功竟不在韩世忠之下。一时之间，韩世忠光凭脚力也无法追上他们。这时他心念一动，从路边捡起一块石子，对准其中一人的后背，发力挥手掷出！

韩世忠虽不精暗器法门，但手劲极大，力量灌注在石子上，呼啸着向黑衣人背后飞去。

　　那黑衣人像是后背长了耳朵，一个侧身，漂亮躲过，但也正中了韩世忠的计策，第一颗石子只是诱饵，韩世忠早就算准了他躲避的方向，另一颗石子不偏不倚，正中那黑衣人的脸颊。黑衣人发出一阵短促的惊叫，脚下一个趔趄，摔倒在地。另一人见同伴跌倒，也不再逃跑，反而向韩世忠奔杀过来。

　　——他在为同伴争取逃跑的时间！

　　韩世忠心里竟不自觉地佩服起这个刺客。

　　只是忖量片刻，那黑衣人已飞奔而至，从袖中蓦然取出两支虎头钩，左右手从双侧向韩世忠进招。韩世忠出来得匆忙，没有携带兵器，唯有紧握双拳，空手来斗他。黑衣人打法霸道，双钩在韩世忠身前来回纵横，速度奇快，逼得韩世忠连连退步。

　　"你这样不要命的打法，不消一会儿，就会把力气耗光！"韩世忠冷笑一声道。他心里明白，这个黑衣人虽然强大，但远不是他的对手。

　　"快走！你不是这个人的对手，将他交给我！"被韩世忠用石子击中的那个黑影人右臂一甩，赤红色的九节鞭挥出，朝韩世忠的头侧席卷而来！

　　——是个女人？

　　韩世忠急速低下头，堪堪避过呼啸而至的九节鞭。另一个黑衣人忙挥出双钩，去勾韩世忠的双腿，逼得他侧身滚到一边，不然脚踝定被这双钩缠住，脚筋非挑断不可。两人夹击之下，暂且压制住了韩世忠的进攻，但也只是暂时，这二人与韩世忠的差距，天悬地隔，内行人一眼便知。

韩世忠半蹲在地上，冷眼观瞧着那两个黑衣人，沉声道："喂，你们究竟是谁派来的？为什么要行刺张大人？如实回答，保你们全尸。"

两个黑衣人并不答话，只对视一眼，便再次向韩世忠杀来。

韩世忠口中呼喊一声，双腿一蹬，朝两人飞纵而去，其中一个黑衣人用左手铁钩去扫击韩世忠，却被他一手抓住，抬起一脚踢中胸口，顿时摔到了五尺之外。另一人见同伴遇险，忙将手中九节鞭急转成圈蓄力，然后大步踏前，朝韩世忠猛然抽去！

若是普通武者，被这招击中，必会皮开肉绽，失去战斗能力。

但很不幸，她的对手是韩世忠！

韩世忠右手倏出，抓住九节鞭中段，那鞭子的前端迅速缠上他的右臂，强劲的鞭势被他就此化解。同时，韩世忠左手一记朴实无华的直拳，轰中那黑衣人的胸口。他知对方是女流，手劲上留了五分力道，但也打断了对方三根肋骨。谁知那人被韩世忠一拳击中，竟不松手，反而用另一只手去抓九节鞭的鞭头，然后用力扯住！

那九节鞭的鞭头，是一把锋利的刀刃，此时她用手握住，鲜血便顺着手掌滴落在地。韩世忠这才明白，她出这招，并非想要自己的性命，而是在给她的同伴拖延时间。

"快走啊！"用九节鞭死死缠住韩世忠后，她拼命地冲着同伴喊道。

使双钩的黑衣人见此情景，犹豫片刻，便起身隐入了密林深处。

见那刺客逃走，韩世忠也不去追赶，反而看着那用九节鞭拖住自己的黑衣人，问道："你不怕死吗？"

她没有回答，而是使出浑身劲力，扯住韩世忠的右手。她心里又何尝不知，此时只要韩世忠一发力，就可挣脱鞭锁，继续追杀她的同伴。

但他没有这么做。

韩世忠身后隐隐传来密集的脚步声，眼看追兵就要来了，黑衣人依旧不肯松开九节鞭，似要和他永远这么僵持下去。

"松手吧，我不追。"韩世忠自己也不明白，何以说出这样的话。

可她还是不松手。

又过了好一会儿，待她同伴走远了，黑衣人才松开了手，接着整个人直直跌在地上，昏死过去。若不是她靠意志力硬撑，在中韩世忠那一记重拳时，她就该倒下了。

追兵的脚步声渐近，韩世忠俯下身子，抱起那黑衣刺客，伸手摘去了她脸上的蒙面布。

这黑衣人原来是个约莫十七八岁的小姑娘，长了一张鹅蛋脸，容色清秀，眉宇之间颇有英气。韩世忠看着她，心里升腾起一种奇特的感觉。虽说这姑娘有几分姿色，但韩世忠毕竟是禁军大将，不是没见过世面的人，那种感觉，绝不是单单因为她的美貌，还掺杂着一种说不清道不明的情绪在里面。

"那边有人！过去看看！"

背后传来追兵的呼喊声。韩世忠把蒙面布盖回她的脸上，将她拖到一棵粗壮的棕榈树后，然后自己背负双手，站在树旁。

少顷，卫兵追至此地，见一个人影负手而立，就大声斥问道："你是何人，一个人在这荒郊野岭做什么？不回答就把你给绑起来！"

韩世忠没有回头，他仅凭脚步声就能断定，来了三十余人。他站在原地，冷冷道："你们瞎了吗？连我是谁都瞧不清楚？"

为首的卫兵用火把往前一探，惊叫起来，苦道："原来是韩将军，天黑眼花，小的狗眼没看清楚，请将军饶恕则个！"

"这里没有刺客，让我给追丢了。"韩世忠摆了摆手道，"张大人责问起来，自有我来担责，你们都回吧。"

这些卫兵深知韩世忠的本事，如若禁军大将都抓不住那两个刺客，他们更是心余力绌了。对于这种差事，自然是敬谢不敏，能推就推。何况将军都说了会担责任，又下令他们收兵回寺，还有什么理由在这种伸手不见五指的鬼地方逗留呢？众人忙应声一片，纷纷退去。

韩世忠看着这个躺在地上的女子，心乱如麻。

他不知该如何形容此时的心情，眼前的女子毕竟是刺杀朝廷命官的刺客，为了她撒谎，他开始责问自己是不是疯了。如果这件事被张叔夜大人知晓，后果可想而知。不过，他似乎没有太后悔的感觉，这才是最奇怪的，也是他自己最不能理解的事。

韩世忠弯下腰，把刺客扛在肩上，朝少林寺的方向走去。至于这个举动的后果，在回去的路上，韩世忠尽量让自己不要去想。这种出于直觉般的行事作风，一点也不像他。

回到房间后，韩世忠把这女子安置在床上，用牛筋绳捆了手脚，接着拖过一张椅子，正对着床，然后坐下。

他想起自己兵戎半生，一向谨遵军纪，于上司之命令从不忤逆。目下却把一个企图行刺上级的刺客窝藏在自己的卧房内，如果被发现，这勾结之罪怕是洗脱不清。他也知道，把这个女子交给张大人，必会以谋逆的罪名被皇城司的人带走，到时候，怕是求死也不能。

——我先审审她，再交给张大人也不迟！

既想好说辞，韩世忠心里也略微安定了一些。他起身走到桌前，用茶壶给自己斟了一碗茶水。桌上准备的热茶是傍晚备的，此时早已凉了，但韩世忠好像并不在意，他拿起茶碗呷了半口，而后走到床边，将剩下的茶水，尽数泼在那女刺客的脸上！

被凉茶一激，那女子咳了几下，立马醒了过来。她双目微睁，见韩世忠立在床边，登时羞怒交加，双手一发力才发现早已被缚。这女子性子极烈，四肢虽然使不出劲，身子却可以动，她朝床内滚了一圈儿，把头往墙上撞去！

韩世忠眼疾手快，一把抓住她的胳膊，使她无法动弹。

"放开我！"那女子杏眼圆睁，怒叱道，"今日落你手中，要杀便杀，何必这般侮辱于我！"

韩世忠默然半晌，才道："你最好轻声一点，把其他人招引过来，对你来说没有好处。你现在只需回答我三个问题，答完之后，我可以放你走，但必须说实话。君子一言，驷马难追，我不骗你。"

"你休要哄我！你们这些朝廷狗官，有哪一个说话算数的？平日里诳骗百姓惯了，妄言张口就来，我才不信！"

女子一张俏脸憋得通红，不知是因为羞惭还是惊吓过度。

"落得这般境地，你还有选择吗？"韩世忠见她沉默不语，便自顾自说了下去，"三个问题很简单，答完就可以走。第一个问题，你是何人？第二个问题，谁派你来的？第三个问题复杂一点，为什么要杀张叔夜大人？"

那女子别过脸，不去理他。

"你以为不说话，我就猜不到了吗？"

"我无话可说。"女子一副视死如归的模样，"快点动手吧！"

"神女花兵月阵，仙音销魂夺魄。"

韩世忠这两句话才说完，女子一张脸霎时间惊得全无人色。

"你……"

"仙音阁的大名，韩某有所耳闻。不过，这次一连派出两位刺客，我确是没有想到。如果不是我恰巧待在张大人身边，恐怕早就让你们得逞了吧？"

"我不知道你在胡说什么！"那女子秀眉微蹙，显然被说中了心事。

"虫二爷手段确实高，我也领教过，只是据说那蜂后武艺更胜于他，不知是真是假？我曾听说，你们这些女孩儿，都是虫二年轻时捡来的，本是卖到窑子里做娼妓的命，却被虫二爷一手培养成了杀人如麻的女鬼，还号称什么'七仙女'，是不是？"

和她俩交手的时候，韩世忠心里便已猜到七八分。当下说出这些话来，无非是想观察一下女子的反应，来印证自己的判断。

"我不认识什么虫二，也没听过仙音阁的名字。你不用拿这番话来套我。折磨一个弱女子算什么本事，有种一刀杀了我，我敬你是一条好汉！"

"好汉？"韩世忠冷笑一声，"而今'好汉'这两个字，早就成了盗寇之称了。我韩某可是担不起这称号。看来，你也不打算交代了。那么我说，你听，这样行吧？"

女子没有答话。

韩世忠续道："仙音阁行事一向诡秘，近两年明面上的生意做得好，暗地里的勾当，似乎少了许多。既然是虫二爷能买账的人，看来来头不小。我就不妨猜上一猜，是不是蔡太师派你们来的，为的就是联金灭辽之事？"

任由韩世忠说什么，女子依旧是不答。

见她这样，韩世忠长叹一声，道："罢了，既然你不想说话，那就不说。你自己在屋里待着，我出去透透气。另外，警告你可别乱动，出了这扇门，我可保不了你的性命。"说完便推开门出去了。

脚步声渐远，过了好一会儿，才完全听不见。

那女子把藏在舌下的刀片吐出，衔在嘴上。作为堂堂仙音阁"七仙女"之一，赤链蛇·梁红玉又怎会被一根普通的牛筋绳索困住？

童贯站在全速航行的大海鳅船上，赤红色的衣袍迎风飘扬。

他绷着那张略带疲惫的脸孔，瞭望这八百里水泊，心里想着如何打赢这至关重要的一仗。因为在官家心中，以山东宋江为首的四大寇一直如骨鲠在喉，不吐不快。这四人暴戾恣睢，聚党数万，横行天下，连朝廷都不放在眼里。这次发动的征寇令，就是要四面出击，同时粉碎这四股势力。

——若能一举拿下此役，官家必会喜出望外，金银赏赐自然不在话下。更重要的是让官家知道，唯有我，才能替他解决这心头大患。

巨大的战船如同一只体型庞大的水怪，迎着风浪前行。大海鳅船的两边分置二十四部水军，可容纳数百人。这大海鳅船外用竹笆遮护，可避箭矢，船面上还竖立弩楼。航行在水泊上的大海鳅船，就有二十多艘。此外还置五十艘小海鳅船护航，也均配备了长钉弩楼。船队冲波如蛟龙之形，走水似鲲鲸之势，说海鳅船队是大宋水师中的最强战力，怕也不为过。

——拥有这样的实力，梁山之寇，唾手可平！

想到这里，童贯原本凝重的神色稍稍缓和了一些。可站在他身边的军师闻焕章却依旧愁眉不展，似有心事。登船之前，他曾劝阻童贯走水路，希望他监督马军，可童贯不听，心道，见到如此威风凛凛的大海鳅船，任何主帅都忍不住要登上去一睹风采吧？何况是这样重要的战事。若能一举剿灭梁山贼寇，此役便是他一生最大的荣光！

“这一战如果能胜，你是最大的功臣！”童贯转过头，对身边一位中年文士说道。

　　“是童大人有眼力，小人只是奉命行事而已。”中年文士忙低下头。

　　这人名叫叶春，是监造战棹的都作头。原是泗州人氏，因擅长造船，被江湖中人称为“水伯”。早前路过梁山泊的时候，被梁山的小头领洗劫了财务，流落在济州，不能够回乡。一听说童贯在招人伐木造船，征进梁山泊，叶春便将自己的心血大海鳅船的图纸，进献给了童贯。

　　“如此巨大的战船，真的造得出来吗？”

　　说实话，那时的童贯心里没底。

　　叶童说了日期，接着又保证道：“如若违限二日，笞四十，每三日加一等。若违限五日外者，定依军令处斩。”说话时，他眼神深处冒着火焰。

　　童贯很满意，他知道，有时候仇恨比金钱更具诱惑，可以激发一个人的潜能。他下令各路府州县，均派合用造船物料，以助叶春早日打造出大海鳅船。

　　头船上立的两面大红绣旗被风吹得猎猎作响，在童贯身后飞舞，旗上书着“搅海翻江冲巨浪，安邦定国灭洪妖”字样。中船的甲板上，坐着一个身材瘦弱的青年男子，一左一右拥着两个妖艳的妓妇，其中一个正含着一颗干果子往男子嘴里送去，另一个则在给他捶腿。他座位前方，一群歌姬正踏着乐工的曲儿翩翩起舞。

　　那男子用一对凹陷的双眼看着其中一位歌姬，怔怔出神。他的样子与其说是领兵打仗的将军，不如说是一个病入膏肓的肺痨鬼。这幅画面，很难让人相信他就是位列禁军四大将，拥有“刀箭双绝”

称号的张俊。唯一能证明他身份的，只有他身后那把长四尺有余的巨型斩马刀。

立在张俊两侧的，还有丘岳和周昂。身着黑衣、手持镰形剑的疤脸男子是八十万禁军都教头丘岳，另外一位拿着两把南瓜锤的胖汉，则是八十万禁军副教头周昂。这两个将军，累建奇功，深通武艺，威镇京师，但在张俊面前依旧是毕恭毕敬，不敢多言。

"这个小妞舞跳得不错呢！"张俊指着他垂涎已久的舞姬道，"待平了梁山贼寇，把她送我府上来吧。"

那舞姬一惊，不仅没有表现出应有的高兴神色，反而露出了一丝惶恐。乐队的首领刚想说什么，就被丘岳一眼瞪了回去，悻悻地领着众人退下。

"好生奇怪，怎么不见半个人影？"周昂四望了一下，嘟哝道。

丘岳冷笑道："这些盗贼头子，怕是被张俊大人的威名吓得躲进山寨，不敢出来应战了吧！不过躲也没用，待我等攻入梁山，把宋江的头切下来，献给童大人！"

张俊没有说话，他眼睑发暗，仿佛好几日没有睡过一般。猛然间，他耷拉的眼皮倏地睁开，双目收紧，显然发现了什么。

"有趣。"他咧开那张奇薄无比的双唇，露出一排褐黄色的牙齿，吐出了这两个字。

在大海鳅船前，芦林中正漂着一叶小舟。舟上那人头戴青箬笠，身披绿蓑衣，斜倚着船背，正独自垂钓。

这番景象，头船上的童贯也瞧见了。他命手下去询问："贼在哪里？"那人却不答，头也不回，像是聋了。童贯气愤地说："把船开过去，直接撞翻他，瞧他是不是真聋。"

闻焕章忙劝道："主帅不可轻举妄动，此中恐怕有诈。不如先遣个水手军士前去探询，再作定夺。"

童贯面色一沉，怒道："我花重金修造这巨型战船，还怕他这划子？给我撞！"

军令一下，只闻垛楼上梆子一响，二十四部水车，一齐用力踏动，大海鳅船急速破开重重水浪，向那叶小舟乘风驶去！在巨船面前，那小舟如巨鲸面前的小鱼，被巨船涌起的浪花打得左右摇曳，仿佛随时会被大浪吞没。

但小舟上垂钓的那人，并没有因此而张皇失措。

巨船前方，茫茫荡荡，尽是芦苇烟水，童贯忽然有一种不祥的预感。待离那小舟近时，童贯下令放箭，大海鳅船上那一字排开的弩楼，顿时万箭齐发，一齐朝那渔人射去！乱箭之中，垂钓之人仍不回头，乱箭多有落在水里的，也有射到船上的。但射中蓑衣箬笠上的，都落到了水中。

——怎么可能？难道此人有铜皮铁骨不成？

童贯握紧了拳头，但既然已经下令冲击，再无返航之理。目前除了一鼓作气攻下梁山，他也没有其他的选择了。童贯抽出佩刀，直指那渔人，怒喝道："再拨几个水手，给我下水把这贼人捉来，我要亲自砍下他的脑袋！水军若有退缩回来的，一刀砍作两段！"

水手们得令，脱了衣甲，在一片呐喊声中，纷纷跳进水里，赴将过去。

那渔人回转船头，指着大海鳅船上的童贯大骂道："乱国贼臣，害民的禽兽，来这里纳命，犹自不知死哩！"说罢弃了箬笠蓑衣，只听当啷声响，原来这里面都镶了熟铜，无怪乎箭镞也射不进。他脱下蓑衣，露出紧身的白色海蛟皮水靠，腰间抽出一条细长的雪白蛇形软鞭，往侧一抖，真如一条巨蟒复生！

游向小舟的水手中，有人认出那渔人，惊道："此人莫不是称霸浔阳江的**浪里白条·张顺**？"

另一边也有水手呼应道："正是张顺，据说他在水中如白色闪电一般，来去无踪，根本没人能跟上他的速度！"

听了他的名号，众水手惧怕得犹疑不前，只闻身后又有乱箭发射，水手们知道是童贯催逼他们，只得硬着头皮朝张顺所在的小舟游去。

张顺持鞭站在舟中，近船来的，一鞭子一个，太阳穴上着的，脑袋上着的，面门上着的，都打下水里去了。软鞭瞬间幻化成模糊的白影，将来者一一打翻入水！但时间一长，围拢的水手越来越多，久战下去必顾此失彼。张顺立刻将长鞭收在腰上，取出一把匕首衔在口中，"扑通"一声，钻入了水中。

潜入水中的张顺，宛如一条露出利齿的蛟龙，普通的水军哪里是他的对手？

一条如鬼魅般的白影在众水手间以极快的速度来回穿行，所经之处，必有滚滚血水涌将上来，数十个熟识水性的水手一片哀号，犹如一群待宰的羔羊，毫无还手之力！这水下穿游的似乎并不是人，而是一头水怪，是妖精！

完全一面倒的局势！水泊上一片血红，煞是惊人。

童贯在船上看得呆了，这种情景，恐怕在地狱中才会出现！

——难道世上真的存在东海鲛人？

便在此时，忽听得芦苇中一个轰天雷炮飞起，芦苇深处有一簇快船驶来，每只船上，只有十四五人，身上都披着鱼鳞水靠，皆将青黛黄丹、土朱泥粉，抹在脸上。其中一艘快船当中坐有一个，打着赤膊，披着长发，举着一根高十丈的绿色幡竿，大喊道："在下玉幡竿·孟康，左右是浔阳江童氏兄弟，一同来拿奸贼童贯的脑袋！"声音甫歇，站立在他两侧的出洞蛟·童威和翻江蜃·童猛便翻身入水，瞬间没了踪影。

另有两艘快船，领着三十四艘快船向海鳅船队聚拢，每船上四把橹，八个人摇动，十余个小喽啰，打着一面红旗，簇拥着一个肤色泛蓝的光头男子，坐在船头上，旗上写着"解水卫水军主将混江龙·李俊"。这李俊模样骇人，身上一丝不挂，手掌和脚掌畸形，指和指中间竟然还长着蹼。左边这只船上，坐了一个壮汉，手里拿着一根比他自身还要高的巨型船桨，身后旗上写道"水军头领船火儿·张横"。他见八个艄公摇橹太慢，骂了一句"直娘贼"，抬脚便将一个艄公踹下水去，接着用自己那巨型船桨去划水，只见他手臂上肌肉猛地隆起，几下之后，船速竟比之前八人同橹还快了数倍不止。

"放箭，放箭！把他们全给我射死！"见芦苇丛中，蹿出千百只小船来，水面如飞蝗一般，童贯自知中计，蓦地惊呼起来。

此刻，大宋水师与梁山解水卫的战争，正式展开！

万箭齐发，小船上的喽啰们纷纷跃入水中。箭镞射入水中，力道已缓，伤不得沉入水底的梁山水军。海鳅船队正惊疑不定，早有五六十个梁山水军爬上大海鳅船，见人就砍！

童贯大惊，在众军士拥护中撤退，谁知眼前竟然出现了两个不知何时爬上船头的男人，挡住他的去路。其中一个男子眼白泛青绿色，手持长剑，另一人头圆耳大，鼻直口方，豹纹刺青遍身，手里握着朴刀。那碧眼男子冷笑道："在下青眼虎·李云，和锦豹子·杨林兄弟一道见过童大人。公明哥哥有请童大人上山一叙，请大人不要让我兄弟二人作难。"

"给我杀！"童贯挥舞着手里的佩刀，"把这两个贼人给我斩了！"

众护卫呼喊着向李云和杨林两人冲杀过去，在场二三十个护卫，一拥而上，准备将这两人剁成肉泥。

"杨兄弟，你就在这儿看着便是。"

李云抖动长剑，朝冲来的护卫刺去。

——你们这帮杂碎！可别小看了地煞军团头领的实力！

随着李云诡异的步伐，身形如幽灵一般，他手中的长剑剑光闪烁，为首的五六个卫兵胸口便溅起血花，有几个更是被长剑刺入咽喉，当场毙命！

李云配合起灵活的步法，令周围左右的护卫无法将其合围。他身形轻巧，在二十多人围攻中来回穿行，出手如电，朝廷护卫哪里见过这种剑法？不小心者便被当胸戳出个血洞，倒霉的就被割了咽喉，但他们手中的刀剑均无法沾上李云的宽袍，大落下风。

——区区一个地煞，竟有这等本领！

童贯咽了一口唾沫。

——人言巨贼宋江者，肆行莫之御！这，也许就是原因！

童贯甚至不知道，自己能否活着回东京面圣。

继续刺倒两个护卫后，李云颇为得意地看着童贯，用剑往前一指，笑道:"请童大人顾及一下手下的性命，再来也是寻死，何必呢？"

"大……大胆贼寇，竟敢在朝廷命官面前口出狂言！给我上！给我上！"

虽然这么说，但大部分护卫也只是举刀和两位梁山好汉对峙，并不敢贸然上前。他们见识过李云的剑法，知道随便踏上一步，脖子上就会多个窟窿。童贯的双腿也已软了，若不是身边两位戎装护卫扶持着，恐怕早就跪倒在地。

此时，芦苇中金鼓大振，舱内军士一齐喊道："船底漏了。"童贯顺着声音望去，只见三十艘大海鳅船，一艘接一艘，堪堪沉了下去。童贯大惊，忙问缘故，远处小海鳅船上一名军士禀道："有贼人潜入水中，凿透了船底！"

童贯道："那……那怎么办？"声音急切之极。

军士喊道："属下……属下也不知……"话音刚落，便被从水中跳出的梁山水军一刀刺穿喉咙。那水军得手之后，用唧筒在甲板上喷了猛火油，用火折点燃，随即立刻跃入水中，消失不见。

那艘小海鳅船蹿起丈余尺高的火舌，烈焰随着时间推移，慢慢侵蚀着这艘战棹。

"谁……谁来救我？"

童贯抱着头，竟失声痛哭起来。谁会想到，执掌兵权多年，权倾内外的堂堂童大人，竟会如此狼狈！

李云又用长剑劈翻一名护卫，然后用舌尖舔舐着剑刃，向童贯步步逼近，怪笑道："童大人，咱们梁山泊解水卫麾下的鲛人突击队，名不虚传吧。当然，如果您……"

话才说一半，李云就住嘴了。

他发现自己的身体正离开原处，往其他地方跌去。不对，明明自己的双腿还在原地，何以感觉整个躯干都飘了起来？

"啰唆！"

在李云身后，巨型斩马刀全力横扫，将他一劈为二！斩马刀扫出的横暴刀势，宛如平地刮起一阵挟带鲜血的飓风！这一横劈力量之猛烈，可想而知！

杨林惊愕地看着从腰部被劈成两半的同伴，李云的双腿还立在原地，过了一会儿才轰然倒下。而站在李云身后的，则是一个宛如病痨鬼般的瘦小男子。男人肩上扛着的那柄巨型斩马刀，兀自淌着鲜血，但他浑不在意。

"张俊大人！您终于来救我了！"童贯见到了希望，喜不自胜。

"怪属下救驾来迟，让童大人受惊了。"

张俊以一种古怪的声调说着话，语速极其缓慢，与其凌厉的刀法完全不相称。

"把这个人也杀了！"童贯指着杨林怒吼，勇气似乎又回到了他的身上。

杨林双手握紧朴刀，屏息凝神。他当然听过"禁军四大将"的名声，自然也知道张俊的武艺远在自己和李云之上。就算天罡军团中，能胜过他们的人也寥寥无几。霸道凌厉的打法，他不是没见过。鲁智深也好，李逵也好，虽然力量过人，但都是靠着强壮的体格和肌肉，然而眼前这个瘦弱的男人，竟然能有这等力道……

——这个男人，靠的是一瞬间的爆发力。

杨林紧皱双眉，这一战，如果稍有失误，便会被杀。杨林心里盘算，对方既然靠的是瞬间的力量，那就和他拼耐力，他力竭之时，就是自己下手杀死他的好时机。实在不行也能拖延时间，等其他兄弟赶来相助。

计较已定，杨林大声道："在下梁山神行院远探出哨头领，锦豹子·杨林是也！我杨林不杀无名之辈，请你报上名来！"杨林自然知道他是张俊，但这一问一答之间，便可争取不少时间。

"啰唆！"张俊踏着大步向杨林冲去，双手握着那柄巨型斩马刀，迎着杨林的脑门，横挥过去！

这一记若是斩中，杨林的头颅必会挟着血柱飞向高空！

杨林也非等闲之辈，他深知自己的力量抵不过张俊，在刀锋即将劈到时，忽地从刀锋下钻了过去，朴刀直刺张俊双腿。他这一刺极其迅猛，张俊屈起双腿，脚尖擦着刀尖躲过，杨林一击不中，正待反击，忽然一股排山倒海的刀势又向他斩来！

　　——不可能！不可能这么快！

　　巨型斩马刀虽然刀势猛烈，但回刀变招一定比朴刀慢，这是毫无疑问的。因为越重的刀，挥出之后惯性就越大，中途变换刀势，怎么可能如此迅速？只有一种解释，方才张俊的第一记斩击，其实是以刀背砍向杨林，是以他变招之时，不需再逆转刀锋！

　　也就是说，杨林第一次躲开斩击，是在张俊的意料之内！

　　"啊！"

　　伴随着惨叫，巨型斩马刀的宽刃，深深斩入了杨林的右肩！

　　朴刀掉在了甲板上，右身溅得血红的杨林，已然奄奄一息。张俊拔出斩马刀时，他已经喊不动了。四周充斥着杀戮的声音，这片水泊上，到处是焚烧的船只和浑身血污的浮尸。他半睁着眼，看着护卫们掩护童贯上小船，往岸边而去。张俊也上了船，肩上依旧扛着斩马刀，再也没看他一眼。杨林苦笑了一下，顿感胸中一阵气血翻腾，像他这么弱的对手，恐怕不会存在于张俊的记忆之中。

　　一条蓝色的身影从水中探出头来，然后翻上甲板。

　　"杨兄弟，你怎么了？"李俊扶着杨林，神色忧虑。

　　"死不了。"杨林深吸了口气，疼得龇牙咧嘴，"可惜让那奸臣逃走了，李云兄弟也……"

　　"那家伙不是你能对付的。便是天罡军团的高手，对付四大将，也无全胜的把握，你已经做得很好了。"李俊望着童贯远去的小船，一字字道。

"旱路战事如何，"杨林又问，"不知卢员外一人能否应付？"

"那个'怪物'，根本不需你我担心。"李俊望着远处数十艘熊熊燃烧的大海鳅船，若有所思地说道，"恐怕现在也已分出胜负了吧。"

徐京用凤头斧支着身子，不让自己倒下。尽管他面前已经堆起一座不小的尸山，但他还是想奋战到最后一刻。毕竟，他是圣上亲封的上党太原节度使，曾经威震江湖的"四足蛇"。皇恩浩荡，他以这副残躯报效朝廷，亦无遗憾。只可惜，他知道自己无法战胜眼前这个怪物。他还知道，就算有十个徐京，也不是这个怪物的对手。

山前大路两边，尽是被砍杀而亡的朝廷将士的尸体。其中自然包括这次随童贯征梁山的"十节度"。这十个官家钦点的高手，眼下只剩徐京一个人。其他人全都死了，包括徐京最好的朋友，陇西汉阳节度使李从吉。

而山路中间，还站着一个人。

那人身上披着纯白色的丝绸袍子，袍上缝有淡淡的麒麟纹饰。只可惜这华贵的丝袍，已被鲜血染污。他身材修长，容貌也甚是俊美，肤色很白，整个人散发出贵族般的气质。不是纨绔的公子气度，而是帝王气。与这高贵气质有些不符的是，他单手持着一杆银枪，银色的枪头还滴着血，斜指地面，在阳光下散发出耀眼的光芒。

三十来岁的年纪，就已有"河北三绝"的称号，北京大名府**玉麒麟·卢俊义**的名声，可谓如雷贯耳！宋江之下，稳坐梁山泊第二把交椅的男人，竟会独自一人站在山前，以一人之力，对抗十节度带来的上百军士！

徐京在见到卢俊义之前，曾以为"万人敌"只是一个神话。

一个人，一杆枪，怎么能挑翻几百军士组成的先锋队伍？

染上鲜血的白衣在风中飘荡，卢俊义踏着稳健的步子，朝徐京走来。

他的脸上没有任何表情，眉宇间流露出一种淡然，仿佛这世上的一切对他来说，都不重要。徐京怒目而视，卢俊义却瞧也不去瞧他。从他身侧走了过去。

"你不杀我，是瞧不起我吗？"徐京用嘶哑的声音问道。

卢俊义停下脚步，把银枪扛在肩上，转过头看着他。徐京只觉得他眼神空洞，什么也没有。过了好一会儿，卢俊义才张开嘴，用手指了指，发出啊啊的声音，然后不停摆手。

——他是个哑巴？

"你……不能说话？"

这简直比卢俊义放了徐京更令他感到惊讶。

堂堂天下第一，竟然不会说话？

脸颊上还沾着鲜血的卢俊义，满意地点了点头，露出了一丝温煦的微笑。徐京这才想到，刚才这个怪物的每一个招式，都毫无表情。是的，是招式没有表情，不是说他的脸。没有表情，也没有感情，只有恰到好处的精准。

这种精准也是没有表情的。

现在，徐京才知道这个怪物竟然还会笑。

他用双手撑着凤头斧，看着卢俊义扛着银枪，一步步走下山去。

第二章 贼盗

离开东京后，张闲、唐霄和杨采苓三人，沿着官道向西行了几日。过了京畿路，来到了嵩山东峨。眼下到少室山尚有三四十里，离山脚小镇还有些距离。傍晚时分，三人均有些累了，可此地草枯地阔，木落山空，前不着村后不着店，当然找不到人家休息，只能席地而坐，分吃一些干粮充饥。

这一路上，最担心栾廷玉他们的，莫过于唐霄。尽管偌大的东京城，让武松逮到的概率其实并不大，但一旦遭遇，便是九死一生。

"怎么了，看你没什么胃口。"张闲拍了拍唐霄的肩膀，"是不是还在担心栾大侠和祝道长他们？没事的，既然说好了在少室山集合，我相信他们一定会赶来的。"

"希望如此吧。"唐霄撕下一块烤饼，塞进嘴里咀嚼。

"你什么都不要想，先把自己的伤养好。现在你还未痊愈呢，若是再强出头，我也救不了你。"杨采苓似嗔非嗔地道。

唐霄笑起来，道："有你杨神医在，我自然一百个放心！不过

24

话说回来，马上要天黑了，附近也不像有人家的样子，难不成今夜只能在野外露宿了？"

"那可未必。"张闲神秘一笑，然后指了指西边道，"唐兄，你瞧那是什么？"

"炊烟？"唐霄喜道，"有炊烟，就说明有人做饭。有人做饭，那一定有人家，看来我们运气还不错，至少今夜不需要露宿荒野了！"

他们往西又走了一里路，穿过了一段曲折窄道，眼前豁然开朗，现出一条青色石板大道。那大道直通一座青砖大宅院，走到近处，只见大门上高挂的牌匾上，写着"刘家庄"三个大字。唐霄见这座庄院坐落之处，青松郁郁，翠柏森森，心想这庄主倒也是个性情素雅之人。

张闲走到门口，抓着门上金色的大铜环，敲了三下。

过了片刻，大门缓缓打开，出来一位家丁模样的小童。那小童自左向右瞧了他们一番，不耐烦道："有何贵干？"

唐霄拱手道："我们正巧路过贵宝地，四野寻不到客店，想在贵庄借宿一夜，明日一早就走。敢情庄主老先生行个方便，劳烦小爷传报则个，在下感激不尽。"

"我主太公正烦恼哩，你们三个别处去歇！"

小童说完，就把门一关，将他们三人堵在门外。

"这……这算什么态度？"杨采苓气得直跺脚，"好歹给我们通报一声吧，怎么随意就轰人走？"她平素性情火暴，眼下吃了闭门羹，更是无处发泄，恨不能一把火烧了这庄院。

唐霄倒是不以为意，面上依旧挂着笑容，抓起铜环，又是三下。

门又打开，还是那小童。他见三人不走，心里恼怒，口中骂道：

"你这打脊饿不死冻不杀的乞丐，听不懂刚才的话还是怎的？赶也赶不走，非要我找人捿你们不成？"

他骂声未了，唐霄便从怀里取出几个铜钱，塞小童手中，温言道："烦请小爷通报庄主，这点心意，送小爷买点果子吃。"

那小童掂了掂铜钱的分量，犹豫片刻，才懒散道："你们等着，我去说一说。"

张闲向唐霄竖了拇指，笑道："有钱能使鬼推磨，这话还真不假。咱们这些做下人的，最喜欢爱打赏的主子。"

杨采苓却不以为然，冷冷道："有钱又如何？"

唐霄听了，只是苦笑，并不作答。

又等了大约半炷香时间，小童才走出来，道："我主太公说了，请你们去厅外侧首的耳房住。"

唐霄千谢万谢，心道有屋子住总比夜宿荒野强。对此，张闲倒显得无所谓，他自小苦日子过惯了，天空当被地作席，睡哪儿都一样。

到了夜里，小童还送了些饭食给他们三人吃，说是庄主吩咐，不必谢他。用过晚饭，唐霄左右无事，见房间中有一份邸报，便取了来读。

那邸报上正刊载着宋徽宗颁布征寇令，朝廷出兵讨伐四大寇的事情。近期征寇令闹得沸沸扬扬，唐霄自然也有所耳闻。只可惜禁军四路出征，消灭了王庆的正义军和田虎的万兽城，却终是不敌水泊梁山与光之国。看来宋江与方腊两人还命不该绝。

合上邸报，唐霄神情落寞地长叹一声。

"怎么啦？"杨采苓瞄了一眼。

唐霄勉强一笑："没事，咱们早点休息吧，明天还要赶路呢。"

耳房里只有一张床，自然归了杨采苓，张闲和唐霄则在地上铺了些干草，打个地铺，和衣而睡。三人赶路都累极了，不一会儿屋内就响起了鼾声。

昏昏沉沉睡到子时，唐霄耳边忽然传来一阵呜呜怪声。

——有人在哭？

"怎么了？"杨采苓睁开惺忪的睡眼，望向唐霄。

"别说话，你听。"唐霄指了指耳朵，"是不是有人在啼哭？"

杨采苓听了一阵，用力点头道："真的有。你可别吓唬我啊，难道这庄子里有鬼？还是说这一庄人都是鬼？"

"小苓，我瞧你是鬼神奇谭听多了，世上哪儿来那么多鬼！多半是有人在装神弄鬼。"唐霄瞧了一眼正躺在地上熟睡的张闲，继续道，"我去看一看，等会儿就回来。你和张闲兄弟先待在屋里，无论发生什么，都别出来。"

"这怎么行？我和你一块儿去。"杨采苓不依道。

唐霄笑眯眯地道："难不成你还怕我像之前那样，一走了之，丢下你们不管？"

杨采苓急道："你心眼多，谁敢保证不是！"

"好啦，安心吧！"唐霄轻轻推开房门，回首笑道，"这一次，我不会再丢下你了。"

杨采苓双颊晕红地道："总之，你要多留神，有危险的话，万万不要逞强，回来咱们再想办法。"

唐霄点了点头，又瞧了一眼地上沉睡的张闲，身形便没入门外的黑暗之中。他虽对张闲仍存有疑虑，但一来张闲不会武艺，杨采苓凭着她粗浅的拳脚功夫，也尚能应付；二来这些日子朝夕相处，见张闲处处热心为他们打点，路上也常对陌生人出手相助，是个热心人，唐霄心中的那些疑点也慢慢消散了。

僻静的庄院之中，夜半传来呜咽声，对任何人来说都是一种恐怖的经历。

　　唐霄虽然嘴上逞强，但也并非完全不害怕。

　　顺着哭声，唐霄施展轻功，翻过了一个墙头，来到一间厢房门外。如果没有听错，啜泣声应该是从这间屋子传出来的。唐霄蹲下身子，把耳朵凑近窗户，凝神细听，尽量不发出声响，以免惊动屋里人。

　　"你说咱们家究竟是怎么了，怎地倒霉？便是告到了官府，也没人敢替咱们出头啊！我这把老骨头留着有何用？不如死了，一了百了！"

　　声音听上去很苍老，说话的应该是一个上了年纪的男子。

　　那年老男子话音刚落，紧接着又传来了一个老妇人的声音，道："老爷，你可千万不要想不开。要怪，就只能怪女儿命苦，偏偏生在了咱们家。"

　　"天杀的贼寇，清平世界便如此为非作歹，还有王法吗？"年老男子越说越气，不禁咳嗽起来。

　　唐霄躲在窗外偷听了一会儿，也明白了七七八八。原来这屋里的老汉便是刘老庄主，老妇人则是他的夫人。他们有一个女儿，年方一十八岁，前几日被一伙儿强人夺去，至今杳无音讯，是以在此烦恼，夜夜以泪洗面。唐霄心想，原来这对老夫妇也是苦命人。如果能帮他们找回女儿，也算报了这一餐一宿之情。

　　拿定主意后，唐霄便站起身来，用手轻叩窗户。

　　"谁在外面！"屋内刘老庄主大声惊呼。显然他们被唐霄这一举动吓到了。确实，夜半三更的，任谁都会被忽然叩窗的声响惊动，更何况自己的女儿被掳不久。

　　唐霄忙低声道："惊扰到庄主及庄主夫人，抱愧实多。在下姓唐名霄，正是今日叨扰贵庄的旅人。适才路过，听见屋内有人哭泣，才冒昧在窗边驻足。若有唐突之处，请贤伉俪见谅则个。唐某虽不才，也曾拜师学过一些武艺，对付普通的毛贼不成问题。如若庄主不弃，在下愿意替庄主把贵千金讨回来。"

屋门推开，走出一个年约六旬的锦袍老汉，身后跟着一位面目慈善的妇人。那老汉一头华发，略有富态，不知是不是错觉，唐霄总觉得与小财神孙沁文有几分相似。老汉上下打量了唐霄一番，行了个作揖礼，道："这位义士，老拙万分感激你的好意，只是义士年轻尚轻，不知这世间的险恶。抢去我女儿的不是普通的流寇，否则老拙也不至于束手无策。老拙花重金招募来的乡兵，一听那些盗寇的名号，都吓得屁滚尿流，恐怕义士您也力不能胜啊。"

"两位但说无妨，在下自有计较。"

唐霄心想，要把我吓得屁滚尿流，恐怕也不太容易。纵然皇帝老儿派他的禁军来拿我，我唐霄又有何惧？不过，杨采苓来成都府追我成亲的时候，倒真吓得我屁滚尿流了。如此看来，在我心中，小苓比朝廷禁军还厉害呢！

庄主夫人凄然下泪，道："抢走我女儿的那伙人，便是水泊梁山的贼寇。他们打着'替天行道'的旗子，四处烧杀抢掠，当今圣上都拿他们没辙。我们只是一介草民，能顶什么用？罢了，也是我们夫妇二人苦命，不知前世造了什么孽，落得个这样的下场。"

——水泊梁山？他们已经到了？

庄主夫妇见唐霄愁眉紧锁，只道他是怕了，心下一片冰凉，又哭成一团。

"在下还有个问题，两位是否还记得，来掳走贵千金的人，长的什么模样？领了几个手下？梁山贼寇中，尤以天罡军团的头目武艺最强，对付起来殊为不易。若是地煞头目，在下倒是宰过几个。"

唐霄此时担心的正是这个。一个李应他尚且疲于应付，若是来两个这样的高手，就算状态调整到最佳，自己也不是他们的对手。

听了这话，刘老庄主微微一怔，道："此话当真？义士曾与梁山泊的贼寇有过龃龉？"

唐霄点了点头，然后亮出腰间的龟兹短剑，示意他虽长相阴柔，却实打实是个武者。展示了一会儿，他才收起短剑，道："不用怕，告诉在下，他们是何人？"

刘老庄主迟疑片刻，才缓缓道："不是别人，正是在景阳冈上赤手打死猛虎的**行者·武松**。另一个人，则是三拳打死镇关西、大闹五台山的**花和尚·鲁智深**。这两人的功夫深不可测，若是普通官兵，他俩用根手指头就可以捻死。义士的好意，老拙心领了，万万不能让义士以身犯险，断送性命啊！"

——武松和鲁智深已经到了？

这个消息不由令唐霄忧闷起来，单武松一人，便是栾廷玉也不是对手，扈三娘也很是忌惮，更何况还有个鲁智深？

这个花和尚的名号，唐霄当然听说过。当年做提辖时，为了一个毫无瓜葛的女子金翠莲，三拳打死了恶霸郑屠，亡命天涯。对此侠义之举，唐霄还颇有些敬佩。谁知最后还是落草梁山，屈身宋江之下。据闻鲁智深的武艺之强，不下武松，两人应该在伯仲之间。随行的杨采苓不说，张闲就是个客店伙计，手无缚鸡之力，顶不上用，单靠自己一个人想要降服两位天罡军团的高手，简直是天方夜谭。

"他们栖身在哪里，随行带了多少人马？"唐霄踌躇了一会儿，问道。

刘老庄主想了想，道："从这儿往东十里地，有个荒废的村庄，名唤傀偏村，那边上洼地处，有个拜五通仙的淫祠。这武松和鲁智深带着五六个随从伴当，占住了古庙，专门打劫。大家听了梁山泊的名号，谁敢去惹他们？"

唐霄心下寻思，这次围攻行动，何以只带了这么几个人？难道是为了避人耳目？是了，大军一定在后，他们理当是探路之先锋。可若如此，又何必掳走刘老庄主的女儿？都说武二郎不近女色，鲁智深也终日打熬筋骨，对女人不上心，那他们强抢民女的行为，就十分蹊跷了。如此看来，非亲身去打探一下不可。

"庄主宽心，我现在就去那边瞧瞧。这件事，先别告诉我那两位同行的朋友，如果早上我还没回来，请让他们先上路，我随后就到。"

听他这么一说，刘老庄主不知该如何道谢，只是呆立在那儿，说不出半句话来。

唐霄决定去淫祠刺探一下军情。他知道，这是极度危险的，甚至没有活着回来的把握。

为了一个素不相识的女子，值得吗？

他不想去思考这个问题。若一个人有能力帮助别人，那助力他人就应该是他的义务，是他的责任，而不是一种选择！

这是父亲唐非君的教诲，也是唐霄自己的人生信条。

更阑人静。

张闲感觉有人在拍打自己的脸颊。张闲睡意正浓，起初也并没有在意，心道也许是做梦呢，但是梦中谁又会拍自己的脸呢？卢掌柜吗？这老儿下手应该更重才是。可头脑略清醒后，张闲意识到不对劲了。

不对劲，是因为脖子上有凉飕飕的感觉。

张闲猛然惊醒，一睁开眼，竟瞧见一位容貌娇美、身材丰腴的黑衣女子。只是，这女子面色过于苍白，没半点血色，嘴角还有些未干的血渍，看来受了严重的内伤。他还注意到，脖子上凉飕飕的，是因为被一柄奇怪的钩状兵器架着，钩尖正抵着自己的咽喉。

"不准喊叫，否则我杀了你。"为了起到警告的效果，女子手上加劲，钩尖刺破了张闲脖颈的皮肤，渗出血来。

"我不喊，绝对不喊，你可别杀我。"

张闲长这么大，头一回被人用兵刃架着脖子，自然吓得魄荡魂飞，心想就算眼下让他喊娘，他也照喊不误，喊奶奶也成。

"将手伸出来，按我说的做，且饶你一条狗命。"

"是，是，小的一定照办。"张闲点头如捣蒜。

女子从身后取出一捆麻绳，将张闲手脚捆绑住，踢倒在地，才松了口气。她瞥了一眼正在酣睡的杨采苓，阴沉着脸，问道："那边床上睡着的，可是你的女人？"

张闲忙解释道："姑娘误会了，小的还未娶妻，那边睡着的，是小的好朋友的未婚妻。"

女子怒色渐敛，微微一笑，道："你这个小滑头，倒是挺有艳福。"

张闲苦着脸道："姑娘，你这可就冤枉小的了。我张闲虽不是个人物，但三纲五常、四维八德的道理还是明白的。朋友的妻子，怎么可以染指？岂不是猪狗不如？"

"孤男寡女共处一室，还三纲五常，我呸！"女子走到杨采苓床边，一脚踹中她的后心，怒道，"给姑奶奶起来。"

杨采苓大惊之下，身体陡然缩成一团。她看着这个素未谋面的女子，眼神中充满了惊恐。

"哟，还是个大美人呢。"女子转头瞧了一眼张闲。

"你……你是谁？"杨采苓颤声问道。

女子单手拿着虎头钩，在屋子里踱步，口中道："我是谁，你并不需要知道。而且现在是我问你们问题，不是你们问我，明白吗？"

"小的明白。"张闲迅速接口道。

"很好，第一个问题，这庄院的主人是谁？你们又是谁，怎么会留宿在这儿？给我如实招来，若有半句虚假，可别怪姑奶奶我下手不留情面。"

张闲心想，我若说谎，你又怎么分辨是真是假？但只是心里想想，嘴上没说。

"我们凭什么告诉你！"

杨采苓性子本来就烈，适才变故突起，惊愕了一阵，此时情绪渐渐平复，胸中怒火燃起，便毫无顾忌，开口怒叱面前的女子。

那女子也不是好惹的，话不多说，只一个耳刮子，狠狠抽在杨采苓脸颊。杨采苓受了这一掴，也不吭声，对女子依旧怒目而视。

"小淫妇，还不服气是吗？敢和这个小滑头在此苟且，想来也不是个好东西！你不羞这脸，我帮你弄花了，瞧这小滑头还爱不爱你！"说着手中的钩尖便要往杨采苓的脸上划去。

杨采苓也不怕，瞪眼看她。相比即将毁掉的面容，她更在意唐霄去了哪里。

"且慢！"张闲见状，冲口喝道，"她不说，我说！姑娘可别伤了她。"

女子转过头来，冷笑道："怎么，想给你的奸妇求情？"

张闲呆了一呆，讷讷说道："小的见姑娘如此美貌，真如天仙下凡一般。常言道，相由心生。想必姑娘也是个良善之人。我这位朋友的未婚妻，说来身世极为可怜，原本一家人来东京投靠我朋友，谁知路上遇到山贼，父母皆被杀死，好不容易从贼人手里逃脱，到了东京，那短命的朋友又突发痨病，死了。朋友临终前拜托小的，把他未过门的娘子送到她洛阳城的表亲那儿，代为照顾。住在这个庄院，只是正巧路过，借宿一宿而已。"

杨采苓转眼去看张闲，心想他怎么在胡言乱语，却见张闲朝她使了个眼色，这才明白过来。张闲满口胡话，是为了不让这个女人知道唐霄的存在。否则她一定会做好准备，设下陷阱。到时唐霄归来，岂不是自投罗网？

女子听张闲夸自己美貌，心里已有了五六分高兴，又听得杨采苓的"身世"如此可怜，自己也是女人，感同身受，便放下了虎头钩。她又想了想，狐疑道："你这个小滑头，会不会用谎话来骗我？"

"姑娘天生丽质，这是没有争议的事，何来谎话？"张闲信誓旦旦道。

女子哼了一声道："少油嘴滑舌，我说的是她的身世！"

"那就更不是谎话了！姑娘不信，小的发誓给你听。"张闲清了清嗓门，沉声道，"我韩四起誓，若方才所言有半分虚假，愿被天打雷劈，恶病临身，死于非命，神明鉴察！为了让姑娘信服，我再多加一条，若违此誓，让我韩四的对头、仇家张闲，大发横财，荣华富贵，一生享用不尽！"

"够了，我信。那张闲与你有什么仇，这样恨他？"

女子说完这句话后，面色倏变，单手捂住胸口，一口鲜血吐在地上。

杨采苓道："我不知道你来这里是想做什么，但据我所察，你伤势很严重，需要静养，再这么走来走去，肋部的疼痛会更加强烈。

如果你愿意，我可以替你看一下。"

"你会医术？"女子瞥了杨采苓一眼，将信将疑。

"不敢说精通医术，但也略知一二。我瞧你一只手一直捂着右肋，应该是肋骨受了伤。倘若是骨头断了，略有震动，便会牵扯，疼痛感就会加剧。而且我不知道你是否有外伤，伤口是否开放，继续这么熬下去，恐怕过不了多久，你就会昏死过去。"杨采苓说话不疾不徐，娓娓道来，完全是医者嘱咐患者的口吻，仿佛忘了适才的掴掌之仇。

女子双眼迫视杨采苓，问道："我为什么要相信你？"

"信不信在你，我倒是无所谓。好似我求你一般，救一个打我的人，我还不愿意呢。"杨采苓别过脸去，不再看她。

女子一会儿看看杨采苓，一会儿看看张闲，眼神游移不定，但每次吸气，都会牵动肋部的断骨，使得疼痛更加厉害。起初提着一口气，是为了制服屋里的人，但眼下放松之后，痛觉又如洪水般向她袭来，额头上全是因为剧痛渗出的冷汗。

这女子正是仙音阁七仙女之一的黑死蝶·骆琪花。骆琪花做梦也想不到，自己居然会陷入这般尴尬的境地。仅仅被那个男人踢了一脚，竟会伤得如此严重。那个叫韩世忠的男人，武功之高，当真深不见底。

别说自己，就算蜂后亲临，也未必是他的对手……

骆琪花也明白，如果继续僵持下去，待自己体力耗尽，且不说能不能救出困在少林寺中的梁红玉，便是自己的命也要搭进去了。

"好，你给我医。"骆琪花一咬牙，强忍剧痛，自己躺在了床上。

杨采苓起身让位，正要拨开她的衣裳，忽然想到了什么，转身对张闲说："我待会儿要脱下这位姑娘的衣衫，查看伤势，你闭一会儿眼睛。"

谁知骆琪花竟浑不在意，笑道："小滑头爱看的话，瞧上几眼，姑奶奶倒无所谓，要是给我发现你们轻举妄动，就算我拼了这条命，也要把你们这对狗男女带到阎王殿去，听见没有？"原来这骆琪花本就出身青楼，男女有别的观念，与杨采苓这类良家女子毕竟不同，她更担心的是杨采苓利用替她疗伤的借口，要她的性命。

杨采苓冷眼看她，撩开抹胸，素手抚在她丰硕的右胸之上。她虽是女子，却从未碰过别人如此隐私的部位，不禁脸上一红。骆琪花倒显得无所谓，只是不停催促。杨采苓用手指轻轻按压，细细摸索，按至伤处，一阵剧痛使得骆琪花不禁呻吟起来。

"你……你轻一点……"骆琪花苦道。

"轻一点，怎么摸到骨头？你就忍着些吧！"杨采苓手指娴熟，左右各伸出两指，将断骨对准，把床边的旧木板拿来，胸前背后固定，再用麻绳绑住。

紧接着，杨采苓又从包裹里取出一个翠绿色的瓶子，倒出了一颗药丸，递到骆琪花嘴边，沉着脸道："吞下去。这是我爹研制的筋骨丸，对你的骨伤有帮助。"她见骆琪花犹豫，知道她怕有毒，便自己吞了一颗，嚼碎咽下，再取一颗给她。

骆琪花脸上闪过一丝愧色，乖乖张开了口，吃了下去。

杨采苓道："你这伤再快也要十天才能下床，想要痊愈，没半个月不成。"

骆琪花摇头道："不行，我休息一晚，明天还有要事去办！"

杨采苓正待说话，忽然听见身后飘来一阵奇香。她转头望去，只见一个身披绿色纱衣、身姿婀娜的妖媚女子，正朝着她笑。这女子面上略施脂粉，眉梢含春，腰上配着两把奇怪的弯刀，一条白皙的玉腿从腰间裁开的纱衣中伸出来，轻踏在张闲的身上。

——这女人何时跑进屋子的？

杨采苓虽心中恐惧，表情却没有任何变化。

妖媚女子看了一眼床上的骆琪花，娇笑道："看来这次的行动又失败了。小蝴蝶，你打算怎么向主上交代？"

在窗外月光映照下，只见这女子媚眼流波，风情万种，像阴间的女鬼，又像天上的仙女。

"赵元奴？"骆琪花奇道，"你不是去杀郑居中了吗？来这里作甚？"

原来，这女子正是当日刺杀郑居中，被徐燎及时阻止的仙音阁刺客，魔花螳螂·赵元奴！

"主上怕你们办事不力，特意让奴家来监督你们。果然不出所料。你笨手笨脚倒也罢了，梁红玉也会失手，奴家却是没想到！"

被赵元奴身上散发出的气魄所震撼，杨采苓和张闲均呆在那里，没说一句话。

"是我的责任。没想到禁军大将也在那儿……"

"眼下说什么都是枉然。先把梁红玉救出来再说，回东京后，主上如何责罚你们俩，我可管不着。"赵元奴又望了一眼杨采苓，柔声道，"既然我们说的话都被这两人听见了，而且你的伤也治好了，那么，奴家就顺手宰了这对奸夫淫妇，怎么样？"

她说话的时候，语气中全无愠怒，仿佛在说一件极其平常的事。

月亮在厚厚的云层遮蔽下，忽隐忽现。

没有光线，古庙山门前异常黑暗，庙顶插着一杆"替天行道"的旗子，在月光的照射下勉强能辨清字迹。唐霄隐身在一棵大槐树后，双眼直直盯着远处的那三个小喽啰。幸好门口放哨的人并不多，加之唐霄轻功绝佳，落地无声，近到一百尺的距离，三个喽啰都没发现有人监视他们。

应该就是这里，唐霄断定。

若要潜行靠近那间古庙，恐怕先要干掉这三个喽啰。但一出手，难免会让他们发出声响，警示其他在庙里休息的人。如果形成围攻之势，任凭唐霄轻功再高，也没有全身而退的把握。更何况，这古庙里还有两位天罡级别的高手，在等着他。

他不期团灭这伙贼寇，只要能偷偷把刘老庄主的女儿带走就行。

这三个喽啰中，有一人坐在地上，眼前生了堆柴火，正在歇息，其他两人在古庙前几十尺来回走动。他们腰间配了朴刀，手里还持了一枝红缨枪。唐霄观察了片刻，脑中迅速衡量着各种战法，以及失败之后的后着。他暗自盘算，这么远的距离，暗器绝对是最优先的选择。只是同时出手三把无影飞刀，在这样远的距离，能否同时命中目标，不说唐霄，就是他的师尊晏孝广，也不一定有把握。如果用炽焰回旋刀呢？击杀两人时，恐怕另一个人就会向古庙发出警告了。

已经没有太多时间留给唐霄，再拖下去，天就要亮了，他必须快速做出决定。

——考虑那么多，畏首畏尾，不如一鼓作气。

唐霄从地上拾起一颗石子，右手食指发力，将石子打到离他三尺远的另一棵树上，石子撞击树干，发出了"啪"的声响。

"谁在那边？"其中一名黑胡子的喽啰紧张起来。

"可能是野猫野狗吧？"坐在地上的那个瘦子喽啰站起身来，他指使另一个戴着毡帽的喽啰去看一下，"不过为了安全起见，你还是去看看。"

"好的。"

戴着毡帽的喽啰走近那棵树，用长枪捣了捣草丛，没有发现什么异常。他伸手整了整头顶上的毡帽，刚想回头向那两人汇报什么，忽然喉咙一紧，一股热流从咽喉涌向口中，接着鲜血就顺着嘴淌到了胸口。这时他才发现，一柄飞刀正插在自己的喉咙上。他想发出喊叫，但努力了几次，均以失败告终。他不知道，无影飞刀的刀刃已割断了他的声带。

喽啰倒下后，身体瞬间被一人接住，悄无声息地拖入树后的黑暗草丛之中。

另外两个戒哨等了半天，不见他回来，骂道："他妈的，人怎么没了？到底有没有可疑的东西，你倒是放个屁啊！"

只见树后伸出了一只手，正在招呼他们过去。从衣着来看，这手的主人，正是刚才那个毡帽喽啰的。另两个戒哨骂骂咧咧地朝他走去，心想这家伙，入伙没多久，规矩也不懂，半夜三更还装神弄鬼，待会儿非教训他一下不可。

"说话就行了，你招呼我们过来做什么？"瘦子喽啰不耐烦道。

可他话音刚落，身边的同伴便忽然倒下了，他转过头去看，发现同伴的咽喉插着一支箭镞。适才听见的"咔嚓"声，似乎是机栝发动的声响，如果没猜错，应该是袖里箭。

——有入侵者！

他才反应过来，刚想扯着嗓子提醒古庙里的众人，草丛中倏然跃出一条人影！

影子移动速度极快，他都来不及眨眼，一柄乌黑的短剑就已插入了他的胸膛！瘦子喽啰张开嘴，大声喊了一句，却发现耳朵没有接收到声波，这才发现，自己的嘴也被眼前这人捂住了。他拼命喊叫，直到胸膛的剑刃刺破他的心脏为止。

击杀二人，不过用了一眨眼的工夫。

一阵夜风吹过，草丛发出簌簌声，接着又恢复了宁静。

刚才的一切，仿佛从没发生过。

三具尸体被唐霄拖入暗处。他脱下其中一人的外衣，披在自己身上，又戴上那人的毡帽，提着长枪，缓步迫近古庙。

借着月光，他透过破败的窗户朝里探视，发现小庙中只有四个酣睡的喽啰，并无刘老庄主的女儿，也没有两位天罡。武松和鲁智深两人，唐霄虽没见过，但也瞧过海捕文书上的画像，一个壮硕的头陀，一个胖大和尚，这四个瘦如干柴的喽啰，绝不会是他们。

——人究竟藏在哪儿呢?

唐霄悄悄推起上悬窗，翻身入内，取出龟兹短剑，反手握住。他蹑手蹑脚地走到一个打呼的喽啰边，先用手捂住那人口鼻，再一剑直扎咽喉，不消一秒，便结果了这人的性命。如法炮制，唐霄连杀了四人。若是栾廷玉，或许不屑这样的做法，但唐霄不管，他只求最高效率达到目标，用什么手段不在他考虑的范围之内。

只有赢到最后的人，才有资格论对错。

小庙只有三十尺见方，祭坛上拜的是偏财神，果然如刘老庄主所言，这是个淫祠。他在庙宇内来回踱步，猜想他们把女子藏在了哪里，来来回回走了几圈，却怎么也想不明白。正纳闷间，唐霄的耳朵忽然捕捉到了细微的声响，虽然轻微，但绝对真切。

这种细微的声音，只有经过长期严酷训练的武人，才能听见。

唐霄不禁回忆起在晏孝广门下时，所受的那些听风辨暗器的训练。对他来说，真是残酷的经历。数十种暗器发动时的声音，都有着细微的变化，流星镖尖锐，毒针短促，袖里箭清脆，雷公钻沉重……

而此时唐霄耳边回荡的，是女人哭泣的呻吟——声音是从地下传来的。

唐霄蹲下身子，用手去拍击地上的灰石板，发现果然有问题。既然如此，机关一定在附近。他开始转动塑像，发现不是，直到他移开供桌。毕竟身为兵诛城的少主，世间能难住他的机关实在不多。

供桌下的洞口，高约三丈，唐霄双手攀着两边的墙壁，跳了下去。脚跟着地后，哭声更响亮了，其中还混杂着男人的笑声。面前是一条长长的甬道，他走了一会儿，觉察到眼前是一间石室。石室里光线摇曳，应该是点了烛火。

——两位天罡高手，就在里面！

那石室没有门，唐霄侧身躲在门边，微微探头去看。

他看见了这永生难忘的一幕。

一个背身刺满花绣的胖大和尚，浑身一丝不挂，正满头大汗地压着一个裸体的女子，他身边站着一个头陀模样的男人，也赤着上身，饶有兴致地看着二人。那女子雪白的身躯剧颤，但双目已然失去焦点，口边淌着涎水，显然因为极度的恐惧而变得精神失常。女子的娇躯上秽迹斑斑，尽是伤痕与污秽，但那两人依旧兴趣不减，狞笑声充满了石室。

唐霄向来冷静的脸庞，此刻因极度的愤怒，涨红起来。

——这算哪门子好汉？简直是一群畜生！

他知道，现在不能激动，要冷静地计算敌我的力量差异，采取合适的战斗策略。但另一股更强烈的情感，也在他的身体里慢慢升腾起来。那是对眼前暴行的愤恨，他眼中激射出了猛烈的杀气。就算是比自己强出许多的高手，他也丝毫没有惧意。

盛怒，盖过了一切。

伴随着三记破风之音，唐霄的身形瞬间从门后拔射而出！在他身前，三道银色光华，呼啸着飞向和尚的背后！与此同时，他左手发动袖箭，同时扣住三枚金钱镖，准备后手；右手持着龟兹短剑，待胖大和尚拨开暗器后，奋力刺向他的咽喉！

唐霄毕生所学，六奇十二绝，尽数使出！

尽管是恼怒之下的进攻，但唐霄也经过了精密的计算。胖大和尚此时行动受限，一举击杀他是最好的选择。当然，作为先锋的无影飞刀一定会被他化解，而那之后的后手，便是制胜的关键，即便不能致死，也要令他重伤，无法协助头陀的合围进攻！而射出的袖箭，则是为了拖延头陀的权宜之计。

对阵两个能力远高于自己的天罡，这是最好的，也是唯一的战略。若一击失败，两人形成围攻之势，等待唐霄的就只有死亡。

一击必杀！不成功，便成仁！

第三章 八部鬼帅

　　三把无影飞刀飞旋而出，刀锋几近触及胖大和尚的项背。奇怪的是，花和尚丝毫没有想躲闪的样子。唐霄此时心底一片明澄，周身毛孔都已张开，随时准备根据对手的反应做下一步的打算。但眼前的和尚不动如山，难道有传说中的铁布衫硬功？唐霄不禁暗自担心起来，那种担忧，只有面对远超自己能力上限的敌人才会产生。

　　何况花和尚身边，还有个可以赤手打死猛虎的武松！

　　但下一刻，唐霄的所有担忧，便化为乌有。

　　三把飞刀的刀锋，竟然精准无误地狠扎入胖大和尚的背肉中，随之而来的是一阵撕心裂肺的惨呼。而袖箭的箭尖则"嗖"的一声刺入头陀的喉头，鲜血激射出的瞬间，赤着上身的头陀，重重摔落地上，扬起一阵灰尘。胖大和尚推开身下的女子，痛苦挣扎地爬起来，想去拿搁在墙边的镔铁禅杖。摇摇晃晃没走几步，他双脚的跟腱就被两枚飞来的金钱镖，齐刷刷割断。他痛呼了一声，跌在头陀已然气绝的尸体上，撞成一团。

甫一出手，竟然击败了两位天罡级别的头领。唐霄看着眼前的一切，觉得不可思议之极。他所准备的后手，完全派不上用场了。

"你……你是何人……好……好大的胆子……你可知道洒家是谁？"那胖和尚在地上乱滚，嘴里不干不净地骂着，"腌臜泼才……听好了……洒家是梁山泊……"

唐霄走上前，猛起一脚，踢歪了那胖和尚的半张嘴，痛得和尚直喊娘。

"给我说实话，否则立刻结果了你的性命。"唐霄将龟兹短剑架在胖大和尚的颈上，说话时语气冰冷，不带任何情感，"你们究竟是什么人？为何要冒充梁山泊的贼寇？"

"大侠手下留情，我什么都招。"胖大和尚见瞒不下去，便向唐霄告饶，"我名叫王江，死的那个是我的结拜兄弟，名叫董海，我们俩原来是绿林中的草贼，啸聚在西北牛头山，干些打家劫舍的勾当度日。"

唐霄不由冷笑一声，道："于是你们便冒充起了梁山泊，借别人的名号，长自己的威风，是不是？"

王江忙摇头道："便是借我们一千个胆子，我们也不敢冒充梁山泊的人啊！让大侠见笑，小的原本在牛头山，还是有些小名声，人唤金罗汉·王江，我兄弟诨名银夜叉·董海。化名梁山好汉，实在也非我们的本意。"

"哟，你还有难言之隐啊？"唐霄又笑起来，"好吧，我给你诉苦的机会，说吧！"

"我兄弟二人虽然手下不多，但在牛头山上占了个旧道院，也逍遥快活。只是上个月道院来了两个人，想招我们入伙。这两人也奇怪，一个是容姿冶艳的貌美女子，一个是黑面虬髯的西域大汉。

我兄弟二人自由惯了，当然拒绝了，谁知二人忽然动手，大开杀戒，我数十名弟兄全死在他们手里。敌我实力悬殊，作为山寨的头领，我只能答应他们的要求。"说到此处，王江长叹一声。

"上山这二位，可是梁山泊的头领？"唐霄问道。

王江先摇头，又点头，道："可以说是，也可以说不是。"

"别跟我卖关子，快说！"唐霄手上加力，龟兹短剑的刃锋摩擦着王江咽喉的皮肤。

"我说，我说！这两个并非梁山泊的好汉，而是阎帝·孙列手下'八部鬼帅'其中二人！"

"八部鬼帅？"

唐霄摇摇头，表示没听说过。

"男的是大食国的高人，人唤妖刀·阿里奇，女的叫毒孟婆·余五娘，是用毒的老手。孙列已向宋江投诚，这次征讨少林寺的梁山远征军，孙列的军团也在其中。"

"孙列？"唐霄惊呼起来，"难道是传说中的'夜行者'？"

悬赏四千贯文的孙列，竟然也加入了梁山泊？这是唐霄做梦也想不到的。

王江咽了口唾沫，继续道："朝廷征寇令一出，绿林好汉，人人自危。首当其冲的自然是四大寇，接下来便是五匪。势力越小，越容易被扑灭，乃是三岁小儿皆知的道理。我们这些小鱼小虾，若不是依附水泊梁山，待他日朝廷大军一到，恐怕连骨头渣都不剩了。当然，这次向宋江俯首称臣的，不止孙列，还有'敢炽军''破戒僧'以及'不庭山'等大大小小四十多个山寨。"

如果王江所言不虚，五匪中有四股势力已投靠宋江，那么此时的水泊梁山，俨然已成为一头傲视天下的巨兽，有足以抗衡朝廷的实力。

就算是大宋引以为豪的禁军，恐怕也忌惮他三分。

王江又道："此番讨伐少林，梁山让我们这些新入伙的山寨作了先锋，梁山本部的远征军殿后，作为主力军。所以，我们自称是梁山泊的人，也不能说全是谎言了！"他见唐霄面色稍缓，原先紧张的心态略微放松起来。

唐霄低头思索，宋江这厮竟然有这等心计！用征寇令之名，且让这些山寨归附，再让他们去做先锋，鹬蚌相争，梁山主力军则乐享其成，坐受渔翁之利。如果朝廷援军不到，仅以少林这些护寺武僧，以及张叔夜带去的这点兵力，少林危矣。唐霄不知道的是，张叔夜所派遣回东京求援的传令兵，皆被莲台寺派出的探事郎削去了脑袋，眼下正一筹莫展。

但宋江的目的，仅仅是攻破少林寺这么简单吗？这个问题从一开始便在唐霄脑海中盘旋不去，越想越觉得疑窦丛生。

"大侠，我所知道的，都已经说了。你就饶我一命，放了我吧。"王江苦求道。

唐霄望了一眼躺在地上仍旧昏迷的赤裸女子，脑中浮现出刘老庄主那双因过度悲痛而充满泪水的眼睛，原本平静的内心又再次掀起波涛。

适才目击龌龊的愤怒，又回到了他的身上。

"我答应给你留条全尸，并没有答应放走你。"

唐霄的双目，杀气毕露。

王江脸白如纸，刚想辩解什么，却发现已经发不出声音了。龟兹短剑的剑刃已经入肉数寸，割断了他的声带，搠穿了他的气管。鲜血顺着他的脖子往下流，淌到肚脐的时候，王江胖大的身躯"啪"

的一声崩倒在地。

——下地狱吧！混蛋！

唐霄走到女子身边，脱下身上的衣袍，小心翼翼地把她包裹起来，然后背负在身上。

回去的路还很遥远，唐霄希望她暂时不要醒来。

空气中弥漫着一股浓烈的血腥味。

在这么一间逼仄的小庙里，横竖躺着四具尸体，刀刀封喉，动脉被割破，血液流淌得到处都是。尸体还存有温度，死亡的时间不会太久，也意味着杀死这些人的凶手没走多远。

可是现在追出去也来不及了，对于一个轻功高手来说，半炷香的时间，足够跑出十里地了。这个道理，身为轻功高手的北堂尊，自然心里有数。他长着一张马脸，却有一对鹰一般的眸子，总是来回观瞧，闪烁不定。细长的背上负着两块类似盾牌般的兵械，体积非常大，快要盖住他的身体，圆边上有着密密麻麻的齿牙血槽。

北堂尊抬腿的时候，黏稠的鲜血会粘住他的鞋底，令他有些烦躁，不由低低骂了一声。

"不妨猜上一猜，这是谁干的？"

站在北堂尊身后的李甲，冷然问道。

李甲长了一副死人相，额黑项硬，说话时瞳孔定住不动，眼下一团黑印。让相术师最头疼的是，他脸上透着死相，却每次都死不了，每次死的，都是他的对手。所以对相术师的话，李甲从不担心，正如他从不用担心自己的右脚鞋底是否会被尚未凝固的血液粘住，因为他的整个右腿膝盖以下，只有一根钢针一般的假肢。

"钢腿"的称号，也由此而来。

北堂尊没有理会他，自顾自推开供桌，跃入了密道，李甲则站在原地，没有走动。过了一会儿，才见北堂尊从密道中走出。他沉吟良久，才道："两个废物都死了。这下可好了，若余五那娘们儿问起来，怎么说？让你他妈别去赌，别去赌，偏不听。"

"少废话。"李甲怒目而视，"你再多说一句，我杀了你。"

原来，这两人也均是孙列麾下八部鬼帅的两位头目，双盾·北堂尊和钢腿·李甲。牛头山这些个喽啰，本是他俩带领的先头部队，负责刺探少林寺周边城镇的一些情况。那日路过刘家庄，见刘老庄主的女儿貌美，北堂尊就吩咐王江和董海二人将女子掳来，准备献给孙列，做个小妾。谁知这天夜里，李甲赌瘾大发，硬是要拉着北堂尊去附近的镇上赌上一把。来回两天，王江和董海便自作主张，把刘老庄主的女儿给玷污了。

"你以为我怕你？若不是看在孙爷面上，早就把你另一条腿给卸了！"北堂尊瞪了他一眼，"与其和我斗，不如先把杀人者找出来。和我打，算什么本事？"

这李甲自小好狠斗勇，十来岁时参加了一个叫没命社的地下赌博组织，推举两人死斗，赌徒各自下注，选手签好生死状，在擂台上格斗，至死方休。他的右腿，正是在死斗中被对方大刀砍断的。八部鬼帅中，尤以李甲打起架来，最为拼命，就连武艺最强的修罗枪·陈广也让他三分，不在他气头上惹他。

北堂尊也不愿过多招惹这人。因为他知道，李甲真恼起来，自己人都打。

"那女子的尸首见着没？"李甲忽然想起了什么。

北堂尊一愣，惊道："我这脑子！下面只有王江和董海的尸首，却不见那女子。所以凶手的目标，就是那个女人？"

李甲点头道："那么谁会冒着生命危险，来救这个女人？"

话说到这个份上，北堂尊心里已经有了答案。

"看来，我们两个得走一趟了。"李甲说话还是一如从前，没有任何情绪的起伏，"去刘家庄看一看。倘若庄主的女儿回家了，为了祭奠这些弟兄，必须把他们都给杀了。"

"倘若她没回家呢？"北堂尊冷笑一声，问道。

"没回家？"李甲皱起眉头，然后移动了一下他那根如钢针般的右腿，"没回家，说明管教不严，既然如此，他们枉为父母，也全要杀了。"

唐霄回到刘家庄门前时，已是寅末时分，再过一个时辰，天就要亮了。

他扛着刘家女儿，大步跨入庄内，径直往刘老夫妇的正房走去。他推开门，刘老夫妇见女儿被带了回来，双目含泪地拥了上去，对唐霄千谢万谢。唐霄将女子置于床上，正待离开，那女子便悠悠醒转。她见了父母，三人抱在一起，哭成一团。女子哭道："我在几日前被两个贼掳去，每夜将我关在地牢奸宿。我好几次动了轻生的年头，只是被他监看得太紧，求死亦是不能。今日得将军搭救，便是重生父母，再养爹娘。"说着便要拜唐霄。

"几个盗贼都让我给杀了。从今往后，你们一家人安安心心过日子，不用再分离了。"

唐霄朝他们回了礼，就退了出来，向自己住的耳房走去。为了不吵醒杨采苓和张闲，他尽量放轻脚步，推门的时候动作也很慢。但下一秒，他就怔住了。

屋内空无一人。

他立刻往后退出一步。这当然是武者的习惯，一旦情况变得不寻常，随时要防止别人偷袭。特别是以暗器功夫安身立命的唐霄，这么浅显的道理怎会不懂？

稳住心神后，他屏息静听。

如果房内有人，就会有气流的声音。因为无论多么安静，人总会呼吸，甚至在发动进攻之前，人的呼吸也会有微妙的变化。这话虽听上去离奇，但对于一个在刀口舐血的武者来说，实在再平常不过，几乎是每个高手均具备的基本素质。

过了好一会儿，唐霄才确定屋内没有埋伏。他快步走进去，四下张望一番，没见到血迹，也没见到打斗的痕迹。想到这里，他不禁苦笑起来。杨采苓和张闲都不会武功，怎么会有打斗的痕迹呢？他们一定是被人带走了。能在深夜，神不知鬼不觉地带走两个大活人的，绝非等闲之辈。唐霄此时脑中乱极了，他甚至有些后悔，为什么要半夜溜出去。

——等等，这是什么味道？

他闭上眼睛，用力嗅了嗅空气中飘浮的脂粉香气——这不是杨采苓身上的味道。

难道绑架他们的是个女人？唐霄皱起眉头，心中霎时有千百个疑问，却找不到答案。

正当他苦思不已的时候，门外传来一阵尖叫，随之而来的是连声惨呼！唐霄记得这个声音，是今日为他们开门的那个小童。闪过他脑中的第一个念头，即是有山贼袭击村庄，但细细一想，也不太合理。聪明如他，立刻意识到不对劲。眼看天就要亮了，谁打劫会选在早上？

心念一动，唐霄身形也随之冲出门外，朝那惨叫声的源头跑去！

庭院中满是血痕，沿路有三四个早起打扫的家丁和婢女，惨死在地上。地上有两排血脚印直通刘老夫妇正房，其中一排脚印极其怪异，仿佛这人只有一条腿，另外一条腿的脚掌，只留下半寸宽的圆形血痕。

——只来了两个人？

他没有打算从正门直接冲撞进去，那样太贸然了，对方很可能在门口设埋伏，待人一进去，四面八方都可以伏击。唐霄快跑几步，脚踏墙壁借力跃上了正房的屋顶。他轻功极佳，脚底踏在屋瓦上，没有发出任何响动。他弓起身子，像猿猴一般，四肢并用地攀爬到屋子中央，然后低头侧耳去听。

唐霄刚把耳朵凑上屋瓦，整个人便立刻往后猛仰！紧接着，一个巨轮般的盘状物体，擦着唐霄的额头，飞旋着破瓦而出！

一丛鲜血自唐霄的眉间喷射出来！

晚一步，他的脑袋就会被这圆盘边上的锯齿切开，魂归冥府。

他一屁股坐在屋瓦上，靠腰腹力量立刻弹起，双手扣着两枚飞刀，随时准备发射。就在他刚准备妥当时，背后又是一阵瓦片爆破的声响，他自知来不及回头，听声辨位，抖动手腕，反手就是一把无影飞刀往后射去！

身后传来叮的一声，看来佯攻奏效，趁着那人架开飞刀的空隙，唐霄转过身去看他。

这是一个外形非常古怪的男人。

长得像僵尸且不说，右腿膝盖下面，还接着一根钢针般的假肢。

——他手上没有兵刃，难道刚才是用这条假腿挡下飞刀的？

唐霄冥想之际，身侧又传来一个男人的笑声。他转头去看，只见一个马脸男子，双手各持着一块一人多高的"圆盾"。盾牌边缘，尽是鳞次栉比的锯齿。方才差些让唐霄命丧黄泉的，正是这件奇特的兵器。

"身手不赖啊，怪不得能杀了王江这群废物！"马脸男抖动双盾，仰着脸看他，"你还想救刘老头一家三口？我看不用麻烦了，他们都叫我俩给杀了。"

"你们是什么人？为何要在这里滥杀无辜？"

唐霄问出这句话的时候，其实心里已经有了底。他要的只是对方亲口承认。

马脸男满脸得色，高声道："小兔崽子，想知道爷爷的大名？好，我就让你死个明白！你刚才杀的虽是一群废物，可打狗也要看主人，这群废物的主人便是我们'八部鬼帅'！在这江湖上混，阎帝·孙列的大名，你总听过吧？"

唐霄心念急转，这两人武力皆不在自己之下，甚至犹有过之，取胜的概率，近乎为零。更何况两人一左一右夹击，合剿的阵势已成，自己的处境相当困难。他心里思索战略，口中漫应道："孙列的威名，我好像在哪里听过。但是八部鬼帅就没什么印象了。这位腿型很别致的大侠，不知尊姓大名？"

马脸男微微一笑，道："这位叫钢腿·李甲，我则是双盾·北堂尊。你可记住了，能死在我们俩手下，是你一生最大的荣耀！"

——近距离交手，我的胜率太低，不用考虑。如果拉长距离进攻的话，恐怕也不行，这厮手中的飞盾威力不小，无影飞刀也占不了便宜。

唐霄心中虽焦虑之极，但面上则装出另一副表情，恍然大悟道："喔！李甲大侠的名字，我听说过！但北堂兄你的，似乎没有。是不是李甲大侠比你厉害一点？"话语方停，唐霄就注意到，在右侧有一间窗门紧闭的厨房。他瞧了几眼，可以确定厨房内没有人。

"胡说八道！这家伙怎么可能比我出名？"北堂尊略显暴躁地用巨大的圆盾砸击屋顶上的瓦片，碎瓦扬起一阵粉尘，"对了，你这小子，还没自报家门，你是谁？"

"我是谁？"唐霄微微一笑，"你不妨来猜猜，给你十次机会。"

厨房离自己有百步之遥，唐霄虽对自己的轻功极有自信，但朝右侧冲过去，必须要闯过北堂尊这一关。这人虽然没头没脑，但武艺十分高强，论单挑，八部鬼帅的实力恐怕不下梁山泊的天罡军团。

——只要进入厨房，我就有险中求胜的机会！

北堂尊怒道："你这人说话颠三倒四，你不说，我怎么猜得透？"

与其坐以待毙，不如冒险一试。唐霄已拿定了主意，他偷偷将长袖垂下，各种暗器从肘部滑落到手腕，再用五指扣住。他准备孤注一掷，将身上所能用的一切暗器，皆往北堂尊周身要害打去，趁他防守之时，再跑向厨房，从屋顶滑入房中。这一招，自晏孝广传他以来，闯荡江湖从未用过。

倒不是说唐霄没这种破釜沉舟的勇气，而是他从不冒无谓之险。

"又不是我没给你机会，我知道了，你太笨了，所以需要我提示你是不是？也可以，我姓倪，这下有印象了吗？"说话间，唐霄的双腿开始蓄力，手指上也灌注了力道，待会儿全力一击，他不知道自己多年疏于练习的绝技乾坤一掷，有没有生疏。

"姓倪？"北堂尊苦苦思索道，"难道是田虎手下的倪麟？不，不会这么年轻。那到底是谁呢？不行，我今日必须猜出来才行！"

李甲见唐霄膝盖微微弯曲，知他正待发力，蓦然喝道："北堂尊，小心！"

"我是你爷爷！"

唐霄乘着猛踏之力，身形疾速向北堂尊冲去，与此同时，双手在半空中点点戳戳，蓦然出现的二十多点黑影，如流星飞掠，向北堂尊爆射而出！

飞刀、金钱镖、袖箭、飞蝗石、脱手镖等等五花八门的暗器，从四面八方如雨点般向北堂尊扑面而来！令人难以置信的是，这些个暗器，竟皆甩出于弹指之间，唐霄手上的每一条肌肉和神经，几乎都使用到了极限！

——想偷袭我？可没那么容易！

北堂尊瞬间做出了判断，躲一定躲不开，不巧的话还会被打中要害。幸而他手中有两个大圆盾。他想也没想，就立刻举起右手的大圆盾，将身体缩入其中。耳边传来密集的叮叮当当声，这是暗器轮番砸在盾牌上的声音。一轮暗器进攻结束，他刚想放下盾牌，手上却有一股奇特的触感……

他觉得盾牌非常沉重。

转瞬之间，北堂尊立刻明白了唐霄的用意！

唐霄踩在盾牌上，利用盾牌作为踏板，然后跃过了他！

——被耍了！

唐霄用自己强大的身体柔韧性，高高跃过北堂尊，脚跟稳稳地踩在屋瓦上，然后朝厨房的方向，发足狂奔。他在瓦片上如履平地，轻功之高，果真当世罕有！

——七十步！六十九步！六十八步！

他在心里默数自己离目标的距离。

奔跑的时候，唐霄耳郭微震，忽然往下扑倒。飞旋的圆盾从他方才站立的位置掠过，若唐霄没有躲避，腰背定会被这圆盾锋利的锯齿切割得血肉模糊。圆盾重重砸在他十步之前的屋瓦上，可唐霄没有工夫去理睬，继续在心里默念数字。

——五十九！五十八！五十七！五十六！

身后的追兵也不慢，但在奔跑的速度上，他们还远不是唐霄的对手。

但北堂尊也不是毫无办法。

夜行者军团的八部鬼帅，可不是唐霄想象得那么简单！

失去一枚圆盾，北堂尊也毫不在意，他们虽相距二十多步，可唐霄脚力太猛，致使他们越追越远，再不采取措施，猎物就要跑掉了。北堂尊举起手中仅剩的一枚盾牌，奋力往屋瓦上挥去！只听"啪啦"一声巨响，屋顶上被北堂尊砸了一个巨大的窟窿。他好似还不满意，轮番怒砸屋顶十多下，只听哗啦啦一片声响，整个正房的屋顶竟生生被北堂尊砸得坍塌了一大片！

——这莽夫，竟想要砸掉整片屋顶，让我没有立足之处！

这举动并非无用，唐霄脚下的屋瓦也开始松动，刚踏几步，就踩了一个窟窿，又几步，屋瓦开始一块一块地往下掉！

——不可以放弃！

唐霄在满目疮痍的屋顶上连续跳跃，最后竟直接在房梁上奔驰前行！

——三十步！二十九步！二十八步！

"你他妈在做什么！"李甲因为一只脚是钢针，在屋瓦上本就不稳，屋顶被北堂尊砸成这个样子，眼看他就要掉下去了。

两人无奈，眼睁睁看着唐霄跃入厨房，自己只能从顺着房梁爬下来。他们见唐霄并没有走远，只是躲在厨房，便放心不少。他们不知道这小子为什么这样笨，远远逃走不就好了，为什么还要躲在这样的屋子里。

但他们不知道，有所准备的唐霄，才是最恐怖的对手。

如果**扑天雕·李应**泉下有灵，一定会这样告诫他们！

他们俩一步步逼近厨房，心里对这个躲在暗处的小子，充满了鄙夷。北堂尊拿回了另一个圆盾，双手分持，只需要一个机会，双盾直射出去，就可以把人头割落。而李甲则右膝微微抬起，随时准备一脚蹬踏，刺穿这对方的心脏。

门虚掩着。

北堂尊用圆盾推开半扇大门，见到了奇怪的一幕。

唐霄并没有如他们所想的躲起来，而是站在厨房的中央，冷冷地看着他们。他双手各拿了一个大包裹，沉甸甸的样子。

"怎么不逃了？知道死期将至，逃跑也没用了？"

北堂尊咧开嘴冷笑，一步步向唐霄逼近。李甲则转身将大门关上，以防唐霄再次逃跑。

"逃跑？"唐霄禁不住"哧"的一声笑道，"我唐霄从不会逃跑。我只是换个战场，让你们死得其所！"

没有任何征兆，李甲突然启动，朝唐霄抢近！

"来得好！"

唐霄左手猛然一挥，那包裹向李甲门面砸去。李甲微微侧身，高高抬起右边的针腿，猛然朝包裹一记刺踢！那包裹被针腿戳爆，白色的粉末瞬时漫天飞舞！

——面粉？

与此同时，唐霄没有停顿，将右手的一包面粉朝北堂尊抛射过去。北堂尊抬起圆盾一割，裂开的布袋中，白色的面粉也喷射而出，霎时一片白烟将所有人笼罩在内！

——这小子，是想在窄小的空间内，蒙蔽我们的视线，和我们盲斗吗？

李甲的双手在眼前挥舞，想驱散这些惹人厌的白色粉尘。

可他的双手没挥舞多久，又是好几包被割开的布袋飞抛在半空中，铺天盖地的面粉直冲而下！空气中似乎飘浮着数不清的细小颗粒，不时还会升腾起一阵阵如烟云般的粉末。吸入粉尘后，三个人同时开始咳嗽，但这并不影响战斗力。这，也不是唐霄的目的。

唐霄的目的，是要他们两人死。

"再见了，八部鬼帅。"唐霄边咳嗽边笑，"这下你们可以去地府做真鬼了！"

说完之后，唐霄翻身从窗户飞撞而出，木屑纷飞，他重重地摔在屋外的地面上。与此同时，他挥动右手，将吹燃的火折子往窗户的破洞中丢去！

轰隆——屋内悬浮的粉尘云，引起了爆炸！

雷霆般的巨响在唐霄耳边响起，他的身体被爆炸产生的冲击力生生推出好几丈，身子撞在庭院边立柱上。肋骨似乎又断了，这是他与徐燎一战中的旧疾，痛得他几乎昏厥。

唐霄满身是血地站立起来，幸存的家丁见他摇摇欲坠，便上来扶住他。

爆炸引发的火焰点燃了整个厨房，不少用人正端着盛满水的盆子去灭火。

唐霄踏着极不稳的步伐，朝厨房走去。他遥记得自己小时候因为贪玩，将飘浮的面粉点燃引起爆炸。为此，父亲唐非君还狠狠责罚了他。唐霄百思不得其解，区区面粉，为何会有堪比火药的威力？

但他知道，这东西可以杀人，对于他来说，就足够了。

——这两个家伙，究竟死了没有？

厨房的木门已被炸飞，黑漆漆的屋内一片狼藉。

忽然，屋内竟走出一个人来。

这人因火焰燃烧，已变成了一个黑人，或者说炭人比较稳妥。原本扶着唐霄的家丁四处逃窜，徒留唐霄一人面对他。这人双腿齐全，所以不是李甲。

被炸飞半张脸的北堂尊，以极其愤恨的表情，怒视唐霄。当然，他半张脸已经没有了，怒视唐霄的，也只剩半只眼。

"卑……卑鄙……"

他从齿缝中挤出这两个字后，巨大的身躯蓦地崩倒在地。

——卑鄙？

唐霄冷笑。

——失败者没有说别人卑鄙的权利。最后还站着的人，是我。

"啪！啪！啪！"

身后传来鼓掌的声音。

唐霄回头，见到一个极壮的黑面虬髯大汉，肩上扛着一柄巨大的乌兹钢刀。他身边，俏立着一个二十来岁的美貌女子。向唐霄鼓掌的，正是这个女子。

"举手之间，便杀了两位八部鬼帅，不愧是兵诛城的少主。"那女子瞧见北堂尊的尸身，竟笑得花枝乱颤，"老沙，你瞧这北堂尊，半个脑袋都没了。哈哈，还整日想和你比画呢！那个残疾的家伙，恐怕另一条腿也被炸飞了吧？"

"如果我没有猜错，你一定是毒孟婆·余五娘吧？"唐霄胸口疼痛异常，因为被爆炸所产生的冲击波撞击所致，但他还是装出一副镇定的模样，"这位，一定是西域大食国的高手，妖刀·阿里奇。"

唐宋时期，人们称阿拉伯帝国为"大食国"。唐朝玄宗时，唐朝的势力与黑衣大食,即新兴阿拔斯王朝曾发生过一次激烈的战役,最后以唐军失败告终,史称"怛罗斯之战"。这场战役之所以失败,除了两方兵力悬殊之外,另外一个重要的原因乃是大食人手中的宝刀。这种刀以乌兹钢为原料打造,刀身坚固,刃口锋利,配以大食人诡异的刀法,令唐军将士十分头疼。

而这位阿里奇,正是大食帝国最强的刀客之一。

"算你有眼力。"余五娘娇笑着冲唐霄抛了个媚眼,"不过你杀了我们两个人,堂堂兵诛城的少主,做生意最在行,这笔账你说怎么算啊?"

"怎么算?"唐霄身体虚弱之极,已经站立不动了,"你说怎么算呢?"

"哟?唐少主是不是头晕眼花?小女子正好也学过几年医术,不如让我给你瞧瞧?"余五娘把脸凑近唐霄,双眉紧蹙,装出一副担忧的表情。

"不用……咦?"唐霄惊道,"栾廷玉大哥,你怎么来了?"

余五娘刚要回首去看,唐霄五指并拢,以"手刀"去切余五娘脖颈要穴。但出手发力太猛,扯动了肋骨的伤势,蓦地一阵剧痛攻心,不得不停下动作。当然,反应回来的余五娘立刻会意,旋即又大笑起来。

"人说兵诛城少主诡计多端,果然不假。在老娘眼皮子底下还玩花招,真当我和北堂尊一样蠢笨吗?老沙,这小子不听话,且让他睡一会儿,如何?"

唐霄还想挣扎,只见这余五娘一抬手,一阵碧绿色的烟雾从她香袖中腾起。

一股异香扑鼻,不过眨眼的工夫,唐霄已没了知觉。

第四章 李师师

中岳嵩山南麓，登封县。

在登封县城熙熙攘攘的街道上，一个衣着简陋的少年推着一辆板车，板车上用厚毯子盖着，瞧不出其中藏着什么。这少年郎行走在人潮中，显得极为扎眼。引人注目的原因，并不在于他本身，而是少年身边，还伴行着两位相貌极为出众的女子。一位身着近乎暴露的绿纱长衣，半露酥胸，显得妖异迷人，另一位则披着一袭简朴的青色长衫，人淡如菊。

这推车之人，正是在刘家庄险些被杀的张闲。身边一左一右伴行的，则是赵元奴和杨采苓。那日若不是骆琪花求情，说留张杨二人性命照顾她的伤势，他们俩早已命丧赵元奴的弯刀之下了。张闲心想，这骆琪花虽然看上去蛮横无理，却也颇有一点良心。其实他并不知晓，赵元奴也并不见得会杀他二人，她本好男色，见张闲相貌俊朗，心里便有三分喜欢，又得知杨采苓会医术，留在身边也大有裨益，说要杀他们，不过是要立个威，吓唬吓唬他们。

为了避免不必要的麻烦，进县城前，赵元奴吩咐张闲找来一张厚厚的毯子，盖住了躺在板车上的骆琪花。四个人假作三人，混入登封县城。说起嵩山脚下的登封县，张闲在东京时就常听客人提及，对登封的由来也有所耳闻。

天册万岁元年，武则天在嵩山峻极峰建筑登封坛，次年，又登嵩山，加封中岳并在峻极峰的东南边立碑。碑名曰"大周升中述志碑"。为了纪念封中岳这一盛大典礼，当年，武则天令改嵩阳县为"登封县"。

虽然很多人不喜欢武则天，张闲在客栈做小二的时候，也听过不少人骂她。有的说她残暴，不惜杀害一代忠臣长孙无忌，还用毒酒杀死长子李弘，有的说她淫乱后宫，同时拥有多个男宠。但张闲总觉得，评价一个皇帝好不好，不是该谈政绩吗？武则天主政期间，政策稳当、兵略妥善、文化复兴、百姓富裕，故有"贞观遗风"的美誉，这难道不是她的功劳？

说实话，张闲似乎对这位女皇帝，心里是有几分佩服的。或许他对有能力的女子，都非常拜服。那些道学家不齿于武则天违反传统的礼教，说是女子乱政，不过是些男尊思想罢了。当然，这些大逆不道的想法，平日里张闲可不敢说出口。

"韩四，我们今晚就住这里。"赵元奴驻足，对张闲说道。

他们眼前是一家三层楼高的大客店。巨型牌匾迎街高挂，上书"嵩阳客栈"四个烫金大字。这客店面阔三间，斗栱雄大，出檐深远，单两侧立柱上就刻有各式精美的花纹。张闲触景生情，想起了东京城的云来客栈，和这店一比，简直判若云泥。他想，不知卢掌柜见了这嵩阳客栈，会不会想办法把云来客栈照着这样子，重新装修一番？这样一来，他小张闲每日在客栈门口吆喝几下，也感觉倍有面子呢。

三人推着板车，进了嵩阳客栈的大厅。既然进了客店，就不必再做伪装，骆琪花掀开毯子，深深吸了一口气。肋骨还是有些疼痛，但比昨天好多了。她放眼望去，发现这客店厅中挤满了人。

店小二迎上来，一双鱼眼在张闲身上转了两转，脸上堆起笑容，问道："这几位客官，是熟客还是生客？要住店还是打尖？"

张闲皱眉道："你怎么当小二的，生客熟客分不清吗？瞧我们这风尘仆仆的，定然又要住店又要打尖。你们掌柜在哪儿？"

那店小二被张闲一通训斥，忙低头赔罪道："客官教训得是，掌柜的在，三位这边请。"

赵元奴扑哧一笑，道："瞧不出来，你还挺严厉的么！"

张闲神色尴尬，说道："各行各业皆有规矩，做店小二的自然要记住每个客官的相貌、名字和秉性，这样才能伺候好客人。当年我在东京城做小二时，不敢说大话，谁只要来过店里哪怕一次，过个三五年，我照样能把他给认出来，照样知道他爱吃牡蛎炸肚，还是爱吃炉焙鸡！记忆力不好，怎么做店小二啊！"

两人正说着话，掌柜便由小二引着来见。赵元奴说她与杨采苓以及板车上的骆琪花，都是张闲的妻妾，希望要一间最好的上房，床够大就行。杨采苓在一旁听得面红耳赤，但又不能辩解，只得忍住。坐在板车上的骆琪花倒是安然自得，笑着喊张闲"官人"，还要他背她上楼。厅里不少男人端详着三位貌美女子，又见张闲这副寒酸样，实在不明白他有什么过人的本事，娶得这般美貌的妻妾，心里均有些嫉妒。

到了房间，一切安排妥当后，杨采苓开始给骆琪花换药。她一路隐忍，心里却时常挂念唐霄，但见这赵元奴武艺高强，也不愿意唐霄来救自己，以身犯险，只希望照顾好骆琪花的伤势后，她们俩能网开一面，放过自己和张闲。到时候再上少林去寻唐霄。

这一路上，唐霄曾多次试探、考验张闲，均没看出他的问题。关于这一点，杨采苓则与唐霄抱有不同的看法，相对于怀疑，她更愿意相信这个善良勇敢的店小二。经过这段时间的相处，杨采苓对张闲的信任更是与日俱增，不再怀疑他是梁山派来的奸细。

"随身携带的药材不多了，我需要再去药铺买一些。"杨采苓看了一眼赵元奴，像是在寻求她的同意。毕竟自己还是人质，活动受限。

"你不准去。"赵元奴用下巴指了指张闲，"韩四去，你留在这里。"

张闲面露难色："我对药材一窍不通，还是我留着，她去吧。"

赵元奴坚决道："不行，这女医必须留着，韩四你去买药。不懂药材没有关系，让这女医写个方子与你，去给药铺老板看。若是你敢不回来，奴家就杀了她，然后再来追杀你。到时候你们都得死，听见了没有？"

没奈何，张闲只得问刚才的小二借来笔墨纸张，让杨采苓写了几味药材。张闲拿了方子，正待出门，又听见躺在床上的骆琪花娇嗔道："官人，娘子等你归来。"

羞得张闲双手捂住耳朵，快跑出去，引得赵元奴与骆琪花两人大笑不止。

张闲来到街上，问明了药铺所在，沿着东大街拐了两个弯，按照杨采苓给的方子买了十味药材，让老板用油纸包好，揣在怀中。又走了几步，闻着一股食物的香气，勾起了馋虫，肚子开始咕咕叫起来。香味是从隔壁的一家面食馆子传来，他想了想，先吃个饱饭再回去也不迟。便进了馆子，向伙计要了份当地特色的登封刀削面。这登封刀削面，先煮再炒，多一道工序，味道自然就不一样。面条加了葱姜蒜和豚肉爆炒，香气扑鼻，极为入味。张闲一整天都在赶路，饿极了，吃得狼吞虎咽，满脸是汗。

张闲吃了个饱饭，正要结账，忽听得坐在身后的两位酒客低声谈话。

其中一人低声说道："今天可不能让那娘们儿逃走，虽说这手段有些为道上朋友不齿，可对付她这种魔头，咱们也别谈什么江湖道义啦！"

张闲心中暗忖，这两人难不成要联手去对付一介女流？又听闻"魔头"二字，更是摸不着头脑。

又听另一人道："屠兄说得是，可兄弟我担心，这东西毒性虽烈，可那女魔头武功出神入化，咱们……"

张闲悄悄转过身来，见说话那汉子瘦得双颊贴面，皮包骨头，面前的桌上横放着一柄短剑。

那姓屠的汉子，却是一脸横肉，头裹方巾，边撕咬着手中鸡腿，边狞笑道："吴兄过虑了。这化筋散可是我千辛万苦从白日鼠手中买来，无色无味，任你嗅觉再灵敏，也保管分辨不出。吴兄，你信不过我，呵呵，难道还信不过**白日鼠·白胜**的手段吗？"

张闲心头一震，忖道："这人说的白日鼠·白胜，岂不是在东京追击我们的人？"

姓吴的瘦汉嘿嘿一笑，说道："既然屠兄这么说，那在下便舍命陪君子啦！来，干了这杯！"言罢，两人便对饮数杯，相视大笑起来。

张闲生来好奇心重，本来这事与他半分不相干，此番被他听在耳中，定要瞧个分明才行。他暗做决定，留下看看，倒是什么样的女魔头，需要这两个男儿汉喂毒之后，联手对付。

他定下心来，暗自偷听那二人谈话。原来，这姓屠的壮汉，乃是山西长威武馆的武师，人称"屠家拳"传人的屠镇海；那姓吴的瘦汉，则是徐州无影剑·吴友直。张闲在东京城里，也曾听说过这两人的名头，都是江湖上成名的人物。他心中生疑，什么样的角色，能请得动这两位响当当的高手联手对付，况且对方又是女流。

那二人吃得差不多了，便起身唤来小二结账，径直走出饭馆。张闲忙丢下几个铜钱，跟了出去。毕竟登封县的街道上熙来攘往，张闲跟在那两人身后，屠吴二人却也没有察觉。走了约一炷香时间，两人来到登封县郊外的一片僻静的林子里。

张闲只听右首前树林之中，传来"乒乒乓乓"的兵刃相交之声。

那吴友直道："屠兄，咱们来晚一步，他们已经交上手啦！"说着便抽出腰间短剑，蹿入林中。

屠镇海也不示弱，大喝一声，身随拳进，紧跟吴友直身后。

张闲不会武功，不敢妄动，只是悄悄走了过去。他把身体隐在树后，朝林中望去，只见五人纵跃起伏，恶斗正酣，仔细一瞧，方知是四人围攻一人。

被夹攻的是一位女子。那女子披着一袭轻纱般的红衣，手持一根状如刺针的长剑，整个人犹如一团红色烟云。只见她肌肤胜雪，眉目如画，秀丽绝伦，瞧来约莫二十来岁年纪。张闲一生之中，也见过不少貌美女子，诸如扈三娘、杨采苓、赵元奴等，但从未见过这等倾城绝色。

见那两人跳入战团，红衣女子冷笑道："屠镇海、吴友直，你们两个废物也来了？加上金毛虎·庞玄镜、插翅神龙·东郭让，一齐围攻哀家，哼哼，果然是响当当的英雄好汉！"她这几句话说得甚是从容，完全不像一个正身陷困境的女子。

赤面黄须、豹头虎眼的壮汉冷笑道："庞玄镜不才，还称不上英雄好汉。这次前来少林，本是义助**及时雨·宋江**，围剿少林寺，谁知运气不错，撞上了你！像你这等妖女，人人得而诛之，跟邪魔外道讲侠义，真是笑话！"说罢连挥手中鬼头刀，朝红衣女子劈去，那女子身形轻轻一闪，躲过此招。

马脸汉子也用嘶哑的声线说道："东郭让也非英雄，今日指教了！"

这东郭让手使双戟，上下交错，使得虎虎生风。红衣女子体迅飞凫，飘忽若神，一招一式皆像在舞蹈一般，身形秀美之极。双戟虽快，却也沾不到她的衣袖。屠镇海见久战不下，双拳连连催劲，抢进内圈，想和那红衣女子比拼力道。

张闲心下渐怒，想这群人虽威名在外，却对这位弱不禁风的女子下如此狠劲，枉为好汉。他正在忖量，红衣女子忽然秀眉微蹙，眼前一阵眩晕，脚步开始凌乱起来，就在这当口，背心又中了屠镇海狠狠一拳，"哇"的一口鲜血吐在地上！

她踉跄一步，立刻转身，猛地突刺了两剑，逼开了屠镇海。可力已殆尽，只得以长长的针剑拄地，喘息不已。红衣女子虽身逢险境，却也并不惊慌，口气淡然道："屠镇海，当初哀家千不该，万不该，饶你这条狗命。"

屠镇海踏前一步，怒喝："妖女！闲话休提，你与我的恩恩怨怨，咱们今日便做个了结！"

此时女子背靠一棵大树，横剑当胸，那四人便从正面四个方向将她围拢。

说也巧合，那红衣女子靠的树后，便是张闲的藏身之处。只是草叶茂密，众人也没留心，是以瞧他不见。

东郭让突然笑了起来，露出猥琐的嘴脸，道："这妖女为非作歹，杀了不少英雄好汉，就这么让她死了，却也太便宜她了。"

"东郭兄所言甚是，若不让这臭小娘见识一下我们的厉害，还真以为我们不行呢！"吴友直也淫笑道，"这妖女虽然可恶，但相貌倒是俊俏不凡，直接杀了，甚是可惜！嘿嘿，据说官家特别宠爱这妖女，今个儿，咱们兄弟几个，也尝尝当皇帝的滋味！"

言毕，四人不约而同地哄笑起来。

直到此刻，一丝惧意才闪过红衣女子眉间，她如何不知这群男人心中所想，可自己手脚力道尽废，一口气也提不上来。若非靠毅力支撑，早就晕过去了。

红衣女子贝齿咬着下唇，恨恨道："你们几个真是不要命了么，狗胆不小啊？趁现在快滚，或许哀家还能考虑再饶你们一条狗命！"

"妖女，你现在已是瓮中之鳖，我劝你还是举手投降为妙，别做无谓的挣扎，不如改叫我一声'好哥哥'吧！"东郭让舔了舔嘴唇。

红衣女子听了，却也不怒，反而笑吟吟道："好呀，你过来，哀家叫给你听。"

东郭让见她朝自己微微一笑，当真是艳若桃李，心中一荡，便将耳朵凑了过去，笑道："好妹子，嘿嘿，叫声'哥哥'来听。"

谁知红衣女子提剑一劈，竟生生将东郭让左耳斩了下来！

惨叫声响彻整片树林，东郭让双手捂住左耳，滚出数丈，怒喝道："他妈的，臭婊子竟然暗算我，老子今天若是放过你，誓不为人！"

他说话间，鲜血不断从双手指缝中涌将出来，原本一张红脸，顿时痛得惨白。

红衣女子却面不改色，依旧笑脸相对，可暗中心念急转，苦思脱身之法。

众人见东郭让被斩了耳朵，心中皆掠过一丝惊愕。屠镇海大声喝道："先把这臭婊子降服再说！大伙儿一齐上！"说罢上前一步，准备以一记刚烈的摆拳，向红衣女子侧脸挥去．再看其他二人，亦分别从两个方向朝红衣女子抢攻。

红衣女子柳眉倒竖，急得满面通红，手臂却使不出半分劲力！便是这间不容发之际，忽然从她背后蹿出一条人影，张开双手，挡在她身前，对着那四人大喊："且住！"

挡在红衣女子身前的人，正是隐身在树后的张闲。原来张闲见这红衣女子危在旦夕，楚楚可怜，竟头脑一热，不顾自己死活冲了出去。

那四人也是一惊，忙拔步倒退。

待定眼一瞧，见对方竟是一位清新俊逸的少年郎，四人不禁疑惑起来。

东郭让单手捂耳，另一只手持着短戟，指着张闲骂道："你小子是什么人，为何袒护这个妖女？我劝你快快退开，不然可别怪刀剑无眼，伤了性命！"他见张闲穿得简陋，像是过路的小乞丐，并不将他放在眼里，故而口出恶言。

这张闲何曾学过武艺？见几人凶神恶煞盯着自己，不禁有些束手无策，强抑住心头慌乱，抱拳道："各位都是武林上成名的前辈，何以与这位小娘子过不去？男子汉大丈夫，四个打一个，传出去不怕腾笑江湖吗？"

东郭让气急败坏地大叫道："大家别和这小子废话，我瞧他们是一伙儿的！"

张闲心下寻思，眼前这四人，随便谁上，自己定是有败无胜。他和韩四在街上打闹，十次里面有九次被韩四打得鼻青脸肿，更何况是真刀真枪的武者。

那红衣女子背靠在树上，秀眉一轩，说道："我的命就在这儿，有本事便来拿。"说完，又对张闲道："这位公子，多谢你舍身相救，可这四人武功颇高，只怕你也不是敌手。这份情谊，哀家记在心上，你快快走吧。"

冲上前时，张闲只是头脑一热，完全没想过自己不会武艺。眼下见强敌环绕，自然心生怯意，身子也略微发颤起来。他缓缓道："各位英雄，大人不记小人过，就饶了这位小娘子吧！她若有什么不是，我在这里给各位赔罪，对不起，对不起。"

女子听了，抬头去看张闲，见他虽然嘴上十分客气，但仍是毫不退缩，没有想要离开的模样，不由面上一红，垂头不语。

"那就如你所愿，去死吧！"东郭让当下冷笑一声，双戟狂舞如风，朝张闲扑来。

吴友直盯着张闲的脸瞧了半天，嘀咕了几声，他总觉得哪里见过这人，却又想不起来。苦思半天，蓦地恍然道："你……你难道是……"

其余三人被吴友直的反应吓了一跳，东郭让就是想收手，也已来不及，短戟的尖刃，已深深搠入张闲的胸膛，鲜血随之激射而出！

"千万不可！"吴友直一脚踢开东郭让，紧接着拜倒在张闲跟前，三个响头，磕得脑门鲜血直流，口中颤道，"请头领息怒，我们这几个杂碎，有眼不识泰山，冲撞了您。请您高抬贵手，放我们几个一条生路。将来只要头领有吩咐，做牛做马来报答。"

东郭让被吴友直这一脚踹得莫名其妙，但见他的表情，立刻领会到自己冲撞了大人物。他本就胆小，忙学着吴友直的样子给张闲磕头。屠镇海、庞玄镜二人见此突变，跪也不是，站也不是，呆立在那儿，神色也略显慌张。

"给我滚！"张闲怒喝道。他的胸膛被尖刃刺破，如果不是身边女子搀扶，早就要跌倒在地。撑着这一口气，完全是为了稳住这四个人。

四人听他这么一吼，如蒙大赦，连滚带爬地跑出了林子。

听见他们步声远去之后，张闲再也支撑不住，双眼一黑，晕了过去。

"唐兄弟……唐兄弟……"

隐隐约约听见有人在喊自己的名字，唐霄这才睁开双眼。

他发现，眼前有一张硕大无朋的胖脸，离自己还不到一寸，胖脸上堆满了笑容。唐霄先惊了一下，退开一尺，才认出这张脸的主人。此时他宁可再闭上眼睛，假装昏迷。因为这张脸的主人，实在是最他不想见的。每次相见，总没有好事。

小财神·孙沁文满怀期待地看着刚醒来的唐霄，不停地搓着双手。他转过头，喜道："我说的吧，这小子……不，唐大少没死，天下闻名的兵诛城少主，怎么可能这么容易就死了！我们有救了，有救了，哈哈！"

他身后还坐着三个男子，有肥有瘦，形态各异，唯一相似的便是身上都穿着异常华贵的衣袍。与之相比，他们所在的环境就差太多了。这是一间破败的祠堂，也许是年久失修，使得窗框断裂，墙皮斑驳，地面坑洼，许多牌位也被随意丢弃在地上。

"你怎么会在这里？"唐霄感到头痛欲裂，伸手轻抚自己的脑袋，"我怎么会在这里？"

"唐兄，你是不是感到不适？没关系，等你把我送回东京，我找全京城最好的大夫来给你看病，不怕哦，不用怕！"孙沁文立刻装出一副很关心唐霄的模样。

"去你的！我问你，这是什么地方，为何我们会被关在这里？"

祠堂的大门紧闭，从门下缝隙处透出的阴影可以知晓，门外还站着两个看守。

"说来话长，唉，说来话长啊。"孙沁文摇头晃脑。

"长话短说。"唐霄不耐烦道。

"对，短说，短说！"孙沁文赔笑道，"这儿是离登封县东二十里外的周家村。当然已经被夜行者给占领了，成了他们的根据地。你应该知道吧，他们等着时机一到，便要挥师少林，给水泊梁山做先锋。我们是给孙列手下的八部鬼帅抓来此地的！谁知没待多久，唐兄你也来了。哈哈，正是人生何处不相逢啊！"

"他抓你们这些人，做什么？"唐霄没好气地问道。

"哥几个，全是东京城的富贾。抓我们来，说穿了不过是绑票，为了一个'钱'字。打仗要钱，就从我们身上榨油水。这孙列胆子不小，动的都是顶尖的人物！"孙沁文说着，摊开手掌，指着身后那位身高不足四尺的瘦弱男子，介绍道，"这位看上去很伟岸的老板，便是京城正通金银铺的东家，陈骆陈大老板！"

陈骆拱手道："幸会，幸会，见过唐大少。"

孙沁文又指着另一位体型肥硕、肚大无边的胖汉道："这位体型健美、气度不凡的，则是山西解州盐商冯亮冯老板。"

冯亮笑着点头，随着头部摇摆的动作，双下巴一颤一颤的。

最后孙沁文把一个双眼细如一条缝的男子，推到唐霄面前，热情洋溢道："这位双目炯炯有神的是京城经营八仙楼的大掌柜，可谓大宋饮食业的巨头，王辰王掌柜。王掌柜，我介绍你的时候，能不能把眼睛睁开，表示一下对我的尊重？"

王辰道："我没闭眼啊？"

孙沁文岔开话题道："总之，我们几个可谓是京城的商业巨头，如今被囚禁在这里，还要仰仗唐兄把我们带出去。到时一定重重酬谢！"

其余三人也齐声道："对，重重酬谢，重重酬谢！"

唐霄见眼前皆是这种奇形怪状的家伙，心底一片冰凉。

他还记得自己最后被余五娘的毒烟所害，以至于昏迷不醒。看来自己是在昏迷期间，被这群人带到了这个地方。唐霄尝试扭动了一下身躯，发现又是一阵剧痛袭来。虽然利用面粉爆破的能力，一举杀死了八部鬼帅中的两位，但自己也因爆炸产生的冲击波，受了很严重的内伤。不然，以他的身手，怎会那么容易着了余五娘的道？

孙沁文见唐霄呆呆出神，伸手在他面前晃了晃，道："唐兄，我方才所言，你听见了没？"

唐霄拍掉孙沁文的手，道："我现在是泥菩萨过江，自身难保，还救你们？抓你们只是求财。我杀了孙列手下两员爱将，他非要我的命不可！活不活得过明天还不一定呢！"

孙沁文眼珠一转，摇头道："不对，若要害你性命，早就动手了，还需等到现在？"

"那你说，他抓我想做什么？"唐霄冷笑一声，问道，"难不成是想把女儿嫁给我吗？"

孙沁文讪讪道："唐兄这话说得……嘿嘿，隔墙有耳，隔墙有耳嘛！万一惹怒那孙列，就不好了。个人觉得，孙列既已向宋江投诚，并协助水泊梁山一起攻打少林寺，这说明内心已经把自己当成宋江的拥护啦！你说，作为下属，整天揣摩的，无非就是上司喜欢什么吧。唐兄是否还记得，前些日子，宋江还想赚你上山，结果让栾廷玉搅和了。眼下你落入他的手中，杀了你，他的爱将也不会复活，不如做个顺水人情，把你送给宋江。"

唐霄想了想，觉得孙沁文说的不无道理。先父手泽《唐门考工记》已落入宋江手里，可其中不少冶炼锻造的技术，并不是靠文字就能理解的。宋江需要人解读，就必须把唐霄骗上山去。据闻梁山杏花村的主事**浪子·燕青**对兵械制造颇有研究，不过兵诛城技术领先于当时大多数兵器作坊，其技术的先进性也是独树一帜。就算燕青再机敏，没有唐霄的配合，终究难以窥探唐非君"终极兵器"的全貌。

"如果按照这种思路，那你们几个难不成也是孙列赠予宋江的礼物？"唐霄忽道。

孙沁文一愣，隔了半晌，才道："怪不得，抓我们四人来这里好些日子了，也不提要多少金银。我本以为他们正在考虑数额方面的问题呢！"

矮个子的陈骆老板吓得瑟瑟发抖，道："孙少爷，要是把我们送到梁山，可真就万劫不复了呀！朝廷都拿他们没办法，我们可怎么办哟！"

他话音刚落，另外两位老板也随之哀号声起，大叹老天不公。

"你们安静一下，既然孙列带着我们行军，自然会有脱身的机会。"唐霄插口道，"当务之急，是搞清楚这周家村的状况。我有伤在身，来硬的不行，但不表示我们没有机会。兵法有云：善用兵者，屈人之兵而非战也，拔人之城而非攻也，毁人之国而非久也，必以全争于天下，故兵不顿而利可全，此谋攻之法也。"

孙沁文摇头道："听不懂，说人话。"

唐霄拍了一下他的脑袋，道："就是让你多动动脑子！首先，我们必须了解这个村子的情况，比如将有多少，兵有多少，排布的状态。就你们几个废物，硬碰硬肯定不行，那就要想其他的法子。实在不行，就等待时机，假装服从，万万不要冲动。"

孙沁文抚掌笑道："假装服从？这个我在行！"

唐霄听了，翻了个白眼，不想理会他。

这时，原本紧闭的祠堂大门，忽地被人从外推开。走进屋内的，是一位身披黑氅、身形苗条的冷艳女子。这女子皮肤有些黝黑，但相貌却颇为俏丽，眉心有一颗黑痣，很是显眼。令人感到奇怪的，是少女身上的兵器装备。她腰上缠着一根追魂链，左边配着一柄短剑，右边别着暗器锦囊，黑氅内侧则挂了十多把无影飞刀，左手袖子鼓起，可隐约瞧见衣袖下的小型机关弓弩，右手中握着一把玄黑色的机关铁扇。

乍一看，这女子身上的一切，恍如昨日的唐霄！

"你……怎么是你……"唐霄面色突变，惊得张大了嘴。

他从未想到与她再次见面，会是在这种情境下。

黑氅女子大踏步过来，面无表情道："在下八部鬼帅之一，千手观音·晏贞姑，见过兵诛城唐大少。"

"师妹……你怎么会……"

见了师父晏孝广的独女兼同门师妹晏贞姑，唐霄的神色，忽然变得有些尴尬。

"我不是你师妹。"晏贞姑微微抬起下巴，一双美目凶狠地盯着唐霄，"自从你离开四川之后，就不是我父亲门下的弟子了。今天，我是专程来取你性命的！"

张闲睁开眼，发现自己置身在一间客栈的厢房之中。

身上倒没什么不适，只是略有些头昏脑涨，可能是睡得久了。他下意识地伸手去摸衣服内的药材，所幸还在，心就定了大半。

"你没事吧？"

他刚想起身，忽听身边有人说了一句话。

张闲转头一看，只见一位娇艳可人的女子坐在床边，说话的语气温婉动人，还用手绢轻轻擦拭张闲额头上的汗渍。张闲一眼便认了出来，她正是刚才在树林中的红衣女子。

"我没事……啊……小娘子，这是哪儿？"张闲羞红了脸，问道。

"怎么？还怕哀家吃了你？"见他窘相，那女子捂嘴一笑，张闲只觉得百媚顿生，面色更红了。女子又道："别'小娘子'前、'小娘子'后地叫唤啦，哀家是有名字的。"

张闲起身道："未敢请教姑娘姓名。"

他刚动了一下，就扯到了胸前的伤口，又是一阵痛楚袭来，痛得险些叫出声来。

"你就安心在这里养伤，有什么事，哀家替你去做。"女子让他继续躺卧，"想知道哀家的名字也无不可，先说说你叫什么？"

张闲苦笑道："我本是东京城里一介草民，父母取名字的时候，比较随意，说出来小娘子千万别笑话。"

"好，哀家答应你不笑。"女子答应道。

"我姓张，单名一个闲字。"张闲自我介绍道，"原本在东京城的云来客栈做小二。"

女子听了，眼前闪过一丝疑虑，随即又笑出声来，道："确实挺随意的。只是，那些人为何见到你都口呼'头领'？"

"我也实在是莫名其妙。不过，此前也曾遇到过同样的怪事，许是我和哪位盗匪有些相像，他们认错了人吧。"张闲摸了摸自己的脑袋，面露尴尬地说道，"我当时只是想拼出命来救下姑娘，没想那么多。对了，你叫什么名字？"

"说出来，哀家怕吓到你。"女子冲张闲眨了眨眼。

张闲微微一笑，说道："没事，这些日子我受到的惊吓够多了，也不怕再多一个。况且，你也就一个姑娘家，能怎么吓到我？"

"那你可听好了。"女子低低笑了一声，宣布道，"哀家的名字叫李师师，不知公子可曾听说过？"

她话语方停，张闲那张原本羞红的脸，瞬间惊得全无人色。他完全没想到，眼前的女子，竟然是"一曲当年动帝王"的京城名伎李师师！

张闲忽然想起，这个大宋皇帝的情人，方才竟然还在为自己拭汗，张闲不由心头鹿撞，别过脸不去看她。

他不知道这种心情是出于对她的恐惧，还是另外一种不可言说的感觉。

李师师不解道："你为什么不敢瞧我，哀家很丑吗？"

张闲自小生在东京，也非没见过世面的人，只是李师师的颜容，当真是世间少见的美貌，本就不敢直视，更何况她还是官家的女人。他被李师师这么一问，只得颤声答道："你很漂亮的，一点也不丑。你如果算丑的话，世上就没漂亮女人了。"

李师师听自己容貌被张闲赞赏，心中欢喜，一把牵过他的手，说道："你饿不饿？哀家吩咐店家做点东西给你吃吧？"

触着她的手时，张闲只觉滑腻温软，犹如无骨，不禁心神一荡，但随即心中立刻响起了警报，忙缩回了手，语无伦次地道："既然你安全了，那我也放心了。不过我还有点事要去办，不然的话，我的朋友会有危险。"

"且慢。"李师师秀眉一轩，道，"公子在密林中曾奋不顾身救哀家，做人要知恩图报，所以公子的事，便是哀家的事。"说完，她轻轻抬起双手，拍了三下。

客房的门被推开，走进一位身穿绿纱长衣的妖冶女子。

这女子不是别人，正是赵元奴！

张闲一见到赵元奴，惊惧交集，一时不知该作何反应才是。可这赵元奴也着实奇怪，进屋之后，完全不见往常跋扈的模样，反而恭恭敬敬。待她缓步走近床边后，竟对李师师行了单膝跪拜之礼。

李师师忽然起身，站在赵元奴前，森然道："元奴，你是不是冒犯过这位公子？"

屋内的气氛变了。

眼前的李师师，和刚才对张闲温言婉语的李师师，完全是两个人。她双目直视赵元奴，不怒自威，浑身上下散发出一股令人不敢逼视的气魄。

"属下该死。"说这句话的时候，赵元奴浑身都在颤抖。

"这位公子救过哀家。该怎么做，不需要我教你吧？"

"可是……"

"自刎谢罪吧。"李师师向她瞪了一眼，正色道。

让一个活人去死，并不是件容易的事，更何况自尽。但李师师的口气淡然，仿佛在说一件无关紧要的事。赵元奴听了之后，面色惨白无比，她想说些什么话，又硬生生吞了回去，犹豫了好一会儿才道："是，属下谨遵主上钧令！"

"等等！为什么要她自尽？我没说要她死啊，我只是想让她放了我的朋友。"张闲生怕闹出人命，忙抢道。

"好，就依你说的办。"李师师看张闲时，又恢复了温柔的表情，"不过，哀家也有个条件。"

"什么条件？"张闲疑道。

"可以饶了元奴的命，也可以放了你的朋友，只是这些日子，你必须住在这里，直到你的身体完全康复为止。"

张闲笑道："其实就是普通的皮肉伤而已，没关系的！李姑娘，你对我的好，我会记在心里的。而且救你也是我自愿，你并没亏欠我什么。"

李师师没有马上反驳张闲，只是静静地看着他，什么话也没说。

"好啦，好啦，我依你便是。"张闲被她瞪得心里发毛，投降道，"只不过我朋友一个女孩子，独自去少林寺，我总有些不放心。"

李师师建议道："不需要担心，哀家让元奴护送你的朋友进少林寺，一路上保护她，保准万无一失，怎么样？"

"这……"

张闲正犹疑不定，却听赵元奴高声道："属下得令，这就去办！"说完，面朝李师师，背退出门。

"可是……"

"我不希望再听见'可是'这种词。"李师师妩媚一笑，口吻依旧很柔和。

张闲只能把想说的话，咽了回去。

按理说，有美人相伴，应该是所有男人的梦想。这件事若让韩四知道，非嫉妒死不可！她可是京城名伎李师师，是官家最心爱的女人！

不过，此时张闲的心情却一点也高兴不起来。

对于这个外表温顺得像猫一样，却随口就让属下去死的女人，他有种伴君如伴虎的恐惧。

赵元奴退出客房，松了口气。

聪明如她，也想不明白这次主上为什么要这样对待一个小厮。

——难道真的看上这穷小子了吗？

——不然为何要扣住他呢？

赵元奴细细想了想，又觉得实在不可能。

不过，毕竟是蜂后，随手便解了她们的困境。

既然没法混进戒备森严的少林寺，那么就找一张"通行证"混进去。而杨采苓正是这张"通行证"。表面上，李师师只是让赵元奴护送杨采苓，实际上则是让她利用杨采苓，打入少林寺内部，再去行刺张叔夜，营救梁红玉。

至于骆琪花，路上还可以让杨采苓照顾，待到了少林寺，又是一张王牌。

谁会想到一个身受重伤的弱女子，会是意图刺杀朝廷命官的顶尖刺客？

想到这里，赵元奴的嘴角不禁上扬。

不过，主上原本要去龙虎山，何以出现在了登封县？

她不方便问，也没有必要。蜂后作的所有决定，没有告诉她们的义务。她们要做的，仅仅是执行而已！

主上的命令，就是一切！赵元奴对于蜂后的信任，从未动摇过。

第五章 龙虎山

李师师搀扶着张闲从二楼楼梯缓步走下，去一层的饭馆吃饭。正在用餐的食客，不少抬头去看他们，皆被李师师的美貌惊住，再看看她身边的男人，虽眉目清秀，却穿得破破烂烂，浑身上下透着一股穷酸气，便纷纷大摇其头。其实张闲也觉得别扭，有生之年第一次被女人扶着，还是这样一位倾国倾城的女子，脸上火辣辣的。

两人坐定，店小二跑来伺候，道："两位吃点什么？"

早些时候，张闲偕赵元奴、杨采苓和骆琪花来住店时，三女说是他的妻妾，店小二已是大惑不解。眼下又来了个绝色美女，殷勤地候着。这店小二上下打量张闲，也瞧不出他有什么过人之处，怎么会这样讨女孩子喜欢？此中缘由，想了半天也想不明白。

李师师问张闲道："你想吃什么？"

张闲想了想，对店小二道："给我来一碗素面吧。"又问李师师道："李姑娘，你饿不饿，不如也一起吃点东西吧？"

李师师道："你大伤未愈，吃什么素面，没油水的。小二哥，我随便点几个菜，若是不会做，你就替我添几样你们的拿手菜便可。开口汤来一份百味韵羹，四碟果子要乳糖狮儿、皂儿膏、澄沙团子、二色灌香藕，八个酒菜是酒醋白腰子、煎三色鲜、海盐蛇鲊、橙酿蟹、酒炊淮白鱼、黄雀鲊、糊炒田鸡、蹄酥片生豆腐。"

店小二听这女子报的菜名，其中有不少自己闻所未闻，只能先硬着头皮记下，回头再给后厨的师傅看。

李师师又问："你们这儿有什么自酿酒？"

店小二恭敬道："小店有常备的'雪醅酒'，是这里的招牌。"

李师师道："行，先打两角来尝尝。对了，菜上得快一些，这位小爷饿得慌。"说完便从袖中取出一片金叶子，递给店小二。那店小二接过后，对着李师师千谢万谢，欢天喜地地去后厨准备菜品。

张闲望着那店小二的背影，心想我做店伙时，怎没遇上这样的客人？心里暗暗失落，嘴上却道："李姑娘你点那么多菜，我们两个也吃不完啊！"

李师师答道："这种小地方不比东京城，谅他们也做不出什么好东西来。公子你就先将就着吃，吃不完或者不好吃，就都给倒了。哀家再带你去其他地方用餐。"

张闲在东京城里做店伙，自然知道这些名菜的价格，从前自己一碟也吃不起，今天一股脑都给点了，一下子慌了神。但他也明白眼前的女人何等尊贵，平日里也是锦衣玉食，这些东西对她来说简直可以用"俭约"来形容。

点完了菜，李师师便问起了张闲的身世，恐怕是对张闲身份的疑虑未消。两人虽同住东京城，一个天上，一个地下，张闲自小缘悭命蹇，最穷的时候捡别人丢在地上的馒头吃，也是常事。他说起自己最快乐的时候，应该是在卢掌柜手底下做事之时，虽然平时抱怨卢掌柜抠门，却也是卢掌柜让他吃了口饱饭。卢掌柜如今已不知去向，但到底是张闲的再生父母，有时候想起卢掌柜，张闲还是会有些想念。

"不过，事情也算过去了。我打算把眼前的事都办完，便回东京做做小买卖，租个沿街店铺，卖炊饼为生。唐兄弟答应资助我一点本钱，到时赚了钱，我再加倍还他。"

在说对将来的规划时，张闲扬起头，眼中闪烁着对未来的憧憬。

李师师见他说得情真意切，默然半晌，幽幽问道："你一个弱不禁风的小孩，不会武功，为什么当时要来救哀家？你知不知道，自己可能会死？"

"我没想太多，或许什么都没想。"张闲如实答道，"我只是见一个女孩子被四个男人团团围住，就觉得他们不对，是在欺负人。话说回来，当时如果我想得太多，恐怕也会怂了。但究竟会不会怂，你让我现在说，也讲不清。"

"你愿意为哀家死，对不对？"李师师双手支颐，像个小女孩似的看着他，"你不会武功，还毅然来救哀家，是个真正的男人。"

张闲被她夸得不好意思，忙低头喝茶。

两人聊了一会儿，刚才点的菜品被那店小二逐一端上桌来。张闲肚内饥饿难耐，也不客气，举箸一样样尝来，只觉得美味之极，胃口大开。李师师坐在他对面，双目只看他吃，自己也不动筷子，笑意写在脸上。

张闲被她瞧得有些不自在，只顾吃菜。他夹起一块田鸡腿，正准备往嘴里塞，耳边忽地一阵巨响传来，吓得田鸡腿也掉在了地上。

声音的来源，是一个泼皮模样的男人，从门外跌进饭馆，重重摔在柜台上。那泼皮满面披血，两个眼圈周围皆是瘀青。紧接着，门外又走进一位乞丐一般的老道士，满面春风，大声喊道："店家，肚子饿极了，来一碗素面，吃好了老道还得上路嘞！"

老道士年近七旬，身形却魁梧高大，黧黑的脸上刻满了皱纹，与之成对比的，是他如雪一般的须髯和满头华发。老道士很邋遢，背负着一块用破布包裹的长条形不明物体，头顶上梳的混元髻凌乱不堪，那身黑色道袍也已破败，近乎到了捉襟露肘的地步，他却毫不在意，咧开嘴大笑的时候，神态尽显天真。

地上的泼皮伸手指着老道，嘴里还不干不净地骂道："你这个臭道士，我就不信我打不过一个老头！"说着挣扎着爬起来，又向老道士扑去。

张闲见这年轻的泼皮去打老道士，刚想起身去劝，却被李师师单手按住，低声道："这道士老头本领深不可测，公子不必担心。"

老道士见泼皮不要命的样子，左腿往后一退，待男子离自己约有两尺距离时，上身突然前移，左脚发力踹出，一记刚猛的朝天踢正中泼皮下颚！

这老道士左腿出动的速度之快，简直不下一个年轻武者！

泼皮的承浆穴受到一记猛踹，双目上翻，整个人如滑倒般往后跌去，发出一阵沉闷的声音。倒地后，男子抽搐几下，便不动了。

给张闲他们上菜的店小二正在边上，吓得面如死灰，喃喃道："难不成死了？"

老道士听了，又是"哈哈哈哈"大笑四声，高声道："贫道脚上有分寸，死不了，过两三个时辰自然会醒来。竟敢当着我老道的面调戏良家妇女，不给他点颜色瞧瞧，不知道世间还有王法。喂，小二哥，你发什么呆？快点给老道拿吃的来！"

店小二吓得去探泼皮的鼻息，果然还有气，就放了心，又吩咐几个打杂的把人丢了出去，以免影响生意。

老道士挑了个空桌坐下，那张桌子离张闲他们很近，张闲就不由自主地多看了他几眼。那老道士感觉边上有目光注视，也转过头看张闲，朝他笑了笑。他又看见张闲他们用两张桌子拼起来才放得下的一堆菜碟，嘴里发出"啧啧"之声，似乎在怪罪他们两个青年人奢侈。

因为在东京城结识过祝永岭，所以张闲对云游的道士颇有好感，便开口邀道："真人若是不弃，不如移步过来同饮一杯如何？"说完才想到该问问李师师的意思，一时面上有些发窘，也不好意思去瞧李师师的反应。

老道士也不客气，挨着张闲坐，身上不知多久没有洗澡，飘来一股浓浓的酸臭味。张闲从小就混迹于社会底层，对于这样的人也见得多，不足为奇。只是李师师微微蹙眉，但既然是张闲邀请而来的，她也不方便多说什么。

两人斟了一杯酒，一口饮尽。老道士抹了抹嘴，大笑道："看来今天运气不错，用不着挨饿了，嘿嘿。小伙子，你叫什么名字？边上这位如花似玉的姑娘，可是你的娘子？"

张闲忙道："在下名叫张闲，这位姑娘姓李，是在下的……的朋友。"

老道士豪迈地挥了挥手，道："什么朋友不朋友，男人女人之间，有个屁朋友？这么好看的女娃，老道要是年轻个四十岁，见了怕也要还俗！哈哈哈哈！你们请喝酒，老道可无以为报啊，不过呢，我可以给你们俩看看相。这个我拿手。"

言罢，他抬眼细看李师师，端详了半晌，才缓缓说道："这女娃面相可真不简单！上中下三停中，上停特别有势，额骨丰满，富贵荣华享之不尽，中停也长，俗话说中停长，近君王，就是这个意思，这位姑娘，恐怕是个富贵中人。不过老道还是要提醒一句，时止则止，冒进之患生，可不一定是好事。"

李师师冷笑道："真人抬举了，小女子只不过一介草民，哪里是什么富贵中人。"

话虽如此，但心里还是暗暗吃了一惊。她想不到这疯老道还真有些手段。

老道士又把目光移到张闲脸上，瞧到他眉眼处，骤然间双目中暴出精光，右手一颤，哐当一下，酒杯在地上摔了个粉碎。李师师以为这老道要加害张闲，立刻伸手挡在张闲身前。然而，老道士却没有任何举动，只是直着眼睛看张闲，如魔怔一样。

"真人，是不是我的面相太恶，吓到你了？"张闲奇道。

老道士呆怔了半天，才缓过神来，呢喃道："原本以为师父骗我，原来世间真的有'龙虎瞳'存在！这么多年来，可找得我们好苦啊！小……小伙子，老道问你一句，我方才进这客店，说的第一句话是什么？"

"店家，肚子饿极了，来一碗素面，吃好了老道还得上路嘞！"张闲想也没想，脱口说出老道士进客店所说的第一句话，连口音语调都模仿得惟妙惟肖，"真人，这句话我确实记得。不过您问这个作甚？"

"真的太好了，果然没错！果然没错啊！"老道士盯着张闲的脸看了又看，像是个疼爱孙子的祖父，兴奋之情，溢于言表。

李师师在边上瞧这画面，也是一头雾水，不知这老道士葫芦里卖的什么药。

张闲面露难色，道："真人，你这么看我，怪不好意思的。"

"你父亲是不是叫张乙？"老道士突然问道。

"你怎么会知道我父亲的名字？"张闲吃了一惊，"难不成你认识我爹？"

老道士继而问道："你爹的下颚可有一颗黑痣？背后又有块胎记？"

张闲奇道："对，你当真认识我父亲？"

"不认识。"老道士摇了摇头。

"那你怎么都知道？"

"掐指一算，可什么都知道了。"老道士一副神神秘秘的样子，低声道，"嘿嘿，想不想让老道给你也算上一卦？"

见这老道士神神道道的模样，张闲起初也半信半疑，不过并没有放在心上，随口道："我就一个普通人，有什么好算的。"

"普通人？"老道士用力摇了摇头，收起了初时那顽童般的表情，极为严肃地道，"你怎么可能是普通人？你有一双龙虎瞳，你可是天命之子。"

"天命之子？真人，您就别逗我了！"

听了这话，张闲自己也想笑。他心道，我不过是一个命如蝼蚁的店小二，怎么到了这疯疯癫癫的老道士口中，就成了天命之子呢？我若是天命之子，怎会在云来客栈跑堂？还有饭都吃不饱的天命之子？不管是客店隔壁说风情的马泊六，或是卖梨子的郓哥，哪个人都是想揍我，便揍我，天命之子若是这样，那不如不是。

李师师不似张闲般拿老道士的话不当回事，反是极为认真地问道："真人适才所说的龙虎瞳，究竟为何物？"

"你瞧他的双眼，正常人的瞳孔只有一个，而他却有两个，瞳孔中见瞳孔，谓之重瞳。若是只有一只眼有重瞳，那也没什么稀奇的，春秋晋文公也好，西楚霸王项羽也好，也都是重瞳。张闲却是左眼'重瞳'，右眼'并瞳'。所谓并瞳，两个瞳孔并不是环环相套，而是并列在一起。如果不是仔细看，断然不会觉察到。"老道士说话时，仍是惊喜莫名，仿佛乞丐捡到了金块，秀才高中了状元。

李师师把脸凑近，观察了许久，道："果然如真人所言，确实两只眼的瞳孔不一样。但即便如此，又如何呢？所谓天命之子，又是什么？"

"拥有'龙虎瞳'的人，注定要拯救苍生于水火之中。"老道士追忆道，"据说，龙虎宗正一道的创派天师张道陵也有龙虎瞳。东汉中叶，张天师在龙虎山修行悟道，'剑成而龙虎现'，天下为之震动。先时蜀中魔鬼数万，白昼为市，擅行疫疠，生民久蒙其害，张天师凭借一把'三五斩邪雌雄剑'，孤身入蜀，六天妖魔，尽被降伏。自此之后，我派历代天师，皆以寻找龙虎瞳为己任。望能使此天命之子，率龙虎宗子弟，重振雄风，再现张道陵创派时的辉煌。"

"太夸张了，我可没那么厉害，我觉得这种传说听过就算啦，不要太当真！"张闲摆了摆手，尴尬一笑。

"老道虽老眼昏花，这一次却决计没有看错。据说拥有龙虎瞳之人，记忆力极强。简而言之，无论是文字还是图像，只要捕捉到后就会深深刻在脑海之中，永世不忘。"老道士吸了一口气，续道，"东汉时也有另一个拥有龙虎瞳的人，名叫应奉，在郡里做官的时候，曾去过四十多个县，记录了上百数千个罪犯的情况。郡太守若是询问这些人的情况，他皆可以对答如流，轻而易举地说出这些罪犯的姓名以及量刑的轻重。"

若说什么"天命之子"云云，张闲本不放在心上，不过若说记忆力，他倒有些体悟。从小到大，张闲总能记住所有事情，小到芝麻绿豆，大到文学掌故，小时候去茶肆听书，回到家一字不差可以背给街坊邻居和小伙伴听。他少时还读了几年私塾，家道中落后，一直在忙生计，不去考功名，记忆力再好又有何用？

"说到底，就是记忆力比其他人好一点而已，什么天命之子，我是不信的！"张闲还是不信，兀自摇头道。

老道士正色道："当然不同。这龙虎瞳可玄妙得很，记忆力强是其中一个表现，另一个表现则是学习速度快。简而言之，在龙虎瞳的人眼前打一套拳，他可以比别人少花十倍的时间学会，如果天赋再高一些，即看即会，如拿印章复刻一般。"

"谢谢真人夸奖，我有点累了，准备回房休息。我们已经结过账了，如果真人还想点些吃的，自便就行了，账算我身上。"张闲被这老道士瞧得很不自在，挥了挥手后就站起身来，准备离开此地。

谁知那老道士倏地握住张闲手腕，低声道："做我徒弟吧！"

张闲惊诧不已，呆呆地望着老道士，以为他疯了。坐在一旁的李师师倒是一脸淡定地看着他俩，并没有很意外的样子。

张闲为难道："可我……我没打算出家啊……"

老道士瞧了一眼李师师，恍然道："原来如此！这个不碍事，只要你点个头，肯做我的徒弟，当个'寄褐'也成啊！"

所谓"寄褐"，乃是宋时道观中收留俗家弟子的一种风俗。这种道士，虽居宫观，而嫁娶生子与俗人不异。正是奉其教而诵经，则曰道士。不奉其教，不诵其经，唯假其冠服，则曰"寄褐"之人。

"我这人生性自由散漫，去了真人的道观，一定乱七八糟，破坏规矩，我看还是算了吧？这什么龙虎瞳不过传说耳，不足为信。比我有天赋修炼成仙的多了去了，真人应该花心思在他们这些人身上。"张闲推脱道。

"老道是何人，你可知晓？"老道士捋着须说道。

张闲心想，这老道士神神秘秘的，还装神弄鬼，恐怕脑筋不太正常，不就是个会点武艺的落魄云游道士，难不成还是太上老君？接着摇摇头，嘴上说："不知道。"

"我是龙虎宗的掌教真人张继先。"老道士说完，冲着张闲嘿嘿一笑。

"龙虎宗？虚靖先生张继先？"

张闲瞪大了双眼，上下打量张继先一番，不敢相信自己的眼睛。这邋遢道士，竟然是祝永岭道长的师父？李师师也愣了一下，再去看张继先时，神情也和先前变得不同了，目光中似乎多了一份警惕和恐惧。当年山西解州盐池之乱，官府镇压无效，青年道士张继先孤身前往，屠尽孽蛟帮匪众六十五位当家，其中不乏顶尖高手，而他则以一柄"三五斩邪雌雄剑"，平定当地匪乱，堪称奇迹！

看见张闲惊愕的模样，张继先颇为得意，笑道："怎么样？是不是想拜老道为师了？"

"祝永岭道长是您徒弟吗？"

张闲如遇旧友，感觉自己和眼前这位老道士的关系，瞬时拉近了不少。

"祝永岭？"张继先皱起眉头，想了半天，才开窍般道，"是，就是永岭嘛，我的第五个弟子嘛！自然记得。前些年浙东盗起，我让他领了几个徒孙去剿匪，后来就没见过了。毕竟我离开龙虎山也好些年头了呢，年纪一大，就记不住事儿了。"

"祝道长剑术一绝，实在让我佩服得五体投地！"张闲真心诚意道。

"剑术？永岭不行，差得远了。"张继先大摇其头，"我五个弟子中，守坚武艺最强，不过脾气太急了，我一直说他静下心来，终会有大成。我说张闲啊，你要是愿意做我徒弟，保准超过他们，怎么样？让你做龙虎宗的掌教，听了是不是有点激动？"

张闲实在想不明白，号称玄门正宗的龙虎宗掌教，被当今圣上册封的得道真人，说起话来怎么会如此轻浮。

"你不说话，老道就当你同意啦！"张继先咧开嘴大笑，像是捡到了宝贝。

"我可没答应啊，张真人，你贵为前辈，怎么可以这么草率收徒弟呢？"张闲转过头去看李师师，见她捂着嘴笑，急道，"李姑娘，你也替我说句话，我还是比较适合跑堂，给人端茶送菜我拿手，让我做什么道士，这是万万不行的！"

李师师打趣道："挺好的，公子若是出家做了道士，哀家一定抽空来探望你。"

张闲放弃了向李师师求救，转头对张继先道："张真人，我真做不了你徒弟。天命之子也不会只有我一个，你再去其他地方找找，或许还会收获惊喜呢！"

"你以为老道想收你入门，只是为了光大我龙虎宗门楣吗？你也太小瞧老道了。"张继先意味深长地说道，"我与你讲这段掌故，你就知道为何老道一直固执地寻找天命之子了。"

张继先一开口，张闲和李师师便聚精会神地听得入了迷。

嘉祐三年，瘟疫盛行，军民涂炭，日夕不能聊生。仁宗天子听后，龙体不安，复会百官计议。当时的参知政事范仲淹上奏，要禳此灾，必宣龙虎山张天师星夜临朝。仁宗天子准奏，急令翰林学士草诏一道，天子御笔亲书，让钦差内外提点殿前太尉洪信为使，前往江西信州龙虎山，宣请虚白先生张嗣宗张天师来朝，祈禳瘟疫。

这个洪太尉领了圣旨，带了数十人，离了东京，取路径投信州贵溪县来。就在此时，问题来了。虽然到了龙虎山，却找不到天师张真人。自古以来，得道高人总是行踪不定，神龙见首不见尾。待了几日，左右无趣，便和随从上龙虎山游山。到了龙虎宗上清宫，看玩许多景致。他们走到驱邪殿右廊后方，看见一栋红泥墙屋，门上贴着十数道封皮，封皮上又是重重叠叠使着朱印，上面悬着一面朱红漆金字牌额，写着"伏魔之殿"四个字。

洪大尉指着门问："此殿是什么？"

龙虎宗的弟子答："这里是前代老祖天师锁镇魔王之殿。"

洪太尉又问道："为什么上面重重叠叠贴了这么多封印？"

那龙虎宗的弟子如实答道："据传龙虎宗第二十代天师张谌曾封锁魔王在此。每传一代天师，都会亲手添一道封印，还命令徒子徒孙们，不得妄开。万一走了魔君，会为祸人间，生灵涂炭。如今已经传了八九代祖师，皆遵师命，不敢打开。锁是用铜汁灌铸，里面究竟如何，没人知道。小道来龙虎山，已经三十余年，也只是听闻有这个传说。"

洪太尉不信，命令手下把这伏魔之殿打开。

那龙虎宗弟子忙阻止道："大尉，此殿决不能打开啊！师父云游之前，曾万般嘱咐过。不然，走了这魔君，后世百姓要遭殃！"

洪太尉冷笑道："胡说八道，你们这群道士，整日只知道妄生怪事，煽惑百姓良民，所以才故意安排这个伏魔之殿，假称锁镇魔王，实际上只是想要炫耀你们的道术！神鬼之道，处隔幽冥，我不信有魔王在内，快快与我打开，我看魔王如何？"

不管那龙虎宗弟子如何劝说，洪太尉仍是一意孤行，还威胁道众说若不打开，回到朝廷，奏众道士违抗圣旨，全部刺配远恶军州。

龙虎宗众弟子也惧怕太尉的权势，只得唤几个火工道人来，揭了封印，用铁锤敲开大锁。众人进入殿内，发现有一块石碑，约高五六尺，下面有个石龟趺坐，大半身都陷在泥里。洪太尉又命人拿锄头铁锹，掘开石碑。挖了约有三四尺深的时候，又见一片大青石板，洪太尉叫再掘起来，众人只得听令，破开青石板。

谁知这青石板下方，竟然是一个见不到底的无底洞。忽然之间，传来一阵怪响，只见一道黑气从地穴中蹿上来，掀塌了半个殿角，直冲半空。在空中盘旋一阵后，黑气忽地幻化成百十道金光，往四面八方射去。

洪太尉站在一旁，目睁口呆，怔怔问道："逃走的是什么妖魔？"

那龙虎宗弟子欲哭无泪，道："此殿镇守的是一百单八个魔君，若放他们出世，必恼下方生灵。"

洪太尉苦道："这该如何是好？怎么补救？"

龙虎宗弟子道："除非找到天命之子重新封锁这一百单八个魔君，否则社稷怀忧，天下危矣。"

话虽如此，天下之大，洪太尉哪儿去找这天命之子？洪太尉只能吩咐随从，千万别把误走妖魔的事透露出去，如果官家知道了，自己脑袋非搬家不可。就这样，洪太尉回到京师，奏说天师乘鹤驾云去了，但其弟子来到东京禁院，做了七昼夜法事，禳救灾病，瘟疫尽消，军民泰安。仁宗天子大喜，好好赏赐了洪信一番。从此之后，这件事龙虎宗弟子皆知，师徒之间也是代代相传，希望能找到那个天命之子，重新完成当年天师张谌的封魔大业。

说完这个故事，三人沉默了一阵。

最先开口的人是李师师。她道："听张真人的意思，嘉祐年间从龙虎山逃走的一百单八个魔君，便是如今为祸天下的宋江一伙？"

张继先苦笑道："当然，你们也可以把这件事当作巧合。不过龙虎山误走魔君的故事，绝不是老道信口编造。在遇到张闲之前，老道也完全没想到，龙虎瞳竟然真的会存在于世。当然，老道我也不强人所难，毕竟人生是你自己的，即便你有能力拯救苍生，也可以选择不管不顾。"

他这番话说得张闲默然不语。

张继先从怀中取出一支玉簪，"啪"的一声放在桌上，道："这是龙虎宗掌教真人的信物玉龙簪，如果你答应做我徒儿，收下这支玉龙簪，去龙虎山找我的大徒弟王道坚。自此往后，你就是龙虎宗第三十一代天师。"

只要张闲点一下头，张继先便把龙虎宗的掌教之位传给他。不论是张闲还是李师师，都被张继先这突如其来的提议惊呆了。堂堂龙虎宗的掌教之位，竟贸然传给数十日前还在东京城客栈里跑堂的伙计，张闲觉得，天下间没有比这更稀奇古怪的事了。

"如果张闲做了龙虎宗掌教，那张真人您何去何从呢？"李师师问了一句。

张继先又恢复了之前那烂漫的笑容，道："老道喜欢无拘无束的日子，三十年来，教务繁忙不说，还有江湖上各种人情往来，说实话，我早就厌倦了。如今天命之子降世，老道只是顺应天命，把龙虎宗掌教之位让出而已。之后的日子，老道想去哪儿，就去哪儿，逍遥自在得紧呢！"

正说话间，客店门外传来一阵喧哗之声，只听得门外有人质问店小二道："那穿红衣服的娘们儿，是不是在你们店里？"

店小二回道："这位大爷，店里每日来来往往客人这么多，小的真记不得。"

门外那人怒道："他妈的，有人见那娘们儿带着个兔崽子到你店里，你真当别人瞎了？你现在尽管吹牛，若是找着人，非宰了你不可！"

听了这声音，张闲吓得一颗心几欲从腔子中跳出。他和李师师对视了一眼，均明白对方想说什么——这声音，正是早些时候在林中围困李师师的吴友直！

又一人在门外道："这娘们儿毒还未解，再厉害的解药，也需三日才能将化筋散的毒性完全祛除。眼下她的力量怕只恢复了三成而已，我们几个合攻，胜算还是很大。这贱小淫妇，伤了我一只耳朵，我非把她两只耳朵割了才解气！"

张闲心想，这人应该就是被李师师削去左耳的东郭让。

另一人道："你们细细盘诘，不要放过任何线索。若是错失了这千载难逢的机会，'阎帝'怪罪下来，你们各个推卸不了。"

这个声音，张闲想了半天，也回忆不起来。看来这次除了之前四人之外，另有一人加入。他去看李师师，见她低着头，面色如罩严霜。如果当时不支开赵元奴，或许还可以和他们四人缠斗一番，如今她只身一人，张闲又不会武功，形势也不比郊外林中要好多少。

那店小二被他们问得不耐烦，只是推说不知道。可这些人哪是什么善类，举起拳头便打，店小二鼻子被砸了几下，哭着说要告官。首先踏入客店门内的，是屠家拳·屠镇海，他粗壮的手臂上尽是高高隆起的肌肉，手上还戴着铁甲手套。他单手揪住店小二的衣襟，将他整个人高高举起，那小二双脚乱蹬，哭喊着让屠镇海放他下来。

紧随在屠镇海身后的是吴友直，东郭让和庞玄镜则并排走在一起，紧跟着吴友直。他们四人走进来，吸引了饭店内各桌食客的视线。见他们面目凶狠，大部分人吓得忙低头吃饭，有些高声说话的客人都降低了声音，有些索性沉默不语，想快点吃完，离开这是非之地。

在他们四人之后进入店内的是一位扛着长枪的青年。

这青年瞧上去三十来岁，脸上胡子拉碴，给人以不修边幅的印象。不过，最引人注目的，莫过于他满面的战瘢。在这些大大小小数十条疤痕中，尤以脸中央一条平行的长疤最令人惊悚，可以想象，曾经有人试图一刀将他的脑袋削成两半，利刃入肉了好几寸。

他肩上搁着一根枪杆和枪头皆为赤红的长枪，脸上笑嘻嘻，带着几分玩世不恭的神态。他扫视了一圈，眼睛停留在李师师身上。与此同时，其余四人也瞧见了她。

屠镇海把店小二往地上一摔，向前一步，怒指李师师，扬声喝问："你这臭婊子，拿个冒牌货来吓唬我们兄弟，若不是我们撞见了本尊，险些着了你们的道儿！今天不把你砸烂，我屠镇海誓不为人！"

张继先看了看屠镇海，又瞧了瞧李师师，大致明白了几分，干笑了几声，却也没要帮忙的意思，只是跷起腿，用筷子夹了菜往嘴里送。反观张闲正急得团团转，他知道这些人所言不假，李师师体力尚未恢复，自己又受了重伤，不，即便没有受伤，也是废人一个，完全帮不上忙。

李师师柔声道："这江湖中想要哀家命的人何止千万，恐怕还轮不到你们几个杂毛。"说话间举止神态，毫无惊慌的样子。

"嘿嘿，就凭我们几个，确实没有十成的把握杀你。毕竟你可是闻名天下的蜂后啊，武功自然是我们不及的。"吴友直双眸闪烁，冷笑不止，"不过呢，若由八部鬼帅之首出马相助，恐怕杀你也不是什么难事。"听吴友直说出蜂后二字，张继先抬眼瞧了瞧李师师，仍没说什么话，兀自吃菜喝酒。

李师师撩拨了一下耳边的头发，冷笑一声，缓缓道："若是哀家没中你们的毒，便是八部鬼帅加上阎帝·孙列一起上，哀家又有何惧？”

那个肩头搁着长枪的男子上前一步，咧开嘴笑起来，露出一口洁白的牙齿。谁会想到，这个看似普通的青年，竟会是八部鬼帅中武艺最为高强的人。

“夜行者军团麾下修罗枪·陈广，今日领教仙音阁武功。”

第六章 夜行者

万里碧空如洗，和风送暖。仅存的几片薄云，也如棉絮般，随风在晴空里浮游。

湛蓝的天幕之下，有两骑人马，伴着急密清脆的马蹄声，在古道上奔驰无碍。马蹄所踏之处，尘土阵阵飞扬。

马上骑客的扮相，瞧上去也有些奇特。其中一人作道士打扮，身着灰色道袍，右手手肘因伤被两块木板固定着，左手擒着缰绳，不住催促马儿前行；另一人则披着一件宽大的黑斗篷，头顶的竹笠压得很低，看不清容貌。过了大道，到了一条曲曲折折的小路，两人才放缓了赶路的速度。

"再走半个时辰，找个地方歇息一下。"中年道士用衣袖擦了擦额头的汗水。连日来不停赶路，让他头顶的髻角也有些杂乱。

这位中年道士，正是从东京城带走徐燎的祝永岭。而他身边顶着竹笠的，便是昏迷许久的皇城司"鬼刃"徐燎。那日在城门口被武松拦截，栾廷玉和扈三娘奋力抵抗，给了祝永岭带走徐燎的时间。

其时徐燎尚处于昏迷状态，离开东京后又休养了些时日，才渐渐恢复。不过唐霄那烟球毒性太烈，吸入时间过久，虽有祝永岭用心调理，徐燎的功力也只恢复了往日的五成，想要恢复原样，恐怕还有一段时日。

徐燎对自己一直昏迷，没能帮上忙，感到十分懊恼，特别是栾廷玉与扈三娘生死未卜的境况下。这几日，祝永岭只得好言安慰，说他们吉人自有天相，才让徐燎感到略微宽心。眼下他只希望栾大哥他们能逢凶化吉，顺利抵达少林寺。如果不幸遭到武松毒手，徐燎恐怕这辈子也不会原谅自己。

两人又走了一段，祝永岭感到疲惫，便在一片林子边上，找了一块大青石坐下。祝永岭从包裹中取出干粮，和徐燎分吃，又天南地北地聊起来。祝永岭这些年闯荡江湖，对许多江湖秘事知道不少，徐燎则因为失去了记忆，对任何掌故都有兴趣，听得极为认真。

正说着，徐燎脸上忽然变色，压低声音对祝永岭道："林中有人。"

祝永岭知道徐燎的本领，自是深信不疑，左手立刻抽出长剑，严阵以待。他的右手肘关节被武松打断，暂时还未能完全恢复，眼下能自如活动的只有左手。

徐燎伸出手掌，示意祝永岭先不要冲动。他又听了一会儿，奇道："道长，把剑收起来吧，我瞧那人也活不长了。"说罢，便弯腰钻入林中。祝永岭听他这么一说，更糊涂了，于是还剑入鞘，跟着徐燎往丛林中走去。

他们走了大约七八丈距离，见一棵松柏下靠着一个浑身血污的男人。那男人衣衫褴褛，像是个俭朴的庄稼人。只见他满头大汗，不住喘息着，看上去已是筋疲力尽。徐祝二人向他走来，男子自然也瞧见了他们。他见祝永岭是个道士，双目放出光来，伸出手掌向前，仿佛要抓住什么一般，颤声道："救我……救我们……"

祝永岭快步上前，左手扶住这男子，迅速检查了一下他的身体。肋骨和上臂骨均碎了，还有多处骨折，刀伤少说也有十四五处，所幸没有致命伤，不过失血太多，若不及时救治，恐怕真如徐燎所言，命不久矣。

"救命……好多人……"男人一把抓住祝永岭的手臂，忍着身上的剧痛，苦苦哀求道，"大家都还……还在他们手里……"他抓得太紧，甚至令祝永岭感到有些痛。他没想到，眼前的男人受了这样重的伤，竟还有如此力量。

"你先躺下，我们给你包扎，事情慢慢再说。"

说完，祝永岭转头朝徐燎示意，徐燎立即取出金疮药、针线和绷带，递给了他。祝永岭在徐燎的帮助下，仔细地把男子的创口接连缝上，再敷上金疮药，最后捆上绷带。多年在外过着刀口舐血的日子，祝永岭对于处理这样的皮外伤，固然不在话下。半个时辰之后，男子的伤口被处理完毕，还服下了一颗杨采苓留给徐燎补血气的丹药。

"两位义士的大恩大德，小人没齿难忘！"男子靠树而坐，面色憔悴不堪。他本想起身给祝永岭和徐燎磕头，却被他们阻止了。

"你是遇到山贼了吗？"祝永岭望着男子，迷惑不解。

在他的印象中，这一带离京师不远，又在嵩山山脚下，由于惧怕少林之威仪，干烧杀抢掠勾当的山贼甚少。就算有，只要村民上少室山向方丈求助，说明情况，那些山贼也会被少林寺武僧组成的僧兵团剿灭。

普通的杂毛贼寇，怎么会是天下武宗少林寺的敌手呢？

"小人的名字叫王阿宝，原是这五里外周家村的村民。我们村子百来口人，平时也就耕耘树艺，过着小日子。谁知，一个月前，来了一群人……"王阿宝讲到此处，仿佛想起了极为痛苦的往事，不由得浑身颤抖，哭出声来。

祝永岭温言道："你且慢慢道来，不用着急。方才说到有一群人来了你们村子，之后呢？是不是他们做了什么伤天害理之事？"

徐燎蹲在一旁细细听着，并没有提问。

王阿宝止住眼泪，道："他们号称'夜行者'，其实全是恶魔，简直不能称之为人。"

听到"夜行者"三个字，祝永岭眉梢微微一动，表情有些变化，全被徐燎看在了眼里。

"他们刚进村的时候，我们以为只是普通的山贼强盗，以前也不是没发生过这样的事，最多搜刮一点粮食和金银，就离开了。可那个叫孙列的家伙，却囤聚在这里好几日，把全村的村民当作奴隶使唤，稍有反抗就杀了。起初有几个青年人气不过，集结了十多个人想去刺杀孙列，却被他手下发现，当场捉住，挖了个坑，直接埋了。自此以后，全村便是男子为奴，替他们干活，女子为娼，受尽他们凌辱。其余没有劳动力的，老弱病残都被杀了，连小孩也不放过。他们还扬言，如果再有反抗的事发生，他……他就屠村……"

说完这段话后，王阿宝抱头痛哭起来。

听见"屠村"二字，祝永岭左手握拳，继而怒捶在地上："岂有此理！简直灭绝人性！"

徐燎相对祝永岭较为冷静，细问道："那你是怎么逃出来的？"

"他们想杀我。"王阿宝眼中闪过一丝怒意，"小人的浑家被这群强盗看上，抓去献给了孙列。小人气不过，找他们理论，结果给关押起来，又是一顿好打，差点死在他们手里。还好夜里守卫疏忽，才让小人逃了出来，遇见两位义士。"

祝永岭沉吟片刻，道："这一路上听说梁山这次联合大小四十多个山寨的兵力，连五匪都编入麾下，原本以为只是江湖传言，不足为信，谁知竟在嵩山山脚的村子，发现了孙列的行踪，看来传言并非空穴来风。"

徐燎点了点头，又问王阿宝道："你可知道，孙列在周家村里囤聚了多少人马？"

"人倒是不多，大约有两三百人，说什么是夜行者的先锋部队，各个身怀绝技。"王阿宝回忆的时候，脸上流露出畏怯的表情，"其中有个家伙，身长一丈，肌肉发达，简直像个怪物。村里十多个青年去刺杀孙列时，就是被这个家伙阻止的。小人当时还目睹了整个过程，那家伙杀人，简直像踩死一只蚂蚁那么简单。"

"这人是擎天柱·任原。"祝永岭双眉敛起，怒上心头。

"任原？"徐燎似乎对这个名字有印象，却怎么也想不起来。

祝永岭点头道："这厮在泰安州东岳庙摆过擂台，两年间未遇敌手，号称'相扑世间无对手，争跤天下我为魁'，非常狂妄。据说有一次孙列路过东岳庙，上台只一回合，就把任原打倒在地。往后这擎天柱便一直追随孙列，成了他麾下八部鬼帅之一。"

"孙列竟然这么强？那八部鬼帅又是什么？"徐燎有好多问题想问。

"说来也怪，这个孙列的真实身份，江湖中也没几个人知道。好像是在政和三年的时候，东京城忽然出现了这么一号人物。这人武艺高绝，一出手便震动武林。孙列崛起之后，招揽了八位顶尖高手，号称'八部鬼帅'，而自己则号'阎帝'，自诩乃掌人之生死者，是以江湖中人曰'阎王要人三更死，谁敢留人到五更'，一时风头无二。"祝永龄轻轻叹了一声，又道，"其手下武艺之强，若单论个人能力的话，恐怕梁山泊一百单八将中，能战胜八部鬼帅的，也是寥寥无几。"

徐燎当然明白祝永龄话里，还有另一层意思。

就算他们二人处于巅峰状态，两个人打两百个也是毫无胜算。更何况，孙列本人与八部鬼帅全在那个村子里。不做准备就贸然前往，等同于送死。

王阿宝不傻，他听完后，也默然不语。虽然妻子还未逃出孙列的魔爪，可眼睁睁地看着两位义士为自己去送死，这种话，就算是一介村夫的王阿宝也说不出口。过了好一会儿，他才噙着泪道："两位义士，大恩大德，小人没齿难忘。只不过要报答两位的恩德，也只有等来生了，我这条贱命不值钱，去和他们拼了，死了也无所谓。但没有理由连累两位义士，这场仗有败无胜，去了也是……"

他话还没说完，就被徐燎伸出的手掌打断了。

"你休要多言，这事我们管定了。"徐燎转过头去看祝永龄，询问道，"道长意下如何？"

祝永龄大笑道："咱们想到一块儿去了。为了拯救黎民百姓，便是死，也是死得其所！更何况孙列这样的恶贼，不给他点颜色瞧瞧，贫道也咽不下这口气。"

王阿宝看着眼前这两个人，心里突然涌起了一种奇怪的感觉。他不懂为什么会这样，这两个人，明明刚刚才认识自己，明明连自己说的话是真是假都不知道，就这样毅然赴死？

胸口一酸，眼泪流下来了。王阿宝尽量低下头，不让他们瞧见，同时他跪下，冲着徐燎和祝永龄三叩首。额头触及泥土的时候，他忽然明白了。他本以为这种"侠士"，只存在于说书人的口中。

何谓侠？其言必行，其行必果，己诺必诚，不爱其躯，赴士之厄困！

徐燎忙扶起跪拜在地的王阿宝，温言说道："答应帮你，并不是说我们要去送死。不过我可以答应你，一定会把你的妻子救出来。"

王阿宝抹去脸颊的泪水，用力点了点头。

今天的晚餐是炊饼和稀粥。

孙沁文驾轻就熟地拿起一个炊饼，从中间掰成两半，递给唐霄。唐霄看了他一眼，然后摇了摇头。孙沁文冷哼一声，塞进了自己嘴里，咀嚼了几口咽下，又端起一碗稀粥呼噜呼噜喝起来。他吃完后，一抹嘴，道："我的唐兄弟，从你师妹走之后，你就没说过一句话，没吃过一口东西，这样下去还没等她来杀你，你就先饿死了。"

除了孙沁文外，其余几位老板也不客气，拿起地上的炊饼就啃。平日里珍馐美馔都瞧不上一眼的巨富，如今却席地而坐，吃着发酸的炊饼，这画面令人不胜唏嘘。

"我不饿，你们吃吧。"唐霄还是低着头。

"你是喜欢她吧？"孙沁文喝着粥，坏笑道，"别装，我能看出来。"

唐霄的脸微微涨红，瞪了他一眼，刚想说什么，却又咽了回去，兀自坐在那儿不说话。

"还骗了她，是吧？"粥喝完了，孙沁文把最后一小块炊饼丢进嘴里，边嚼边道。

"有完没完？"唐霄不耐烦地皱起眉头，口气显得很不耐烦，可过了一会儿，他又憋不住问道，"你从哪里瞧出来我骗过她？"

孙沁文依依不舍地咽下最后一块炊饼，接着摸了摸自己日渐干瘪的肚子，叹了口气，哀伤道："我瘦成这样，若是这样回去，小雀见了又要替我伤心难过啦！"

"你个死胖子！"唐霄见他卖关子，作势便要打。

"君子动口不动手啊！"孙沁文忙抱头告饶。

唐霄高声道："快说！"

孙沁文用那双又白又胖的手整了整衣襟，轻咳一声，才道："我小财神什么人物？三条腿的蛤蟆我没见过，两条腿的女人可见多啦！你去打听打听，整个东京城，哪家青楼的红牌和我不熟？就刚才你师妹走进来那股劲，我一瞧就明白啦，她哪里是要杀你，明明是在怨你呢！上回我去怡红院找郑爱月，却撞上了老相好李娇娇，你可没见那时李娇娇的表情，和你师妹一模一样，心里怨我来怡红院找别人呢！那你猜猜，李娇娇是想杀我呢？还是爱我呢？"

"你怎么拿烟花女和我师妹比？"唐霄面色沉下来，有些不快。

"烟花女怎么了？归根结底都是女人，是女人就恨男人骗她，要知道，女人的心眼比针眼还小呢。不过不用怕，兄弟我教你一招。得罪了女人，认错准没错！我就立刻给李娇娇认错了，说我只疼她一个，以后只听她唱的曲儿，别人唱，我就把耳朵捂起来，坚决不听。女人嘛，哄个两天就好啦！"孙沁文说到此处，忽然嘿嘿笑了两声，低声问道，"话说回来，你们两个到底有没有'那个'过？"

"哪个？"唐霄不明就里。

"花花太岁，揣着明白装糊涂呢你？男女之间，还能哪个？"说完，孙沁文拍了两下手，笑着道，"就是这个。"

唐霄豁然大悟，又羞又急地骂道："死胖子，你脑子里整天想什么呢！她可是我师妹，我怎么可以……唉！和你没法讲。"

"兄弟，我理解你，换我也为难啊。你这师妹长得真俊啊！肤色是黑了点，不过黑里俏，蛮有味道的！杨姑娘也不错，白白净净，容貌清秀，医术无双，救了你好几次性命。关键为了嫁给你，从成都追到了东京。"孙沁文双眼直直地看着祠堂的木梁，想象自己是唐霄，踌躇道，"两个都好，真的太为难了！"

"你再不闭嘴，我就杀了你。"

唐霄恶狠狠地警告了一句之后，孙沁文就不说话了。

其实，唐霄生气并不是因为孙沁文的胡言乱语，正相反，而是大致的情况，都给这家伙猜中了。自己当时离开师门时，确实骗了师妹晏贞姑，说要去迎娶杨采苓。但其实这也不算谎言，他和杨采苓的父辈虽然指腹为婚，但两个人并没有行婚姻之实。在大婚前夜，骑马逃出四川，这种事恐怕也只有他唐霄能做出来。

拒绝和杨采苓结婚，是不是因为师妹晏贞姑的关系呢？

这个问题，唐霄一时也无法回答上来。他对这个师妹的感觉，很难用三言两语说清楚。

有一次，两人对练追魂链时，晏贞姑出手太过迅疾，失手伤了唐霄的大腿，登时血流如注。晏贞姑吓得哭出来，可唐霄却不以为然。晏贞姑为他疗伤，唐霄突然握住她的手，喊了一声："师妹。"晏贞姑也低低回了一声："师哥。"俏脸飞红。

这件事，唐霄一直记在心中。每次想起，心底便是一片柔情。

拜入晏孝广门下后，唐霄与晏贞姑几乎每日都在一起研习暗器手法，切磋武艺，在一起谈天说地，倾吐内心的声音。可以说，这是他一生中最难忘的韶光。虽然和杨采苓是青梅竹马，自小相识，但晏贞姑却是真正陪他成长的人。

美好的时光总是匆匆，该来的还是会来。

唐霄还记得，他出师下山那天的情景。晏贞姑红着眼问他几时再回来，后半句话她没敢说下去，她只想知道答案。唐霄绷紧着脸，低声说道："师妹，我要回去成亲了。从前，我没和你说过这件事。我有个未过门的妻子。"他眼睁睁看着晏贞姑原本闪烁的双眼，渐渐暗淡下去，眼泪悄然滑过她的脸颊。

雁来人远暗销魂，人生无非就是这样吧？

祠堂的大门被人从外猛地推开，唐霄的回忆也就此中止。他抬头望去，只见门外站着一个喽啰，大声道："唐霄，孙列大人要见你。"

唐霄眼睑微微抽动。

——这一刻，终于要来了吗？

那喽啰说完后，又进来两人，一左一右架着唐霄走了出去。由于爆炸所造成的伤势以及余五娘毒药的毒性尚未散去，唐霄的身体依然虚弱，正常的行走亦是吃力。走了大约一盏茶工夫，他们来到一栋大屋的正堂门前。正门前亦有两名身披盔甲的守卫，一人一边推开大门，他们三人才得以进入屋内。

屋子左右各站了九个披甲戴盔的军士，正中央有一张巨型太师椅，椅子两边亦有四人。左边是余五娘和阿里奇，右边是晏贞姑和一个赤着上身、一副相扑手打扮的巨汉。而太师椅上坐着的，正是夜行者军团的首领——阎帝·孙列！

孙列的身形非常魁伟，胸膛厚实，肩上突起的斜方肌异常发达，隔着袍子都能看见。他穿着绣有火焰纹饰的黑色宽袍，抄手在胸前，手腕以上的部位交叉入宽袖中，双脚则是盘腿坐在椅上。最令唐霄感到奇怪的是孙列的脸。他的左脸裸露在外，右脸藏在半张金铸阎王面具之后，左脸粗眉虎目，器宇不凡，右脸则狰恶凶横，虎视眈眈。

"你就是兵诛城的少主，唐非君的儿子？"孙列的声音与他的人一样，十分粗犷。说话时，双目不住地上下扫视唐霄，眼神显得极为轻蔑。

唐霄胸膛一挺，口气高慢道："没错，我正是。你就是强盗头子孙列吧？你把我抓来这里，不知有何贵干？"

孙列却不以为意，兀自说道："寡人听余五娘说，你在打斗的时候耍诈，杀死了我方两员爱将，是也不是？寡人听过你的名字，本以为你也是条汉子，没想到竟然诪张为幻，如此刁猾。若是真刀真枪地干，北堂尊和李甲技不如人，寡人无话可说，但用奸计得逞，哼，实在非好汉所为。唐非君这样的英雄，怎么就养了这么不成器的儿子？"

"确实，我唐霄当不起好汉之名。"唐霄冷笑一声，忽然拔高了声音，怒道，"难道像你这般做强盗、杀百姓，就是英雄好汉吗？"说完，他把视线投向了晏贞姑，适才这番话，似乎又是说给她听的。而晏贞姑却别过脸，没有去迎唐霄那灼热的目光。

孙列听了，哈哈大笑起来，道："妇人之见！成就霸业之人，怎么会拘泥这种小事？浮尸百万、流血千里又如何？如今的朝廷，政以贿成，不流血不足以成就新的世道。你父亲若在世，一定会赞同我的看法。"

"听你的口气，似乎和家父是旧识？"唐霄疑惑道。

"没错，当年寡人在东京任八十万禁军教头时，与你的父亲有些往来。"说到此处，孙列顿了一顿，道，"不过别以为我认识唐非君，就一定会饶了你。相反，我却要为唐非君好好教训一下你这个不孝之子。"

"请别用'旧识'二字来玷污我父亲的名誉。"唐霄怒视孙列，愤愤道，"我父亲若在世，第一个杀的就是你这种涂炭人间的家伙。"

"杀我？"孙列冷笑一声，紧接着缓缓起身，走到唐霄眼前，但双手依旧交叉着抄在宽袖之内。他凑近唐霄的脸，仔细端详般看着他，"现在的你，办得到吗？"

孙列便猛起一脚，直接蹬踏在唐霄的胸膛。这一记蹬踢速度极快，别说唐霄此时有伤在身，便是在巅峰状态，也断无避开这一脚的可能！

中招之后，唐霄整个人如同炮弹般向后飞冲而去，生生撞裂了那扇大门！

孙列起脚速度之快，唐霄连惨叫的时间都没有。

"兔崽子！"骂完一句后，孙列转过头，把眼神投视向晏贞姑所站立的地方。

晏贞姑面无表情地直视前方，仿佛刚才什么都没有发生过。

这一记重腿对唐霄来说，无疑是毁灭性的打击，进一步摧毁了他本已衰弱的身躯。还未倒地的时候，他再次昏迷过去。

"拖下去，继续关押起来。"施令完毕，孙列又重回太师椅上。

他方坐定，余五娘便把整个人依在孙列的肩上，娇嗔道："大人何必生这么大的气？不过是个杂毛罢了，随便找个借口，杀了便是。"

晏贞姑上前一步，禀道："依属下愚见，目前唐霄杀不得。如今我们和水泊梁山结盟，正是借机扩展势力的好机会。如能得到宋江的帮助，定将如虎添翼。而宋江最想得到的人便是唐霄。唐非君留下的《唐门考工记》中记载的终极武器，也只有唐霄才能制造出来。"

余五娘冷哼一声，嘲讽道："唐霄是你的老相好，当然不舍得杀。怕就怕现在不杀，留下此子，将来必是后患。我可是亲眼见到北堂尊和李甲被他引到屋子里，出来就变成灰了，天晓得这小子还有什么妖术。"

"贱人，你若再敢污蔑我和唐霄的关系，我先割了你的舌头。"晏贞姑并没有说笑，食指和中指上夹着把无影飞刀，随时准备出手。

"你这没人要的腌臜货，老娘还怕你不成？看是你的无影飞刀先割了我的舌头，还是我的一品红先毒哑你这张脏嘴！"

这余五娘什么人物？自然不怕晏贞姑，左右伸出双手，撑开五指，她手中是挥发性极强的毒物，渐渐冒出赤红色烟煴，缭绕指间不散，随时准备与她放对。

"够了。你们自己人斗什么？"孙列一句话说得平淡，但言语中威严犹在，登时让两人收起了兵器毒药，垂手立回原处。

孙列对于八部鬼帅的震慑力，可见一斑。

"对了。"见她们不再争执，孙列才道，"任原，'骸鬼'那边怎么说？"

那相扑手打扮的巨汉回道："应该还在少室山上。"

"这家伙，总不让人省心。"孙列摇着头，又问道，"五娘，梁山泊可有消息？"

余五娘屈脊躬身道："回大人，两日之后，杏花村的主事燕青会亲自将羽檄文书带来周家村，当面交给大人。相信梁山泊远征军的兵马，很快就会到达嵩山地界。"

"哈哈哈，好！很好！待四十多个山寨的部队集结，莫说区区少林寺，便是那八十万禁军固守的东京城，也不在话下。"孙列搓着双手，眼中迸发出贪婪的神色。

此时，周边四人齐声道："贺喜大人即将成就千秋伟业！"

"千秋伟业？嘿嘿，待挑起梁山泊与朝廷的正面战争，夜行者便会趁着乱世崛起，届时何愁伟业不成？"孙列把目光投向远方，冷笑道，"当然，这都是之后的计划。寡人眼下想要的，是让那殿前都太尉高俅，死无葬身之地！"

嵩阳客栈中，陈广说完那句话后，他身边的四位武者也跃跃欲试起来。

屠镇海将祖传的铁片手套穿戴了起来，接着握紧双拳，双手对拳碰撞了几下；吴友直将长剑从腰间的剑鞘中抽出，发出一阵清脆的声响；庞玄镜双手持背厚面阔的鬼头刀，猛地往地上一砸，石板顿时被砸出了一个缺口；东郭让双手同时挥舞着双戟，腕部异常灵活，同时变换了数个进攻架势。

眼下是五对一的局面，他们也不像要单打独斗的样子，但李师师仍是面无惧色。

"谁来送死？"

李师师皓腕抖动，从袖口滑出一柄状如刺针的蜂芒剑！

原本准备一拥而上的四人，骤然间被李师师的气势镇住了。这种难以言喻的气势，是他们这种混迹于江湖底层的人，永远无法体会的。可是陈广明白，这就是站在巅峰之人身上的气魄，是一种武者的帝王气！

——这个女人，不愧是大宋帝国最强的刺客！

四人你看我，我看你，皆不敢当先对李师师发起进攻。

"妈的，你们几个撮鸟，临阵婆婆妈妈，我先上！"

屠镇海宛若给自己打气般怒喝一声，挥舞着双拳朝李师师攻了过去。

套上铁甲的拳头来势猛烈，李师师往后退了三步，手中蜂芒剑飞速横挥出去。屠镇海拳头落空，剑锋蓦然出现在眼前，心中一惊，忙屈起双肘去挡这记横劈，谁知李师师中途变招，蜂芒剑在掌底犹如画出一条圆弧，剑尖竟向屠镇海颈后刺去！

只听一声惨呼，屠镇海后颈蹿起一丛鲜血，被蜂芒剑生生削去一块皮肉。

"臭娘们儿！"被激怒的屠镇海失去了理智，见李师师与他近在咫尺，右腿蹬踏借力，整个人向李师师撞了过去。

他知道自己大开大合的武功，完全攻击不到灵巧的李师师，不如孤注一掷，将全身的力量集中在一点，给予对手致命的一击。只要击中，便能一举成功。李师师虽然技艺高超，速度奇快，却也是女流之辈，力量方面无论如何都不是壮汉屠镇海的对手。

屠镇海蓦地向她冲撞而来，李师师也是一惊，这样猛烈的重击，以目前虚弱的身体，必定无法承受。千钧一发之际，蜂芒剑再次像有生命般在李师师的手掌中急转。屠镇海此时恼羞成怒，满眼皆是杀意，完全没有意识到蜂芒剑的变化！

站在远处的陈广忽然皱眉，想出声提醒，却已来不及了！

——这个蠢货……

蜂芒剑如针一般的剑身深深搠入了屠镇海的咽喉，而穿刺的力道并不是由李师师发出的，而是借用了屠镇海撞击时的力量。他企图用蛮力冲击李师师，殊不知李师师在瞬间以极其诡异的技法，将剑尖变换了角度，使得屠镇海自取灭亡。

他用自己最脆弱的咽喉，撞向了细如绣针的蜂芒剑尖！

世上再也没有比这更愚蠢的行为了。

如针般的长剑刺破了皮肤，贯穿了屠镇海的脖颈，而他试图使出重击的力量也在刹那间消失。鲜血从屠镇海口中涌出，他双目直勾勾地看着李师师，仿佛不相信世上还有这样诡谲的剑法。过了一会儿，他的眼神失去了活力，整个人"砰"的一声倒地。

李师师抽出长剑，抖去剑身上的血滴，冷道："还有谁来送死？"

在一旁的张闲也看傻了。他没想到李师师竟然如此强大，弹指间就能干掉一个比本人强壮数倍的巨汉。而且对方并不是普通的喽啰，而是江湖上成名的好手。张继先则神态悠然地抖着腿独酌，完全没把刚才那场生死武斗放在心上。

"大家一起上，宰了这臭婊子，给屠兄报仇！"东郭让忙鼓舞士气道。

他因耳朵被李师师割去，怀恨在心，眼看杀死她的机会就在眼前，焉能就此错过？

"说得没错，咱们一起围攻，瞧她怎么破！难道这女魔头还有三头六臂不成？"庞玄镜大喝一声，挥舞手中的鬼头刀，大踏步朝李师师奔去。其余二人也各持兵器，紧随其后。

浓浓杀气向李师师逼来，她握紧蜂芒剑，往后急退。

——绝不能让他们形成合剿的阵势！

除了张闲与张继先，饭厅内其余的客人早已奔逃离开，四周的桌椅板凳也被撞得七横八竖。店小二和掌柜躲在柜台后瑟瑟发抖，心里希望官府的人早些赶来，把这伙儿亡命之徒都给抓到牢里去。

首当其冲之人，正是庞玄镜。他的鬼头刀来势凶猛，对准李师师的脑袋，就是一记刚硬的斩击！

李师师急退时忽地站定脚步，微微侧身躲过鬼头刀的竖斩，皓腕转动，长长的锋芒剑倏地递出！庞玄镜一惊，没想到剑速如此迅捷，当他反应过来时，蜂芒剑的尖刃已迫在眉睫，只能低头闪躲。低头瞬间，发髻被剑刃刺中，登时乱发披肩，狼狈不堪！

庞玄镜再抬头时，脸上传来一阵火辣的感觉，原来正面被李师师一脚蹬中，鼻血喷射而出，整个人也向后连退数步。

于一招之内击退庞玄镜，李师师并没有流露出得意的神情。

见同伴受伤，东郭让狂吼一声，右戟横斩李师师颈部！谁知她竟不闪不避，用蜂芒剑去挡。东郭让发力迅猛，但戟锋却被李师师的剑格用巧劲轻松架开，他的左戟还来不及跟上，导致中门大开！东郭让只见李师师左手一漾，两点闪闪金光向他袭来。因距离太近，东郭让还未及做出仰头躲避的动作，双眼就一阵剧痛，惊呼出声！

东郭让双目登时溅出鲜血来，他抛去双戟，用手捂着眼睛，发出疯兽般的低吼。他睁开眼，却发现一片漆黑，什么也瞧不见了。更骇人的是，在他左右眼球上，赫然插着一根金针。而这两根金针，正是适才李师师趁他不备，手指中弹出的两枚蜂舞针！

吴友直无暇顾及东郭让，无影剑的光芒已经笼罩李师师全身。

李师师回刺了一剑，被他用力架开。趁着吴友直忙于应付蜂芒剑，疏于防范之际，李师师整个人凌空跃起，右腿如鞭子般扫中吴友直的颈椎。这记借力打力，踢得吴友直眼冒金星，差点扑倒在地。庞玄镜用袖口抹去了脸上的鲜血，蓦地舞起鬼头刀，朝李师师的背脊狂乱挥斩而下。李师师头也不回，左手往后一点，庞玄镜以为她又要射蜂舞针，忙收起刀势，用鬼头刀的宽侧去挡！却发现李师师手中空无一物，才知中了计，怒气更盛！

——把我们几个当白痴耍吗？

吴友直缓过神后，长剑又向李师师刺来，只是她身形飘忽不定，连刺数下，连衣袂都不曾触到。庞玄镜举刀再攻李师师身后，却又见她左手一点，忙侧扑躲避，发现又着了道！心中暗暗道："莫非这女魔头暗器已用尽？"于是大了胆子，挥动沉重的鬼头刀，一记势大力沉的斩击向李师师的腰间挥去！

李师师瞥了一眼，双腿蹬地，高高跃起，在鬼头刀锋刃擦着她鞋底扫过的同时，左手倏然扬起！庞玄镜只道她黔驴技穷，不再畏惧，也不躲闪。谁知这次却是实招，三根蜂舞针裹挟着劲力，"啵啵啵"三声没入庞玄镜的喉间。

庞玄镜五指一松，沉重的鬼头刀落在地上，砸爆了一块铺地的石板。

但他放下屠刀的目的，并不是因为力竭而亡，他尚有一口气在，正想要和李师师同归于尽，用自己的死，去换这女魔头的命。

庞玄镜怒吼着冲向李师师，他双手已无兵器，像一头不要命的野兽般直撞过去。明明咽喉已中了三根蜂舞针，却还拼着最后一口气，攻向对手。李师师手腕一转，将蜂芒剑尖对准庞玄镜的心脏。可他却毫不避讳，甚至冲击的力道更甚！

蜂芒剑刺入庞玄镜的心脏时，李师师的五指甚至还能感觉到他心脏跳动时产生的颤动。

可下一个瞬间，所有人都惊呆了！

庞玄镜双手蓦地抓住李师师握剑的手腕，并往自己的方向猛扯！这样一来，蜂芒剑就会刺得更深，被他死命一扯，蜂芒剑尖便破背而出，长剑贯体，鲜血如喷泉般从他背脊激射出来！

"快动手！"庞玄镜用他最后的力气喊出了这一句话！

原来，他是想用自己的身体封锁住李师师的蜂芒剑与行动能力，这样，面对左手空无一物的李师师，吴友直就能从任意角度发起进攻。即便她再使用蜂舞针，吴友直也能仔细观察，然后进行闪避！更何况，李师师的左袖中已没了多余的蜂舞针。

吴友直自然明白他的意思，手中无影剑直刺李师师的胸膛，剑势如虹！

李师师右手被庞玄镜"封锁",左手没有兵器,吴友直与庞玄镜已完成前后夹击之势,形势极度危急!但在李师师秀雅绝俗的脸上,却毫无惊慌之色,双目紧紧盯着吴友直的剑尖,看上去没有任何情绪。

观战的陈广还是扛着长枪,嬉笑着坐在长椅上,没有出手的打算。张闲双手紧紧抓扯住衣摆,心已提到了嗓子眼,一旁的张继先暂时放下了酒杯,从桌上筷筒里取出一支竹筷,在手中折成两截,眼神忽然变得犀利起来。

——她为何如此冷静?难道还有后手?

吴友直的剑尖离李师师胸口仅有五寸的距离时,李师师左手伸向右手的剑柄,庞玄镜以为李师师想要双手拔出蜂芒剑,更用力箍住她的右腕,谁知李师师并没有这个打算,而是从蜂芒剑的剑柄后方,再次抽出了另一柄更细更短的长剑!

蜂芒剑中,竟然还藏着另一柄剑!

此时,李师师右手的蜂芒剑猛地旋转起来,利刃绞心,使得庞玄镜高声惨呼,瞬时没了性命。

从剑柄中拔出的小一号蜂芒剑,被她称之为蜂稚剑!

原来,蜂芒剑中有剑,是一柄子母剑,同时拥有两个剑鞘。外层剑鞘也是剑,名曰"蜂芒"。而蜂芒剑的剑身同时又是蜂稚剑的剑鞘。

抽出蜂稚剑后,李师师快速左挥,格开无影剑的刺击,顿时金属交鸣声震耳!紧接着又蓄力猛地向右横斩,距离太近,使得吴友直来不及躲避,咽喉被蜂稚剑刃割开一道深深的口子,鲜血喷涌而出,溅射在李师师的俏脸上,宛如罗刹女再世!

瞬息之间,局势发生逆转,出乎在场众人的意料。

然而这一切，均在李师师的掌控之中。

李师师面色如罩冰霜。她抽出蜂芒剑后，一脚将庞玄镜的尸身踢开。她双手各持一柄长剑，蜂芒剑与蜂稚剑同时往两边一挥，数滴鲜血从她背后飞散出去，仿佛蜂后正振动红色的翅膀。

陈广收起了玩世不恭的笑容，神色认真起来。

东郭让还跪在地上，因为自己失去了双目而号哭；张闲松了一口气，但仍觉得陈广与方才那四人不同，心里有一种不祥的预感；张继先把断成两截的竹筷放在桌上，再次拿起酒杯，仰头饮尽，接着发出了满足的叹息声。

过了一会儿，陈广又笑了起来。

——这就是仙音阁之首，大宋顶尖刺客的实力吧？

——真是令人期待！

"还有谁来送死？"

李师师冷眼瞧着陈广，沉声问道。

第七章 教头王进

高手之间的对决，往往没有绝对的胜负。

特别是实力相当的对手，在生死相搏中若有一丝一毫的偏差，结果就会皆然不同。所谓差之毫厘，谬以千里，就是这个道理。

虽然李师师受化筋散之毒，尚未痊愈，体力也未完全恢复，可毕竟贵为仙音阁七仙女之首，陈广自然不敢大意。适才转瞬之间连伤四位武林好手，还是拖着抱病之躯，可见其实力之强，绝不在自己之下。

——如果她在巅峰状态，甚至犹有过之。

——不过，为了宋大人，今日一战不可避免！

"为了不让你死得不明不白，我还是要把杀你的理由讲一下。"陈广眉毛一扬，笑道，"前些日子，仙音阁在京师闹出这么大的动静，不少反对联金的大臣纷纷遭到刺杀。这件事，作为仙音阁魁首的你，恐怕脱不了干系。其中左司郎中宋昭是我的恩人，因上书反对联金计划，被仙音阁刺客杀害。这笔账，今天务必要来算上一算。"

李师师当然记得这位文臣了，那日她派遣的是七仙女中的络新妇·谢素秋。

当时朝廷分成两派，对联金灭辽之事争论不休。宋昭上书曰："契丹人虽然是夷狄，但久受吾邦文化熏陶，也粗知礼义，故而百余年间谨守盟誓，不曾毁约。但是女真人刚狠善战，茹毛饮血，比契丹人更可怕。勇猛如契丹人，战女真尚不能胜。如果我们和他们相邻，结果不堪设想！"

主张联金的宰相蔡京听了，自然怒不可遏，便下密令刺杀宋昭。

早年陈广浪迹江湖，途经陕西灵宝县时，路见不平，错手杀掉了当地的地头蛇。他投案自首后，却因杀人罪被官府押了起来，准备择日问斩。恰巧新上任的知县就是宋昭。接到案卷后，宋昭仔细研究并召见了许多当时的目击者，按《宋刑统》的条例，认定陈广自卫杀人，下令无罪释放。虽然陈广最后落了草，加入夜行者成为骨干，但他对宋昭的恩德至今难以忘怀。

闻恩人死于非命，陈广自然不会善罢甘休。他辞别正欲与宋江联盟的孙列，独自踏上了复仇之路。谁知在几个江湖旧识的引领下，竟然真的遇上了仙音阁的魁首。

"蔡京和赵良嗣我都要杀。在此之前，我先取了你的性命。"

陈广右手后掌心朝上，正握枪根，枪杆紧贴右肋下，左手掌心朝下，覆握枪腰，枪头则斜指地面，呈"美人纫针势"的起手式。他见识过了李师师颇为灵动的剑法，不敢托大，是以用相对保守的阵势迎敌。

"多说无益，想要哀家的性命，自己来取！"

李师师冷笑一声，挥起蜂芒剑，周身化为一条红色残影，向陈广奔杀而来！

——好快！

陈广颠提枪尾，马步跨前，修罗枪蓦地振舞开来！他想象李师师手中的蜂芒剑是根针，手里的长枪是线，欲用线穿针而过，必须要找到"针眼"！

何为针眼？

——针眼者，敌之虎口也！

心中已有计较，陈广挥动枪杆，一个颠提的技法，突刺李师师的右掌虎口！

李师师不禁心头一凛，挥舞左手蜂稚剑，架开枪身，同时双剑黏上枪杆，朝陈广覆握枪身的左掌一路滑劈下去。但陈广毫不惊慌，迅速松开左手，改握为托，右手枪尾往下一按，左手托着枪杆奋力将李师师双剑反压下去，同时猛然抖动强韧的枪杆，利用枪杆的弹性横向劈打李师师的胸腹！

这一招连消带打，如行云流水般顺畅，一旁观战的张继先，竟情不自禁喝彩起来。

利用枪杆的韧性抖动进攻，其速度之快，便是灵巧如李师师，也无法轻易躲过。

然而蜂后没那么容易被打败。

李师师见枪杆当胸劈来，忙从压力下撤剑，再以双剑挂地，上半身迅速后仰，整个身体弯曲如拱桥一般，才堪堪躲过枪杆的横打！

枪杆扫过李师师鼻尖的那一刻，她右腿蹬出，去踢陈广立弓步的前腿膝盖骨。这一蹬踢，若是击中陈广的半月板，便可令他瞬时失去战斗力。

刺客守则第一条，切勿醉于缠斗，务以最小的代价，换取最大的利益！

简而言之，如果能用一招杀敌，千万不要用第二招。

这一脚踏来，陈广也颇惊愕。前腿的弓步乃是他立足之点，整个人的重心全压在上面，但面对如此凶险的袭击，他不能以脆弱的膝盖去赌博。眨眼间他便有了计较，强行撤去立足点，整个人往下坠去时，迅速扭转枪腰，以枪杆去挡这记蹬踢，同时又能以枪尾挂地，整个人不至于以面抢地。

李师师脚掌击中杆身，便知偷袭不成，但她也知道自己置身于枪圈之中，形势危急，便利用这记蹬踢的反作用力，把自己的身体往后推去，连退三四步，暂时躲避陈广的反击！

他们二人仅这两三招之内，就打得险象环生，令张闲咋舌不已。

作为普通人，他难以想象拥有他们这种武艺的人，是一种怎样的境界。双方四肢并用，如闪电般互相出招破招，有一次失误，便会立刻命丧当场。这又是一种怎样的气魄？

"怎么样？你也想学武了吧？"张继先跷着腿笑道，"拜老道为师，保你比他们俩加起来还厉害。"

张闲不禁看了张继先一眼，颤声问道："张真人，你的武艺也很强吧？"

张继先先是叹了口气，语气平淡地道："年轻时候还行，现在年纪大了，体能不行，打不动。祝永龄这几个不成才的徒弟，眼下可能比老道还厉害呢。不过若论巅峰时期，嘿嘿，他们五个一起上，也未必是老道的对手。"

"其实我并不是想学武，我这人从小讨厌打架，所以老是被人欺负。"张闲也跟着叹了口气，神情有些落寞，"而且学武这么苦，我肯定扛不住的。但是呢，我想换一种方法来帮助别人。或者说，用另一种方式，来保护对我来说重要的人。"

"用什么方式？跪下来，求老天爷？"张继先不屑地哼了一声，继而又道，"你快看他们两个打，像他们这样的高手对决，不是随随便便就有机会观赏的。记住他们的一招一式，说不定对你将来有用。"

这边厢，饭厅内的桌椅板凳已被他们砸得乱七八糟，残桌断椅随着枪剑的摆动，四处纷飞，可见这一战的激烈程度。陈广力发千钧，李师师灵动迅捷，两人枪来剑往打了一炷香的工夫，仍然没有分出胜负。

但这并不意味此战是场平局。

时间一久，就连张闲也能瞧出李师师胸膛起伏得越来越厉害，身形也开始变得缓慢起来。这是有原因的。一来李师师的武功路子并不擅长在明处过长时间的打斗，作为刺客，潜伏在暗处一击制敌才是她的拿手好戏。二来她之前所中的化筋散之毒犹未消除，些许残余的毒性仍在她的肺腑，以至于她在体能上不及健康时的状态。

这么明显的变化，陈广没有理由察觉不到。

——胜负就在眼前！

李师师也知道自己体能即将消耗殆尽，若不出杀手，则胜敌无望。于是以迅疾的轻功步法，欺身抢入修罗枪的枪圈之内，右手用蜂芒剑格抵住枪杆，前跨一步，蜂稚剑蓦地突击陈广的头侧。李师师将自身的弱点暴露在对方枪圈之内，拼死突刺对方头侧的要穴。

这是孤注一掷的打法。

突然发动这样猛烈的刺击，陈广也是没有想到。但他并不慌乱，沉腰将马步坐低，左臂紧贴肋部，前手向后翻卷至手背朝天，后手阳仰，用滚动枪杆去挡蜂稚剑的突刺。

这一记强猛的"转腕"使将出来，力道比之前的招式还猛烈了一倍!

那蜂稚剑身一触上枪杆,即刻被枪杆翻腾所产生的猛力生生弹开,下一个瞬间,陈广拿枪的双手忽地阴阳转把,变化成"太公钓鱼势"向前冲刺!

陈广转腕的速度之快,简直匪夷所思。枪法有云:轻挨缓捉,顺敌提拿,进退如风,刚柔得体。不会转腕,在枪法中称为"死手",如果练枪不转腕子,时日一长,力度小和速度慢的弱点就会固化,必定使不出枪诀中高等级的妙法。

全力一击被化解,迎面又是一记刺击,李师师想侧身避开,待使力时,胸中忽然一阵窒塞,导致行动上慢了半步。

高手的巅峰对决中,差半步就是一条命。

修罗枪的刃锋直直穿透了李师师的右肩,鲜血如潮水般喷射!

张闲惊叫起来,对身边的张继先吼道:"张真人,你快去救救她吧!"

"他们两人说好单打独斗,生死有命,老道去蹚这浑水做什么?"说完继续端起酒杯,一副事不关己的模样。

"你不救她,她可能会被打死的!他们五个人打一个,算什么英雄?你不上去救她,我去!"说完捡起桌上的酒壶,便要上去与陈广厮打。

张继先一把抓住张闲的衣袖,喝道:"你小子又不会武功,上去白白送死?这女子又不是你的媳妇,如此紧张作甚?活得不耐烦了?"

"那你去救人!"张闲急道。

"要老道救人,也不是不可以。"张继先眼珠一转,露出顽皮的笑容,"你必须答应老道开出的条件。"

"什么条件？"

"老道是龙虎宗的人，自然只听掌教真人的吩咐。"

说罢，张继先指了指桌上的玉龙簪。

张闲暗暗叫苦，没想到这德高望重的前辈竟然也会胁迫于他，颇有些卑鄙的意味。但李师师命悬一线，若不求张继先出手，非死不可。他犹豫了片刻，一咬牙，拿起玉龙簪就往发髻上一插，道："这下可以了吧？"

"可以，自然可以。"张继先见他下此决心，便笑逐颜开道。

"我答应你了，你快去救李姑娘吧！"

"这陈广暂时还杀不死你的李姑娘，到了危险时，老道自然会去救她。"张继先还是拿着酒杯，眼神中充满自信。

肩部被搠中后，李师师右手蜂芒剑"喱啷"一声落在地上。

陈广双手握把，猛然一抽，把刺穿肩头的枪刃生生抽拔出来，李师师吃痛叫了一声，便在此时，她左手的蜂稚剑往陈广脸面上抛掷过去。陈广心想最后一柄兵器也弃了，果然是放弃了挣扎。面对掷来的蜂稚剑，他双手在枪杆上转动，枪身挥舞成圈，轻松荡开了李师师的掷剑！

"受死吧！"

陈广往右侧大跨一步，猛挥手中修罗枪枪杆，欲以枪头锋刃去劈李师师的颈部。发力挥枪之前，陈广忽然瞧见李师师左臂一挥，但见银光闪动，破风之音乍起！

一把比蜂稚剑更细更窄的剑，倏地刺入陈广的右侧胸膛，入肉数寸！

——怎么可能？

直到细剑没进胸膛，陈广都还不敢相信自己的眼睛。

中剑之后，陈广单手持修罗枪支地，整个人弯蹲下来。虽不致命，可细剑已割破肺脏，绝不是小伤。陈广咳嗽两声，吐出了一口鲜血。

他实在想不明白其中的道理。

原来李师师在掷出蜂稚剑的同时，又从蜂稚的剑柄处，再次抽出了一把比之前规格更细小的剑。与其说是剑，把这柄蜂虿称为暗器，恐怕更加合适。所以，蜂芒并不是子母剑，而是三把层叠成一把的子孙剑！

"真……不好意思，暗箭伤人，正是我们仙音阁的拿手好戏。"李师师左手捂住右肩的伤口，鲜血正汩汩流出，湿透了她肩头衣衫。

经历了如此大难，她的脸上依旧平静如初。

"没什么暗不暗箭的，胜就是胜，败就是败。"陈广大口喘着气，此刻呼吸对他来说确实有些困难。

见李师师身受重创，张闲忙跑上前去，从自己的衣衫上扯下几块粗布，给李师师包扎止血。躲在柜后的店小二见此情景，取出金疮药递给张闲，然后继续躲回柜后。他生怕这持枪的怪人发起疯来，见人就刺，一阵乱杀，自己一不小心把命给丢了。

接过金疮药后，张闲也不避男女之嫌，低声说了一句："得罪姑娘了。"便撕开李师师肩头的薄衣，露出白皙圆润的肩来。她肩上被陈广刺了一个血窟窿，鲜血如泉水一般涌出，张闲把金疮药撒在伤口上，亦被血水冲淡。由于失血过多，李师师原本明亮的眸子，此时显得有些涣散，面色也惨白如纸。

"李姑娘，李姑娘，你要坚持住啊，千万不能睡着。"张闲因见李师师眼目眯蓑，怕她就此死去，于是微微晃了晃她的肩膀。张闲这一晃，扯到了李师师的伤口，令她痛得紧蹙眉头。

李师师微嗔道："放心，哀家没那么容易死。公子，你快些走开，越远越好，刚才蜂蛋剑虽刺中了他的胸口，却非致命伤。待他缓过气来，怕还是会与哀家拼命。到时候，误伤到公子就不好了。"

张闲生性胆小怕事，前半生也不曾行过什么英雄之举，但自从结识了栾廷玉等人后，整个人对生死的观念也发生了极大的改变。范文正公说过，宁鸣而死，不默而生。人生在世，都是安安稳稳，固然不错，但如果能突破往日的自己，做一些曾经想也不敢想的事，也未必是件坏事。即使为此付出生命的代价，也是值得的。

他不管李师师是何身份，只觉得几个男人欺负一介女流，实在瞧不过眼。如果不出手相救，连自己都会唾弃自己。想到此，张闲顿时气血上涌，浑忘生死道："不行，我不能走。他有种就连我也一起杀了。"

"公子且听哀家一句。枉送性命，不是英雄所为。公子的心意，哀家心领了，快去吧！"李师师见他肯为自己赴死，颇有些感动，但陈广武艺之高，非张闲这样的普通人能够应付的，他护着李师师，也无非是徒增一具尸体罢了。

趁着他们二人争执不休，陈广再次站了起来。

陈广没有急着将蜂蛋剑强行拔出，他知道这样做，很可能会像李师师那样流血不止，最后气竭而亡。他闭起眼睛，沉默片刻。当他再次睁开双目时，张闲只觉得一股杀气扑面而来。看来，李师师猜得没错，不杀死她，陈广不会善罢甘休。

"无关人等，请让开。不然刀枪无眼，当心伤了性命。"陈广单手擒住修罗枪，精光四射的双眼直视张闲。

张闲摇头道："不让，要杀她，除非从我尸体上踩过去！"

陈广提起枪尾，枪头点地，摆开"滴水"架势。

和"圈手""腾蛇"这类强调手法紧密、急速扎入的技法不同，在枪法中，所谓"滴水"，乃是配合步法阔大枪势，同时避开敌方进攻，一击必杀的秘技！

"最后警告一遍，无关人等，速速离开！"

陈广双手紧紧扣住枪杆，随时准备举枪突击。

这一次，张闲没有回答陈广，而是用坚毅的眼神回瞪过去。陈广见他不退，双臂一振，猛然发力，长达八尺的修罗枪枪头瞄准李师师与张闲，急速突刺过去！

一瞬间，张闲以为自己眼花，

只见陈广枪随身进，化身为一团模糊的红影，蓦地袭向他们！

枪头的刃锋直戳张闲胸口，他整个人护在李师师面前，快速闭上双眼。他断定这一击自己不可能躲过，只希望不要太痛苦。死亡对他来说，从未如此接近。

死亡没有降临，反倒是一记金属交击的爆响在张闲耳边炸开！

张闲一睁开眼，发现修罗枪被一柄长剑生生架住，那剑身满是星斗日月纹饰。而枪头的锋刃离自己的胸膛仅有两寸。

——得救了……

"看来又是一个送死的人。"陈广收回长枪，目光紧锁眼前的人。

"嘿嘿，想要杀这小子，得先问过老道手里的剑。"

只见一位白须飘飘的老者卓然而立，双手持剑，脸上仍带着一丝顽童般的笑容。此人正是龙虎宗的掌教真人张继先！

陈广瞧了一眼他手里的剑，冷笑一声，道："我道是谁，原来是龙虎宗的张真人。"

张继先手中这柄"三五斩邪雌雄剑"乃是创派天师张道陵所配之剑。双剑状若生铜，五节连环之柄，上有隐起符文的为雄剑"妖殒"、上纹星辰日月之象的为雌剑"斩鬼"，各重八十一两。张道陵曾凭三尺之神锋，以制神魔之非道。

"你的伤势不轻，别和老道打了，快点找个医师疗伤去吧。"张继先道。

"没想到堂堂龙虎宗的掌教真人，竟和仙音阁的刺客勾搭成奸，真是没想到啊！我今日非杀了这女魔头不可，不管是谁，挡我者死。"

陈广抖动长枪，以腰腹为轴心，右臂陡然发力，一记势大力沉的"铁扫帚"横击张继先！

他算准了张继先年老体衰，所以选择了这种大开大合的战斗方式。但他忽略了一点，之前所使用的秘技极耗体能，加之胸腹有伤，是以这记横扫速度极为缓慢，且只有原来的五分力量。

——对付一个垂垂老者，五分力量已然足够！

张继先立刻竖起双剑，堪堪抵住长枪枪杆的攻势，但仍被震得虎口发麻。

他不得不承认自己老了。

不过就算如此，他也是龙虎宗的掌教真人，手中紧握的，仍是威震天下的"三五斩邪雌雄剑"！

剑法有云：出峡流泉风撼火！张继先接着这记横扫的余劲，右手"妖殒"与左手"斩鬼"上下倏地缠住枪腰，顺势一扯，陈广长枪差点脱手，此乃龙虎宗"盘龙"技法！陈广在慌忙中尽力沉腰坐马，但身体的重心已被张继先带偏，随着双剑的引导往前跌去！

任你有拔山扛鼎之力，也抵不过惯性！

张继先抓住机会，右腿如闪电般朝陈广胸口踢去。此时陈广的身体已失去平衡，眼睁睁看着老道士绷直的脚背猛然击中蜂蛋剑的剑柄！

随着"啵"的一声，蜂蛋剑身完全没入陈广的身体。

鲜血从口中狂喷而出，陈广只觉胸口一阵刺痛，紧接着是呼吸的窒塞。他庞大的身躯飞撞在一张八仙桌上。随着巨响爆起，桌子被砸得开裂，腾起一阵木屑雾尘。

张闲看得瞠目结舌。

他没想到这其貌不扬的老道士，竟只一招，就解决了八部鬼帅之首的陈广。而且还是以如此垂老之躯。

"哎哟！"张继先摸了摸腰椎，表情有些痛苦，"老毛病犯了，又闪到腰了。"

张闲指了指陈广摔倒的位置，低声问道："他不会死了吧？"

"只是让他睡一会儿，这家伙壮得像头牛，那剑没扎到要害，死不了。"张继先提了提裤带，将双剑入鞘，然后用一块旧布包裹得严严实实。

"张真人，我……我们现在怎么办？"张闲抱着已昏迷的李师师，急迫道。

"怎么办？"张继先环视这一片狼藉的武斗现场，冷笑一声，紧接着说道，"当然是趁着掌柜没找我们赔钱之前，三十六计，走为上计啦！对了，先带着这位姑娘去医馆，血再不止住，恐怕性命不保。等办完事后，老道自有话与你说。"

张闲想起答应他出任龙虎宗掌教一事，心中懊悔极了，怕老道士找他商议此事，刚想找借口推诿，谁知老道并没有提这事，反而说出了一句令张闲惊愕不已的话来。

"关于你的身世，其实你父亲骗了你。"张继先说到此处，踌躇半晌，颇有些难为情地道，"你是老道的亲孙子。"

天色垂垂暗沉下来，周家村四野鸦默雀静，唯有微风吹拂在草叶上发出的沙沙声。远处灌丛忽地窸窣作响,俄顷露出一张警觉的脸来。那是王阿宝的脸。张望片刻,他又把头缩了回去,灌丛发出一点轻微的声响,继而又恢复了原样,仿佛什么都没有发生。

"我没有带错路,就是那几间大屋子,好多村民被关押在那儿。还有,那间祠堂中也有几个来路不明的人,也是他们的人质。"王阿宝尽量压低自己的音量,向身边的徐燎和祝永岭轻声道,"可是门口好像只有两三个守卫。"

他们三人伏地上,利用植被群落作为掩身之所,这样一来,从远处很难发现他们。

徐燎从随身携带的包袱中,取出一个形状奇怪的中空瓮罐。瓮上头有个小口,中间逐渐变大,下边也开个口。他用一层薄薄牛皮将小口包裹起来,然后埋入泥土之中,侧耳伏在罐上,凝神细听。王阿宝对徐燎的行为十分费解,他不明白这么一个破土罐子,徐燎何以听得如此用心。不仅王阿宝,就连见多识广的祝永岭也对此大感不解。

"不止两三个守卫。"徐燎把耳朵从破罐上移开,认真道,"来回的脚步声还是很密,王兄弟听不清,可能是因为视线受阻的关系。所以我不建议强攻,如果时间上计算不好,等增援部队一到,任务恐怕完成不了。"

"你怎么听出来的?"王阿宝指了指埋在土里的破罐,"就靠这个?"

徐燎用手拍了拍罐子,笑道:"你可别小看这玩意儿,它叫'听瓮',可以侦查方圆百里之内的动静。最专业的罥听人才,自小受到严酷的训练,入皇城司之前,均要刺瞎双目,废除或削弱'形、闻、味、触'等其他四感,专注于对声音的捕捉。"话到此处,他脸上又露出无奈的表情，续道："不过，你千万别问我是如何明白这些事，以及掌握听瓮的使用方法的，因为就连我自己，也已记不清了。"

离开东京之前，徐燎曾去市集做过一次采购，顺手买了个水瓮。原本徐燎只是想拿这水瓮喝水，却在一天夜里忽然闪过一些回忆画面，竟凭着模糊不清的记忆，动手将水瓮制成这奇形怪状的听瓮，也算是奇事一桩。

王阿宝不知道徐燎失忆的事，虽听得一头雾水，却也不便再问。

祝永龄问道："那依你的意思，我们该如何救出这些村民？"

"声东击西，打他们一个措手不及！"徐燎将虎翼刀背负在身后，用两指拨开草丛，锐利有神的双眼直视前方，"那边的屋子有重兵把守，如果没有猜错的话，屋里住着的很可能就是夜行者的首领。我去佯攻主屋，届时守卫的兵力必会集中在我这边，王阿宝你负责开门放人，几个阻拦的喽啰，道长会替你解决。到时候，你只要带着村民，往白杨村的方向逃命即可。这里的地形你比我熟悉，不用我多说吧？"

听完徐燎的嘱咐，王阿宝眼眶有些发烫，嘴巴哆嗦了几下，没说出话来。

"救出你的妻子和其他村民，别让我们的努力白费。"徐燎拍了拍王阿宝的肩，说话的语气尽管平和，却包含了一种令人难以拒绝的气势。

祝永龄摇头道："不行，这样太冒险了。万一你被围攻，挣脱不出，该怎么办？"

这班孙列手下的守卫不比东京城里的无赖，各个都是在刀口上讨饭吃的人物，徐燎究竟能打几个，祝永龄也不敢打包票。

徐燎双眉紧锁，焦躁道："不入虎穴，焉得虎子？我不去冒险，难道让不会武功的王兄弟去？更何况我有好多脱身的方法，谅这几个毛贼也奈何不了我。道长，请你相信我。"

矛盾的心情如同水火，颇令祝永龄左右为难。他抬眼看了一眼徐燎炽烈的眼神，便低头长叹一声，伸手搭在徐燎的肩上，颔首道："一定要多加小心。我们还要去少林寺和栾兄汇合，共议剿灭梁山大计！"

徐燎点点头，左手拿着包袱，右手紧握虎翼刀的刀鞘，低声道："我先去一下，待火光起时，你们就去救人。王阿宝带着村民先跑，到安全地带前不准回头。我和祝道长殿后，尽量替大家拖延时间。"语毕，徐燎便伛步蛇行，身形渐渐没入黑暗之中。

黑夜之中，光源极少，唯有巡视喽啰手中的火把闪烁着亮光，纵然徐燎视力极佳，也走了不少冤枉路才摸到那间主屋。终于摸到墙边，徐燎刚想将火折子吹燃，就听见屋内有人喁喁私语，似在议论什么重要的事。他本想把耳朵贴上墙壁去听，忽地感到身后传来阵阵微风。徐燎也不迟疑，踩踏墙面借力，单手攀檐，飞身掠上屋顶。他登上屋顶之后，一队三人一组的夜巡守卫便经过了此地。待他们走远，徐燎双脚勾着飞檐，整个人像蝙蝠一样倒垂下来，从窗口处探头内望。

只见房中有一个戴着半边面具的中年汉子，一个二十来岁的妖娆女子。中年汉子双手抄在胸前的衣袖中，盘坐在长椅上，那女子则依偎在他的肩头。徐燎只觉得这汉子十分面善，好似哪里见过，却又想不起来。忽听得汉子对女子说道："那小子醒了没有？"

女子不以为然道："我就不明白，大人为何不当场杀了他，还坐在那儿听他口出狂言？还有晏贞姑那个婊子，大人道她是真心归顺，我却不同意。瞧她白日里看那小子的眼神，早晚得闹出事来。"

汉子道："你懂什么？唐霄是寡人替宋江准备的大礼。据说唐非君设计了一种威力极大的火药武器，就记载在《唐门考工记》中。若让军队装备起来，所向披靡。可其中暗语，除了唐门子弟外，恐无人能识之。而唐霄则是打开这扇门的钥匙。加上寡人的徒儿在梁山泊中也算个有分量的头领，到时候，宋江一定对寡人加倍信任。"

听见"唐霄"二字，徐燎心中极为诧异。没想到毒伤自己的人，竟然也被孙列关在这周家村内。看来今夜还需设法将这家伙救出来。他昏迷之后的事，个中误会，祝永龄早就与他说明清楚，所以这时他对唐霄并无太多恨意。

"既然这武器如此厉害，何必拱手让给宋江？眼下唐霄已在我们手中，何不严刑拷打，令他交代出武器的制法，装备在我们身上，岂不美哉？"女子疑道。

汉子眼光一瞥，冷笑道："你道寡人是大善人？将唐霄让给宋江，实在是不得已而为之。朝廷的对外战争虽是屡战屡败，但其真正的实力，也不容小觑！特别是中央禁军，放眼天下，只有梁山泊才能与之抗衡，更别提咱们啦。但真正细究起来，梁山泊与朝廷的兵力，还是太过悬殊。偶尔打赢几场战役，算不得什么，若要整体扭转战局，非有更先进的武器才行，所以宋江才偏安一隅，不敢大张旗鼓地与朝廷作对。但这并不是寡人想要的局面。引起梁山泊与朝廷军的正面冲突，才是寡人想要的结果。"

北宋时期，朝廷的武装力量主要由禁军、厢军、乡兵、蕃兵构成。其中禁军是朝廷的正规军，又称"上军"，是朝廷的最强战力。禁军的将士一般都是挑选身材强壮、武艺高强的士兵担任，甚至将士娶妻，官家也要亲自引见，要求"诸班之妻，尽取女子之长者，欲其子孙魁杰，世为禁卫而不绝也"。与这样的部队决战，梁山泊这群由江湖游勇组成的军队，几乎没有胜算。毕竟一场战争的胜负，并不是靠几个武艺高强的江湖人士所能左右的。更何况兵力还远远不如梁山泊的夜行者军团。

尽管近年来宋江吞并了不少山头，并且在这次围攻少林寺的战役中，联合了三四十个山头，以及势力略逊于"四大寇"的"五匪"。但在孙列看来，宋江手里还需一张能够决定战局胜败的王牌才敢起事。而孙列要做的，就是把这张王牌亲自送到宋江手中，然后坐观鹬蚌相争，收渔翁之利。

女子听完后，大笑不止，娇声道："大人果然英明，待两者相争之时，我们趁机坐大，到时候无论谁胜，也终将被夜行者军团击溃，对大人俯首称臣。"

听了半天，徐燎心里对这两人的身份，也明白了七八分。这女子应该是余五娘，而这个戴着半边面具的男人，一定是孙列。

正思量间，忽地听见屋内的孙列朗声道："屋顶上的朋友，你要听到几时？"这句话刚说出个"屋"字，徐燎就以迅雷不及掩耳之势从屋顶翻下，与此同时将火折子吹燃，抛掷在屋子边上的一大堆干草上。他抛开火折子的同时，虎翼剑"呛啷"一声出鞘。整个动作在瞬间完成，行云流水，毫不拖沓。

余五娘发出一阵阴冷的笑声，也以极快的速度，夺窗而出，五指成爪，向徐燎攻去！

徐燎跳下屋檐的同时，虎翼刀猛挥数下，逼开余五娘。他刚想转身离开，却感觉胸中一口气提不上来，咽喉处仿佛被人用双手扼住般窒息。

——糟糕，中毒了！

刚才余五娘近身时，掌风所到之处，都扬起了一阵红色的粉雾。

徐燎忙屏住呼吸，往后急退。谁知后方来了两个倒霉的守卫，提着刀向徐燎杀来，被徐燎一刀一个，砍翻在地。余五娘先是微微一怔，随即笑道："中了老娘的毒，竟然还能还击？真有两下子嘛！"

嘈嘈杂杂的声音从四周传来，显然守卫们已察觉到这里的变故。

如此一来，徐燎的目的也达到了。他偷空往远处瞧去，心里默默祈祷，期望王阿宝能顺利将村民救出，在祝永岭的掩护下，逃离这是非之地。

火光冲天，照得屋子周围一片，犹如昼间，夜行者军团的喽啰们越聚越多，如潮水般向徐燎涌来。徐燎虽只恢复了五成功力，但对付这些杂毛依旧游刃有余，且战且退，所经之处只留下一具具被一刀封喉的尸体。

为了不让众人形成合围之势，徐燎且战且退，不停地变换着自己的方位，尽量掌握攻势的主动。但如此高强度的激战，消耗极大，对徐燎的体能来说，仍是一场严峻的考验，何况他重伤初愈。在几波守卫的冲击下，徐燎的喘息声渐渐急促起来。

——如果处在全盛时期，绝不会出现这样难看的场面！

徐燎也不知自己何以有这样的想法。

在围剿徐燎的人群之后，忽然响起了如洪钟般的笑声。霎时间，不少喽啰分开两边，让出一条道来，正与徐燎对攻的守卫也纷纷收刀退后，让出空隙来。徐燎正疑惑不解，突然有一个壮硕的人影，从守卫让出的道路中现身，踱着步，朝徐燎的方向走来。

那人口中道："徐大人，自延安府一别，好久不见啊！您别来无恙吧？"

徐燎定眼一看，正是戴着半张金铸阎王面具的孙列。孙列脸上并无怒意，反而从容不迫，嘴角上扬，笑容中还有一丝嘲讽的意味。

"你……就是孙列？"徐燎把虎翼刀横在胸前，以防孙列突袭。

"看来徐大人是贵人多忘事，寡人这样的小人物，怕是不记得喽！"孙列双手抄在胸前，依旧是面带微笑，仿佛与徐燎老友相聚一般。

徐燎嘴上并没有搭他的话，但心里却掠过了好几个念头。最令他惊讶的，是这土匪头子竟然认识自己，难道也曾任过皇城司的亲事官？至于在延安府是否与孙列会过面，徐燎是真的没有一点印象。过往的一切对他来说，宛如一本尽是白纸的书。徐燎记忆的起点，是从沈老汉家中醒来那一刻开始的。

"不过咱们旧相识，按理也该叙叙旧，您不记得，没关系，寡人自报家门。"孙列双手分别从宽袖中抽出，余五娘在同一时间替孙列取下了那半边金铸的阎王面具。

徐燎只瞧了一眼，便目瞪口呆。他被眼前的画面震慑住了。

宽袖中抽出的双手，自手腕以上手掌的部位，空无一物。也就是说，这双手曾经被人用利器沿着手腕，齐根切断。不仅如此，孙列的半张脸也不似人类应有的模样，活像一个厉鬼。右脸的眼睛鼻子和嘴巴，都凹凸不平，扭曲而诡异，稍有常识的人就能看出，这是半张被烈火焚烧过的脸，半张曾被化为焦炭的脸。

眼前这个面涅之人，完全是一副从地狱中走出来的样子。

孙列高声喝道："怎么样，徐大人，终于想起来了吧？那日在延安府，你当着寡人的面，砍死寡人的老母亲，并持这把虎翼刀劈中寡人的腹部，这种临死前恐惧的感觉，至今令人难忘啊。阁下不愧皇城司'鬼刃'之名，杀人时连眼睛都不眨一下。'阎帝'这个称号，你才是最合适的。没想到今日冤家路窄，咱们俩居然见面了。看来是寡人的老母亲显灵，亲手将杀人凶手，送到了寡人面前。"

"你……你究竟是谁？"一滴汗水从徐燎的额头滑落下来，握着虎翼的手也在微微颤动。

"一定要寡人说出原来的名字，你才想得起来吗！"笑容从孙列的脸上消失了，取而代之的，是前所未有的暴怒，"徐燎，今天就是你的死期！"

无数画面从记忆深处涌出来，如走马灯般闪现。徐燎看见蜡丸中有太尉高俅的密令，务必在延安府，让八十万禁军教头王进"消失"，看见面无表情的自己将虎翼刀深深扎入一位老妇人的胸口，看见自己与眼前这个男人殊死搏斗，虎翼刀划破了他的腰腹，男人倒下后，自己又将猛火油倒在他的身上，并且点燃，凄厉的呼喊声犹在耳边……瞬息之间，无数片段式的回忆出现在了徐燎的脑海。虽不连贯，却能清清楚楚地看见自己所做过的那些事。

看着徐燎痛苦的表情，孙列又笑了。他明白，这个曾经的"乌鸦"头子，已然想起了他原来的身份和名字。那个出现在梁山泊一百单八将之前，更早的名字。

徐燎瞪大双眼，脱口道："你……你是王进，王教头？"

第八章 复仇

　　遥见远处火光冲天，又腾起团团黑烟，祝永龄就知道徐燎已经得手了。他左手抽出背负长剑，对身边王阿宝道："你去救人，我来替你掩护，就是现在！冲！"言罢，他便率先从灌丛中现身，冲下坡道。王阿宝随手捡起一块粗木，且做兵器之用，咬着牙跟在他的身后。他虽然身上还有伤，但在拯救村民的动力激荡下，一时间竟感觉不到疼痛。

　　两人跑到关押村民的屋前，被几名守卫撞见，纷纷举起手里的朴刀来砍。祝永龄抢入刀影之中，踏步一剑，刺入当先一名守卫的咽喉，拔出之后不做停顿，挟着激荡的剑风又劈翻了身后准备偷袭的一人。

　　此时王阿宝举着粗木，砸开一扇木门，对屋内惊恐无比的村民喊道："大家快跑！抓紧时间！"众村民先是愣了一下，其中一个村妇认出王阿宝来，喊了他的名字。王阿宝又催促了几句，她才拔腿往外逃去，其余村民也开始醒来，纷纷效仿村妇，紧随其后逃命。

王阿宝不敢懈怠，忙又去砸其他屋子的锁。

祝永岭又刺死一人后，一脚将那人手中的火把踢上一间茅草屋顶。那干草触火，迅速卷起火浪。紧接着，他又如法炮制，点燃了好几个房屋。被他们三人一闹，周家村聚落中乱作一团，不少夜行者的喽啰们揉着惺忪的睡眼推开门，就见到眼前一片火海，熊熊火焰的下方烟雾弥漫，浓烟呛得他们快要窒息。

喽啰们怪叫起来，这时忽然有人喊道："朝廷的禁军精锐杀来了，大家赶快逃命！"现场登时一片混乱，不少人开始往四野疯狂逃窜！其实，这句话乃是王阿宝遵徐燎吩咐喊出来的，为的就是动摇夜行者的军心。

"你那边怎么样？"祝永岭一肘砸晕第十个守卫，扯着嗓子对远处的王阿宝喊道。

"还有最后一间祠堂，我去砸开。"王阿宝抱着粗木，指了指身后的方向。忽然，火光映照下，一个奇高无比的影子出现在了他的身后，而王阿宝却浑然不觉。

祝永岭却看得真切，惊呼道："小心身后！"

呼喊声虽传入了王阿宝耳中，但为时已晚。他感觉自己的身体像是被一辆高速疾驰的马车撞上，整个人翻腾起来，重重摔出了两丈之外。王阿宝摔在地上的瞬间，感到五脏六腑均要呕出来，额头也触到地上的石块，磕出了血。

"嘿嘿，天堂有路你不走，地狱无门你闯进来！今天就休怪我不客气了！"

王阿宝缓过神后，定眼一看，只见这说话的男子身长一丈，打着赤膊，肤色黧黑，身上肌肉层层叠叠，像一块块坚固的石头，正是八部鬼帅的相扑手擎天柱·任原！王阿宝在之前就见识过任原的本领，心下惊慌不已。

祝永岭也知道遇见了难缠的对手，面色一寒，道："贫道不杀无名之人，报上名来！"

任原瞧了他一眼，双目闪过森寒杀机，操着粗粝的声线笑道："待我把你抛到九霄云外，跌死你个牛鼻子后，当面去问阎罗王吧！"语毕大踏步向祝永岭冲了过去。他急步冲去，手肘弯曲在前，看样子是要靠蛮力，硬生生撞飞祝永岭。

硕大的躯体迎面撞来，身虽未至，祝永岭却已感受到了那种强烈的压迫感。

——就算你健壮如虎，也是血肉之躯，怎能与钢剑之刃相比？

当任原的手肘就要触及祝永岭时，他忙收剑旋身，从侧面去猛刺任原的右颈。只要长剑没入任原的皮肤，割断他的动脉，这场比试就结束了。

意想不到的事，就在此时发生。

剑尖抵住任原皮肤的时候，竟刺不进去，祝永岭这一次用手腕灌满力道，本以为可以见血，谁知剑身被顶得弯曲起来。

——这家伙难道有妖法？

他再睁眼细看，才明白，任原其实并非赤着上身。他身上裹了许多厚厚的皮革，乍看下仿佛和身体的颜色区别不大。但这些硬皮革在关键时刻，能够替他挡住白刃，令他没有后顾之忧，尽情发挥摔跤的本领。无怪乎适才祝永岭的剑刃刺不破他的颈部皮肤，乃是因为刺中的是厚硬的皮革罢了。

正思量间，祝永岭腰部登时传来一阵剧痛。任原见祝永岭躲开肘击，忙舒展长臂，如长鞭子般横挥祝永岭的腰间。一击即中，任原忙伸出如蒲扇般大小的巨手，抓住祝永岭受伤的右腕，以左足为支点，霍然剧烈旋转起巨躯。祝永呤被他这么一抓，刚想持剑去劈他的手，便被一阵失衡的感觉摄住全身。

任原右手抓住祝永呤的伤手，在原地旋转了三四圈后，准备将他远远抛向半空。

——如果被甩出去，非把全身骨头摔折不可！

这当口间不容瞬，祝永呤立刻做出了一个决定。他左手弃了长剑，撑开五指，蓦地伸向了任原的右腕。当任原撒手的那一刻，他的左掌立刻箍住任原的右腕！

离心力产生的力道令祝永呤差点脱手，旋了半圈之后，手上承受的重力变小，祝永呤知道机会来了。他左手陡然发力，把任原的手腕往肋下猛拉，再借助旋转出的惯性，整个人迅速向任原靠近。说时迟，那时快，祝永呤左手擒着任原的右腕，借他人旋出的力道，弯曲膝盖，一记"膝撞"直击任原面门！

鲜血混杂着三颗门牙，从任原的嘴中喷射出来！

几乎是纯靠条件反射，任原在面门被祝永呤膝盖击中的刹那，立刻屈起左臂，发力朝祝永呤的头侧挥出一记摆拳。"膝撞"得手，祝永呤没有乘胜追击，他也意识到在如此近的距离，任原定会有所反应，于是近乎直觉般盘屈左臂成盾，硬接了任原一拳。摆拳尽管被祝永呤接下，不过冲击力实在太强，他直退了五六步才将这刚烈的猛力卸去。

剑不在手，如果纯拼拳术，祝永呤完全不是这巨汉的对手。

"祝道长！你怎么在这儿？"

忽然，身后响起一个熟悉的声音，祝永呤回首去看，顿时怔住。

唐霄在王阿宝的搀扶下，也以同样惊愕的表情瞪着他。紧随唐霄和王阿宝身后的，是孙沁文和其三个富商朋友。

"唐少侠？你……你也被孙列这厮囚禁起来了吗？"祝永岭像是忽然想起了什么，又补充了一句，"杨姑娘和张闲兄弟呢？你们是一路的吧？"

唐霄苦笑道："说来真是惭愧，失手被孙列所擒，真是丢尽了唐家的脸面。至于小苓和张闲兄，我也不知道他们此时身在何处。对了，栾大哥他们呢？自东京一别，我时常挂念他们。三娘和徐兄也还好吧？"

祝永岭摇头道："贫道能带着昏迷的徐兄弟离开东京，要多亏栾侠士和扈女侠拖住了武松。至于他们……贫道只祈祷吉人自有天相。"

唐霄何等聪明，听祝永岭的语气，便知道这一次栾廷玉和扈三娘凶多吉少，心中忽然一酸，眼目泫然道："我这条命，也是栾大哥捡来的。"他与栾廷玉虽相识时间不长，却有并肩作战的经历，也算得上是生死之交。特别是住在一起的那些日子，栾廷玉的见识及经验，给予他很大的帮助。乍闻噩耗，胸中自然涌起一股难以抑制的悲痛感。

"你们几个聊够了没有？"任原揉了揉被祝永岭重击的面门，怒气冲冲地道，"老子一个个拍苍蝇，需要拍到几时？不如一起上吧！"

"王阿宝，你快带着唐少侠和村民离开，这里交给贫道就行。"

祝永岭沉腰坐马，左手握拳探出，摆的乃是龙虎宗拳术的架势。他长剑丢失，来不及寻回，只能硬着头皮靠单手去斗任原。他明知道实力完全不对等，但心中只想着让村民离开这是非之地，能拖延一刻是一刻。

"不行，要走一起走。"唐霄瞧出祝永岭右手伤了，左手的剑又丢失，知道他们这一去祝永岭必死无疑，因此不愿离开。

祝永岭急道："你们快走！贫道自有脱身之法！"

孙沁文见唐霄不愿意走，比祝永岭更急，劝道："是啊，这位道长看上去就很能打，反观那个巨汉，个子虽然很大，但是虚胖，和我一样。这种家伙就是虚张声势，其实能力一塌糊涂。唐霄，我们还是听从道长的意见，快点离开这里吧？若是迟了，让孙列的人找来，那可如何是好？"

"你们先走，我要留下。"唐霄非常坚决。

孙沁文又道："好，那我们先走，在前方等你们。唐霄，我可不是贪生怕死啊，我是帮大家去探路。"说罢带着其余三人，连滚带爬地往村外跑去。

唐霄瞥了一眼身旁的王阿宝，疑道："你怎么不走？"

王阿宝露出焦急的神色，道："我还没找到我的浑家，怎么可以走？"他四处张望了一下，又道："我去那边看看，她一定还在这里。"唐霄本想劝他早些离开，但见他遑急的模样，把想说的话咽回了肚里，眼睁睁看着他往火光跳闪的方向奔去。

这一次，他如果没能救回妻子，就算一直活着，也如行尸走肉。

而且唐霄相信，在这个世上，没有什么力量能阻止一个愿为妻子赴汤蹈火的男人。

待王阿宝跑远之后，唐霄收回目光，把视线转移到任原的身上。他的身体已虚弱不堪，根本无法进行打斗，然而他还是希望能从旁观者的角度，找出任原的弱点。如果能帮到祝永岭，他的目的就算达到了。

任原还是不可一世地扬着头。他被祝永岭击中后，怒气更盛，跨步上前，挥拳就朝祝永岭打去。祝永岭知道任原的打法异常蛮横，不能与他拼力气，只有比速度。所以当任原巨拳袭来的瞬间，祝永岭聚敛心神，左掌并拢五指，马步忽然变得更低，同时手掌向上斜切任原腋下最柔弱的部位。

——无论你怎么打熬周身肌肉，总有你练不到的地方！

"糟糕！"唐霄心里暗叫一声，欲出声提醒祝永岭，却已来不及了。

任原显然已经注意到祝永岭攻击目标是他的腋窝，但他却毫无躲避的意思，这种情况对于一个技击高手，有可能吗？当然不！唯一的可能就是，这一拳打出去后，任原仍留有后手。而祝永岭之所以发现他这一拳打得高，有机可乘，极有可能是任原故意卖的破绽！

果不其然，祝永岭还未触到任原的腋窝，任原便忽然撤拳，蓦地用手臂夹紧腋下，同时也将祝永岭的左手手掌夹在了腋下！

祝永岭唯一的左手，也失去了进攻能力。

身为相扑手，任原的蛮力本就强过常人，祝永岭使劲拔了几次，想将手从他的腋下抽出，却皆以失败告终。毕竟两个人的力量，完全不在同一个级别上。就在这时，任原左手一记直拳轰中祝永岭的面门，碎齿和鼻血喷出，其惨状比之前任原更甚！

"他妈的，竟敢打老子？我让你打！让你打！让你打！"

任原爆吼着连续出拳，每一记力达千钧的铁拳都精准无误地击中祝永岭的脸面，而祝永岭却因左手被任原锁住，根本不能抽身，才会被固定住身体，承受着连番摧毁性的拳击，头部不停遭受重创。

"道长！"唐霄声嘶力竭地喊着。他想上前帮忙，却迈不开腿，只能眼睁睁看着祝永岭像个靶子一样被任原击打，毫无还手之力。终于在承受了任原三十几下重拳后，祝永岭垂下了脑袋。鲜血从他的眼睛、鼻孔、嘴巴、耳洞中流淌出来，滴落在地上。

祝永岭被任原活活打死了。

四周的火势越来越大，将夜黑的天空也映得发红。火舌舔舐着房屋，噼里啪啦的声音不绝于耳，仿佛一条贪婪的火龙，欲将村子里的一切化为焦炭。

任原将祝永岭的尸身丢在一边，舒展了一下他巨大的躯体，接着看向唐霄。

"臭小子，接下来轮到你了。"

话未说完，只听"咔嚓"一声，一根燃烧的木柱倒了下来，横在了任原与唐霄之间。火焰高蹿起来，浓烟将两人隔开。任原挥了挥手，试图驱散眼前的黑烟，却发现唐霄不见了。

"小子，你躲哪里去了？"他吼了一声，却没有人回应他。

任原走到那块燃烧的木柱，蹲下身子看了一眼，只见一端的断口平整，显然是被人用利器切开。但是，这个救唐霄的人，又会是谁呢？

当徐燎说出这个名字的时候，连他自己都有些惊讶。因为王进是谁，他也不清楚。

可是孙列却笑得很高兴，仿佛遇见了失联许久的老友，欢喜道："徐大人果然没令我失望，还记得寡人。那杀死老母的事，也应该记得很清楚吧？大人在皇城司当差时，手上有多少条无辜的人命，寡人管不着，也没资格去管。但杀母之仇不共戴天，这笔血债，不如在今天做个了结吧。"言罢，他伸出双手，左右两边各有喽啰取出一柄长形兵刃，尾部用铁圈紧紧箍牢在孙列的腕上。左边是一把金刀，刀身极宽，布满裂痕纹饰，锷上镶嵌着九颗宝珠，此刀名为"九裂"，右手是一柄银剑，剑身窄而长，上面的纹饰宛如雷电的形状，

144

剑锷较长，此剑名为"惊雷"。

这场战斗，王进，不，孙列已经等了很久了。他已经不是王进，从"那天"开始，他就和过去的一切斩断了。死里逃生之后，他过着行尸走肉的生活，因为受到了极大的刺激，患了癔症，整日疯疯癫癫，肚子饿了，就捡地上的剩饭吃，渴了，就喝点雨水。直到他遇见了李甲，这个男人将他从深渊一把拽回人间。

他加入了没命社，在地下黑市与各类武者死斗，赚取金钱。他一路高歌猛进，名声大振，不少高手都开始归附于他，李甲自然也对他俯首称臣。夜行者也就此成型。

"谁都不许插手。"安装好之后，孙列左刀右剑一蹭，发出一阵刺耳的金属刮擦声，"这是寡人与徐大人的私事。"

徐燎没有说话。他双目凝视孙列，迈一个后弓步，双手持握虎翼刀，斜指向天。

他完全没有被孙列的言语干扰，心底一片明净。就连他自己都感到奇怪，为何会这样？为什么自己不会害怕？不会生气？不会被对方激怒？他浑身所有的细胞全在感受对方的杀气，感受对方招式上细微的变化，从而调整应对之法，全身心地沉浸在这场战斗之中。

孙列双目收紧，左手九裂刀挟着劲风，向徐燎当头砍去。徐燎举刀迎挡，格住九裂刀猛斩，双刀相抵，徐燎明显感觉到对方来势之猛烈，震得他虎口发麻。还来不及停顿，孙列右手惊雷剑以极快的速度横劈过来，徐燎忙抽刀转步，惊雷剑的尖刃堪堪划破他腰间的衣带，没伤到皮肉。

见徐燎转避，孙列大步追上，右手惊雷剑蓦地递出，刺向徐燎头部。徐燎迅速向左外侧撤步，同时右手猛力向下沉腕，使虎翼刀尖向上崩起，以刀背崩格惊雷剑！孙列只觉五指一震，剑柄差些脱手，忙收剑走避。

适才徐燎这一招，名唤"单手崩刀"，乃是入门刀法之一，但易学难精，要领在于向下抖腕时须握紧刀柄，动作短促有力，沉腕迅速，以崩落对方的兵械为目的。

孙列吃了暗亏，怒火不由从两肋蹿上，九裂刀突然发动，以肩膀为轴，用背肌的力量将刀挥出斩击！徐燎提刀挡架，惊雷剑又从一个极其诡异的角度向他刺来，徐燎双手同时发力，将九裂刀往下猛压，去与惊雷剑交击。两件兵刃搅在一起，撞上惊雷剑，把这一记疾刺的剑招卸偏，但刺出的那一剑实在太过迅疾，剑刃擦过徐燎的左臂，鲜血四溅！

左臂上，赫然出现一条极为醒目的血痕！

被惊雷剑割伤后，徐燎的心脏开始怦怦直跳，呼吸也变得急促起来。他知道，这并不是正常的反应，而是因高强度的运动，加快了体内毒素的发作速度。他回想起刚才余五娘手中那团红色粉雾。虽然他及时屏息，躲过了大部分毒素，但仍有残留的小部分毒物侵入体内。

一击得手后，孙列更为兴奋，他左刀右剑施展开来，登时将徐燎逼得毫无还手余地。双手一刀一剑这样的搭配，极难练出成就，但一旦修炼完成，刀剑可互补双方兵械上的缺点，取长补短，发挥出超越双刀与双剑的力量。作为八十万禁军教头，孙列还是"王进"时便已熟知刀剑的用法，被徐燎斩断双手后，潜心反思自己武艺上的问题，忽然茅塞顿开，竟创出了这一路刀剑互补的武艺来。

九裂刀大开大合，刚猛无比的攻势也好，惊雷剑的高速刺击，快密灵巧的技术也罢，两者只取其一，便能让普通的刀剑好手无力招架，何况将刀剑优势都发挥到了极致？正因为孙列知道徐燎的能力，他才不敢托大，他知道只有创出一套天下无双的技艺，才能彻底将皇城司八虎之首的徐燎彻底击败！

现在，他就快要做到了！

不过斗了一盏茶的工夫，徐燎已是虚得满头大汗，体能也已濒临极限。原本局面上两人旗鼓相当，眼下徐燎却处于被动，勉力举刀死守，防孙列十几招才能回攻一两刀，无论手臂还是膝盖皆被割出了许多血口。徐燎咬牙坚持，腿脚都已发软发酸，眼看就要站立不稳。孙列瞧出破绽，九裂刀平斩，徐燎眼目模糊，根本分辨不清什么是虚招，什么是实招，只身体稍稍一侧，双手握住虎翼刀柄，用刀身去架开九裂刀，却不知这是虚招！

实招则是孙列蓦地收住刀势，腰部蓄力，用刀柄处裹住手腕的铁箍，猛击徐燎太阳穴！

头侧被重击的徐燎脑中一荡，仿佛魂魄被打散。但他还是凭借着肌肉记忆，踩着蹒跚的步伐，右手握着虎翼刀在身体的左侧逆时针划出一道弧线，随之前臂内旋以刀刃朝上撩起，使出一记"单手反腕撩刀"的技法！

可惜这巧妙的刀法是徐燎在仅剩二成体力时使出，其速度与角度都与巅峰状态时相差甚远，被孙列一眼看穿，侧身轻松避过，同时运惊雷剑踏步前进，长剑贯入徐燎的腹部，剑尖从背脊透出！可孙列并不急于将长剑拔出，而是静静看着浑身浴血的徐燎，狞笑道："徐大人，没想到你会死在寡人的手里吧？"说着用力旋转刀柄。

虽然没有痛觉，但身体内传来火辣的感觉，令徐燎颇为不适。他发出一阵撕心裂肺的喊叫，口鼻喷出鲜血。生死悬于一线的光景中，他的精神忽然变得通透起来。右手的虎翼刀尚在，徐燎反手握刀，左手倏地伸出，紧握住孙列右臂。突遭变故，孙列也吃了一惊，他想不到垂死的猎物还会挣扎，顿时呆了片刻。也正是这片刻的机会，让徐燎右手的虎翼刀有发动的时间！

徐燎右手发力，反握的虎翼刀高速启动，刀刃切断了孙列的右手前臂，鲜血溅射而出！孙列的惊雷剑和手腕留在了徐燎的身上，盛怒之下，孙列抬脚使出一记高踢腿，抽中徐燎脸颊，紧接着左手九裂刀猛劈一刀，令徐燎胸口绽开血痕，最后以左足为支点旋转，一记力透千钧的侧踢，轰中徐燎的心脏！中腿之后，徐燎整个人往后飞射而去，摔入一大片正在燃烧的断垣残壁之中。

孙列还想上前，却被身后的阿里奇抓住手臂，用一种极为别扭的口音劝道："身受了这样的重伤，还掉进了火海，断无生还的可能。而且这里火势越来越大，不能再久留了，我们该走了。"

余五娘也在一旁附和道："两日之后，我们还需与燕青头领碰面，如果大人因为徐燎的事情耽搁了正事，到时候燕青头领怪罪下来，可如何是好？"

"他妈的，今日又让这小子砍断了一截手臂！"孙列见右臂又缺了一寸，且丢失了惊雷宝剑，徐燎虽死，对他的恨意却是有增无减。不过两位下属的劝说也不是完全没有道理，眼下协助水泊梁山攻打少林，才是最重要的。他想沉吟片刻，大手一挥，下令道："把寡人的命令传下去，夜行者众，离开周家村，继续寻找下一个据点。"

"得令！"四周传来了铿锵有力的回应声。

这时，一个长得獐头鼠目的喽啰凑近孙列，在他耳边低声禀道："大人，您屋里还有几位村妇，属下想知道，咱们转移的时候，这几个女人该如何处置？"

孙列这才想起，自己的主屋里还有四五个从周家村抢来的女人。

"那还用说，全给烧了呗！"余五娘在旁不耐烦道。

孙列转过头，恶狠狠瞪了她一眼，怒道："这里还没轮到你来发号施令！"

余五娘见孙列恼怒自己多嘴，忙噤若寒蝉，闭口不语。

那喽啰瞧了瞧孙列，又瞧了瞧余五娘，立刻会意，忙道："小的知道了，都给放了，都给放了。"说完一路小跑离开，心里却满是疑惑，这头领怎么一会儿一个样子，时好时恶？

"任原和晏贞姑在哪儿？"

喽啰跑远后，孙列让余五娘将右手手腕的九裂刀脱下，又让阿里奇帮忙包扎右前臂。

余五娘答道："一个道士劫走了村民，任原去对付他了。至于晏贞姑嘛，我也是一晚上没见着，天晓得她又去做了什么见不得人的勾当！"

"糟糕！"孙列双目圆睁，"关押唐霄的祠堂呢？有没有被那道士打开？"

"都叫他们给溜走了，包括东京城劫来的几位富豪。"远处传来一个粗犷的声音，众人定眼瞧去，才发现是擎天柱·任原，"不过那牛鼻子道士，倒是让老子给宰了，哈哈哈！"

孙列怒目直视前方。好不容易到嘴边的肥肉，竟然长翅膀飞了！如果燕青怪罪下来，他不知该如何面对。

"发射一支响箭，通知'骸鬼'务必将唐霄给我抓回来！"

桌上油灯如豆，火苗晃晃悠悠，散发出淡黄色的光晕。

李师师躺在榻上，身上盖了棉被，睡得很沉，偶尔还能听见微微鼾声。张闲坐在床榻边缘，忧心忡忡地看着她。医馆的医师说过，生命已没有大碍，但近期不能再剧烈运动，否则会落下病根，这样就麻烦了。

"小命至少保住了，你还担心什么？高宗文的医术，老道还是信得过的。"说话的人是坐在桌边品茶的张继先。

白日里李师师被陈广重创，张闲慌得四处寻医。可毕竟伤势太重，医馆不敢接这样的病人。幸好有张继先在，让张闲抱着李师师去找了登封县最著名的医师高宗文。这高宗文非常古怪，普通的疾病绝不医治，唯有重病垂危的病人，他才有兴趣过目，而且确实有起死回生的高明医术。所以当地的百姓送他一个外号，叫"病入膏肓"。

高宗文见了李师师的伤势极重，眼看就要不行了，竟然兴奋得不得了，忙把祖传的秘方都拿了出来，取出几颗乌黑的药丸令李师师服下，并用针线将伤口密密缝合，敷以消炎的草药。张闲等了三四个时辰，高医师才算把她料理妥当，让张闲抱回客栈。为了避免事端，张闲不敢回嵩阳客栈，而是和张继先找了一间破旧的小客店住下。

看着李师师依旧苍白的脸，张闲心里的石头还是放不下。

"再看她也没用，时辰到了，自然会醒来。"张继先朝他招了招手道，"来，到老道这边来。老道有话和你说。"

张闲这才想起白日里张继先说的话，关于张闲的身世，这个邋遢的道士似乎知道些什么。他搬来一张椅子，坐在老道士对面。

"小子，接下来老道说的话，可能会令你有些惊愕。就连老道自己也不敢相信。不过有些事就是这么巧。你明白吗？"张继先目不转睛地盯着张闲，口中淡淡说道。

张闲摇了摇头，道："张真人，我不知道你在说些什么。难道是想让我成为龙虎宗的掌教真人吗？不过，我是真的没兴趣，也不愿意去道观做什么真人。我是想赚点钱，在东京城开一家小客店，自己过一回当掌柜的瘾。到时候见了卢掌柜，也在他面前威风威风。"

张闲在云来客栈做小二时，经常被卢掌柜在头上敲爆栗，是以心心念念要回去，向卢掌柜证明自己很棒。其实他这些年来与卢掌柜情谊颇深，嘴上经常骂他，心里却早已把他当作了半个亲人。想在卢掌柜面前威风，也带有一部分孩子企求长辈认可的因素。

张继先不理张闲胡言乱语，自顾自道："咱们龙虎宗的掌教天师，从不外传。正所谓传子不传弟，传弟不传侄，传侄不传叔，传叔不传族人，传族人不传族外人，亲疏分明，长幼有序，向无紊乱。所以，你明白老道的意思了吗？"

"不外传？"张闲听得糊里糊涂，"张真人，你是不是糊涂了？不外传的话，找我做什么？"

张继先出了口气，缓缓说道："因为你就是老道的孙子。"

待老道士说完，张闲蓦地哈哈大笑起来："您老一会儿说我是什么'龙虎瞳'，是'天命之子'，一会儿又说我是您的孙子，按法统应该继承龙虎宗掌教真人之位，到底哪句话才是真的？张真人，您可别逗我了。"

张继先正色道："在登封县遇到你，老道也是没想到。可见到你一双'龙虎瞳'后，老道再无怀疑，你就是老道的孙子。当年，你父亲与我赌气，不愿继承龙虎宗一脉，负气出走。老道派弟子寻了好多地方，皆杳无音讯。他走之后，曾经也写过信回来，说生了个儿子，为了气我，故意不把孩子的名字告诉老道。不过根据他信中对你双眼的描述，老道就能肯定我的孙子有一双'龙虎瞳'，无论何事，皆可过目不忘。在嵩阳客栈里，你又说了你父亲的身体特征，与犬子一模一样，世上不会出现这样的巧合，你是老道的孙子，除此之外，再无任何解释可以说得通。”

见老道士说得认真，不像恶作剧，张闲顿时魄荡魂摇，一种奇特的情绪浮了上来。

张继先接着又道：“老道明白，这对你来说很难接受。可事实便是如此，这人世间的事，就是这样莫名其妙的。你父亲原名不叫张乙，但你的名字是他起的，听来确实随意了一点。不过没关系，待他日上山，让老道重新给你起一个。”

“你……你当真是我爷爷？”张闲抬起头，重新看他，仿佛第一次见面般。

张继先点了点头，目中含泪道：“孩子，这些年你可受苦了。”

张闲摇了摇头，苦笑道：“也没什么苦不苦的，其实我过得还行。就……就是爹妈死得早，我不能为他们尽孝，感觉对不起他们。其实卢掌柜对我挺好，给吃给住……”说到此处，张闲不禁落泪。

爷孙俩抱着哭了一阵才分开，唏嘘不已。

“好孩子，爷爷不逼你啦！”张继先拍着张闲的肩，长叹道，“老道逼死了你爹，现在又来逼你。既然你小子有自己想过的人生，那就去过吧。远离喧嚣的江湖，也没什么不好的。这龙虎宗掌教真人，你不愿意做，那就不做吧！”

“可是您不是说，天命之子会拯救苍生，重新封印一百单八个魔君吗？”

“这是祖宗传下来的老话，你信则有，不信则无吧。”张继先挥了挥手，再次露出他的笑容，“祖宗还说，按方子炼丹，吃了能羽化登仙，你也信？”继而又道，“待这女子醒了，你有什么打算？是送她回东京呢，还是上信州，回龙虎山见见你父亲曾经的师兄弟们？”

"等她伤势好一点，我就要去少林寺走一趟。"张闲语气坚定道。

张继先关切道："小子，你还想蹚浑水？这次宋江举兵来讨伐少林，可不是闹着玩的！梁山远征军已在路上，先锋部队也已在嵩山脚下。普通人逃还来不及，你倒好，像个蛾子，自个儿往火里扑？"他虽是个高人，但对儿孙的关爱，乃是人之常情，张闲欲以身犯险，当然不会愿意。

"可是我答应过朋友，要和他们在少林聚首。虽然我与他们只是萍水相逢，但是却一见如故。他们不嫌弃我是个店小二，把很多机密告诉了我。如果我不去，就是缩头乌龟，证明他们看错我了。就算死，我也要上少林，与他们死在一起。"

张闲这番话说得慷慨激昂，张继先听了，也颇为动容。

张继先语气和缓道："道理我知道，命还是最要紧的。关键你小子手无缚鸡之力，功夫也不会，到时候出了乱子，还指望别人来保护你？不如回龙虎山，练个十年半载，待剑术有所小成，再下山充英雄不迟。"

"难道做英雄，一定要会武功才行吗？"张闲不服气道，"我就要做英雄，而且就是不懂武功的英雄！"

"你这不是胡说八道吗？老道纵横江湖几十年，从未听闻过什么不会武功的英雄侠客。老道且问你，若是来了一路马贼，你该怎么办？再让这女子救你？"

"我……我……"张闲一时语塞，不知该如何作答。

张继先语重心长道："并不是爷爷要多管闲事，你不想学武，不学也罢，不想做掌教真人，那咱们就不做。爷爷宠你，你爱干吗就干吗，没关系。你要去任何地方，爷爷也都能陪你去。唯独就是这少林寺，哎，老道是万万去不得的。"

"听这话，您老是有难言之隐啊？"张闲好奇道，"为什么少林寺去不得？"

"老道与少林方丈道禅大师，谈不拢，哈，谈不拢！"张继先说完尴尬一笑，把脸别过一边，不去看张闲的眼睛。

"既然我是您孙子，总能说句实话吧？"张闲瞧出问题，追问道。

张继先红着脸道："三十年前，我与他有一次闭门切磋，是……是我上的少室山。结果我那天状态不是特别好，哎，总之少林寺我是万万去不得的！"

听了这话，张闲这才明白过来，原来当年爷爷和少林方丈切磋武艺，败给了对方。不过既然是闭门比武，输赢自然大家闭口不谈，这也是武林的规矩。毕竟少林寺与龙虎宗乃是武林中最响亮的两块牌子，地位也可以说是平起平坐，若让天下人知道，龙虎宗的天师败给了少林寺的方丈，恐怕张继先也难以再在江湖中立足。

张闲道："比武切磋，胜败乃常事，我觉得没什么问题。不过我也没打算让你陪我上少林寺，所以爷爷你安心吧！"

"安心？你是老道唯一的孙子，好不容易这么多年，终于给找着了，你却要去寻死，我如何能够安心？"张继先想了片刻，还是摇头道，"不行，唯有这件事不准。"

眼看张继先态度如此坚决，张闲也踌躇起来。毕竟是自己的祖父，忤逆他的意思总不是太好，是为不孝。时值宋朝，礼教的传统思想深入人心，做任何一件事若不得父母同意，便会被世人唾弃。张闲忽然羡慕起唐霄来，无视礼法，千里逃婚，如果换作自己这种模棱两可、拖泥带水的性格，一定做不到他这么潇洒。

"如果让我去少林，我就答应您回龙虎山做掌教真人。"张闲试探性地说道。

不出他所料，张继先听了这话，眼睛一亮。

张闲补充道："不过是代掌教。如果在家族中遇到优秀的人才，我就让位。"

他想这龙虎山人才济济，张姓的人也不在少数，到时候随便找个侄儿也好叔伯也好，把掌教的位子让了，自己一身轻松，回东京开个客栈，岂不快哉？这样一来，又不辜负爷爷的期望，也算做过了掌教，也不辜负自己的期望，开了家客栈，当了大掌柜。

张继先纠结半天，才道："如果你一定要上少林，也必须答应老道一件事。与你那些朋友聚首后，在梁山军攻上少室山前下山，回到县城。这几日，老道要去泗州走一遭，待办完事后就来登封县找你。到时候，咱们爷孙一起回龙虎山。"

"知道啦，我一定遵命！"

张闲嘴上虽这么说，但心里却打着不同的算盘。

——好不容易上了少室山，自然是和栾大侠他们同生共死，怎么可以偷偷溜下山，不顾朋友死活呢？虽然没有武功，我也可以成为英雄嘛！

想到这里，他摇晃着脑袋，欣欣得意起来。

第九章 浪子燕青

仿佛从黑暗宁静的深渊中，缓缓浮上水面。

耳边似有人呢喃细语，但徐燎完全听不清楚，他微张开眼，最先见到的光景，便是午后的阳光穿过树叶间的空隙，洒在他的脸上。光线太过刺目，他又再次闭上了眼。

他本以为自己已到了冥间，但冥间又怎会有这样温煦的阳光？

"义士，你醒来啦？"

徐燎闻声望去，见王阿宝坐在身边，眼神热切地看着他。

"这是什么地方？"徐燎见自己置身于一片群山环绕的地方，此时太阳已升过山顶，也不知昏睡了多久。

王阿宝答道："这里很安全，离周家村很远了。再往北走个二十里路，就到登封县了。"

徐燎想起昨天的事，伸手去摸摸腹部，发现腹部上缠满了层层叠叠的绷带，原本插在那儿的惊雷剑不见了。他又看了看自己的手脚皮肤，心里充满了疑惑。明明被孙列一脚踹进了火海之中，为何除了一些擦伤外，并没有烧伤的痕迹？想到这里，徐燎又问："是你救了我吗？"

王阿宝摇头道："我怎么会有这样的本领？其实是有一位蒙面侠士，将你送到我手中的。还替你处理伤口呢。对了，连同义士一起送来的，还有另一位姓唐的少侠，也是晕厥的状态。不过他刚才醒来之后，说是去找点吃的，待会儿应该会回到这里吧！"

——蒙面侠士？

他实在记不起被孙列击败后的事了。

"救出你的妻子没？"徐燎随口问道。

王阿宝神情失落道："没见着，不过当时形势混乱，也有可能随着村民逃走了，或者还在孙列手中。只要逃出周家村，我就有办法找到她。"

"对了，怎么不见祝道长？"徐燎左顾右盼，"难不成被夜行者给抓去了？"

还没等王阿宝回答，树林中就有人说道："祝道长被孙列的人杀死了。"

徐燎一听之下，猛地坐起，愕然地看着说话那人。

唐霄双手各提着一只野雉，从林中踱步而出。他不去看坐在地上的徐燎，反而对王阿宝道："去溪边洗干净，待会儿咱们烤了吃。道长的事情，我来和他说吧。"

王阿宝应了一声，忙接过两只野雉，往小溪边跑去。

"是你。"徐燎回想起云来客栈那一战，内心腾起了一阵怒火。

谁知唐霄却站直身子，向着徐燎拜了四拜，躬身唱了个肥喏。喏毕，又手于胸前，以谢误伤徐燎之罪。他口中道："那日是小弟瞎了眼，误把徐兄当成了武松。在下自诩机智，却犯了这么愚蠢的错误，险些酿成大祸，请徐兄原谅。"

徐燎听祝永岭提起过唐霄，知他性情高傲不屈，没想到竟会如此诚恳地道歉，心里的气顿时消了，语调柔和地说道："人生在世，难免会有一些疏漏，既然是误会一场，说清楚就可以了。唐兄不必介怀。只是……祝道长他……"说到此处，徐燎心中闪过一阵酸楚。

在从东京赶往少林这一路上，几乎都是祝永岭在照顾他。各中艰辛，不足与外人道也。这份情谊，徐燎自当铭记五内。他们皆为江湖中人，本于生死之事，看得也比普通百姓为轻，刀口讨生活的，今日不知明日，每次决战前都会做好准备。可噩耗来得太突然了，特别是与自己朝夕相处的人，忽然消失于世上，这种悲凉感是难以言喻的。

"道长是为了救我丧命，我一定会为他报仇。"唐霄咬牙切齿道。

"杀他的人是谁？"徐燎的眼神变得锐利起来，"把名字告诉我。"

"是一个叫任原的相扑手。"唐霄道，"也是八部鬼帅之一，夜行者的小头目。"

徐燎点头道："我一定会割下他的脑袋，来祭奠祝道长。此外，唐兄，你可知道是谁救了我们？我徐某有仇必报，有恩也必报。"

唐霄若有所思地道："关于这个问题，我心里倒是有个人选。不过也没有十全的把握，毕竟王阿宝说那人蒙着面，也分不清男女，所以一切只是猜测。"

他心中所想的人，正是他的师妹晏贞姑。除此之外，他着实想不出谁还会潜伏在夜行者，暗中帮助他们。

两人又聊了几句，见王阿宝提着两只野雉走了回来，唐霄也起身去帮忙。王阿宝在溪边取了野雉的羽毛内脏，又捧了溪水将雉肉洗净，完事后又捡了不少枯木。唐霄将这些枯木枝相互交叠在一起，因为这样的结构基础比较牢固，不会轻易塌陷。搭建好篝火架，徐燎取出随身携带的火折子给唐霄，用以点燃篝火。

王阿宝拿来野雉，递给唐霄。唐霄取出龟兹短剑切开雉肉，仔细地将其串在树枝上，架在火上烤。烤了一会儿，雉肉"滋滋"发出声响，热油顺着雉皮滑落到底下炭火中，溅起点点火星。王阿宝取出盐巴，细细抹在肉上，顿时浓香四溢开来，熏得三人肚子咕咕直叫。

雉肉微熟后，唐霄提起树枝，撕下两只雉腿递给徐燎和王阿宝，自己扯了雉膀，咬了一口。也许是饿得太久，焦酥滑嫩的雉肉入口，一嚼之下，满口肉香，身心均得到了极大的满足。三人狼吞虎咽，瞬间将这两只烤雉啃得只剩一地骨骸。

吃饱喝足，徐燎和唐霄便将离开东京后，各自的际遇都说了一遍，听完之后，二人都唏嘘不已。王阿宝趁他俩聊天的空隙，摘了几条青藤搓成粗绳，绑在几棵高树枝头，又铺了些芭蕉叶在藤条上，瞬时便做了三张吊床。身处野外，地上毒虫蛇蝎甚多，须腾空而睡才不致被伤。王阿宝这些野外求生的本领，都是从当猎人的姑父那儿学来的。

两人不知不觉聊了两三个时辰，此时已天交二鼓，夜色正浓，四周除了火堆外一片墨色。徐燎和唐霄还有伤势在身，都觉得身子疲乏，有些睁不开眼，于是各自爬上吊床睡觉。不过一炷香工夫，三人打鼾之声便此起彼落地响起。

清晨，王阿宝早早醒来，见天色发白，便唤醒徐燎、唐霄二人，起身告别道："既然两位义士都恢复过来了，我的任务也就完成了。这几日我打算回周家村附近，继续去寻我的浑家。"徐唐二人也起身还礼，说来也奇怪，他们相识也不过一两日，却对这性情直爽的憨汉子颇有亲近之感，当下便有些不舍。

徐燎道："王兄弟，祝你早日找到你的妻子。"

王阿宝叹了口气，道："希望如此吧，我尽力而为。也祝唐少侠早日报得大仇，徐义士能想起从前的事。"

双方又寒暄了几句，才依依分手告别。王阿宝穿过树丛，身影消失在远处。

告别了王阿宝，唐霄便与徐燎计议起来。

眼下最重要的，是先上少林与栾廷玉、扈三娘他们汇合。带走张闲、杨采苓的既然是个女人，那应该不会有什么危险。不出差池，他们大概也已到了。不过上少林之前，先要去登封县一趟，找个铁匠铺子磨刀。计较已定，两人便启程往北走。约莫三个时辰之后，才到达目的地。

入了登封县后，登封百姓见他俩浑身异味、肮脏不堪的模样，纷纷捂着鼻子闪避，活像躲两个要饭的乞丐。徐燎没觉得有何不妥，可唐霄自小养尊处优，被人供着，何时受过这种待遇，自然无法忍受，拖着徐燎去找了家布店，想购买一些新的衣服。

那布店老板见两个乞丐进来，闭上眼睛，挥手轰道："走走走，别妨碍我做生意。"

唐霄也不说话，一把碎银子撒在柜面上。

那老板一见银子，顿时笑逐颜开。他指着身后的衣服款式，热情洋溢地介绍道："两位客官，想要什么样式的衣服，小店里全有！圆领直裰？若是想穿得文气一点，这条交领直裾衣很符合两位儒雅的气质！"

"这种样式的衣服，给我来两件。"唐霄指着一件武士服道，

"有没有我俩的尺寸？"

老板扫了一眼徐燎与唐霄的身材，点头道："有，这就给客官拿来！"

等了片刻，老板从身后木柜中取出两件武士服，仔细包裹好后，递给唐霄。

"对了，这里哪儿有沐浴的地方？"临走时，唐霄又问了一句。

"这条街往左转，穿过一条窄巷，就有一间香水行。"

他们出了布店，按照老板所指的路线找到了一间门楣上挂一把铜壶的浴堂。

付了两人的浴资后，唐霄连蹦带跳地跑进了浴室院，只见院内浴池用巨大石板砌成，池外设有砖灶，上面支了个锅，旁有穿墙而出的竹管，安置了辘轳引水出锅入池。池中冷水与锅中热水，互相吞荡，所以温度适宜。

唐霄把整个人泡在热水池中，惬意地吟道："水垢何曾相爱，细看两俱无有。寄语揩背人，尽日劳君挥肘。轻手、轻手，居士本来无垢。"唱完词后，又唤来个揩背人，替他揩背。徐燎没这个福气，他身上有贯穿的伤口，不宜碰水，不然会引起严重的感染，所以只能在水池边取胰子涂抹在身体上，再用沾湿的毛巾擦拭洗净。

两人洗干净身子后，神清气爽，随手将褴褛的衣衫丢去，换上干净整洁的武士劲装，随身携带的兵械用长布包裹，负在身后，大步走出香水行。唐霄风流倜傥，英俊儒雅；徐燎姿颜雄伟，气宇轩昂。一个是温润如玉的君子，一个是威风凛凛的英士，两人并肩而行，引来不少钦慕的目光。

唐霄情绪昂扬地道："洗了个澡，果然一身轻松。徐兄，眼下我们是先找个馆子祭五脏庙呢，还是先去找个铁匠磨刀？"

徐燎平淡道："你来定夺吧，我都行。"

两人沿街走了一段，找到一家铁匠铺。那老铁匠瞧了一眼虎翼刀，顿时眉头紧锁，说从未见过杀气如此之重的兵器。唐霄也将身上的短剑暗器等交付于老铁匠，给足银子，让他好生打磨一番。临走之时，他们又问了打磨兵器所需的时间，被告知三日后来取。

刚出铁匠铺，唐霄的肚子就咕咕作响起来。

唐霄摸了摸瘪下去的肚子，苦笑道："去祭五脏庙吧！"

其时已过晌午，自昨天夜里吃过烤野雉后，他们就没再进食，故而唐霄腹内饥火烧肠。他举目四望，扫视大街边上的酒楼饭馆，选了一家生意较火的饭店打尖。入得店内，小二哥见他二人顾盼之间，气宇非常，便热情招待道："二位小爷，想吃点什么？"

唐霄饿得不行，随口道："你这儿有什么好吃的，快些端上来。再给咱们来坛好酒。"

店小二道："算条巴子、炉焙鸡、蛏鲊、芝麻浮团子皆是我们店里的名菜。另外，今天的鲤鱼很新鲜，不如来一盆鱼脍，用小虾酱蘸着吃，味道极其鲜美。"

唐霄不耐烦道："废话什么，你刚才说的那些菜，我都要了，快些端上来。"

店小二点头哈腰道："是，是，请二位小爷耐静则个！"说完便兴冲冲地去了。

待菜上齐后，两人你一口我一口，不一会儿便风卷残云般将一桌子菜吃了精光。徐燎胃口奇大，一连吃五碗蒸饭，还嫌不够，又向小二哥要了一碗。

两人吃饱喝足，正待离开，忽见门外走进来一位故人。

唐霄双目放光，深吸一口气道："张闲兄弟？"

徐燎顺着唐霄的目光望去，也见到了张闲。不过奇怪的是，张闲身上的衣衫却与当日在刘家庄时完全不同，身上穿一件银丝纱团领白衫，系一条蜘蛛斑红线压腰，脚上是一双土黄皮油膀夹靴。那张闲似乎也没有注意到他们二人，正东张西望地找空桌。找到一张没人的桌子，便自顾自坐下，神色寡淡。

"张闲兄弟，你怎么跑到这里来了？"唐霄本就对张闲存着几分疑心，此刻看他孤身一人，不见杨采苓的踪影，当即警惕地站起身来，朝他径直走了过去，"小苓没与你在一起吗？"

张闲别过头来，冷冷瞅了他一眼，又回头继续看桌上的茶水牌。

唐霄觉得好生奇怪，适才他瞅自己那眼，像是完全不认得他一般。走到张闲面前，唐霄双手叉腰，苦笑道："喂，你小子怎么回事？不认得我啦？"

张闲上下打量着唐霄，客气道："阁下是？"

"我是唐霄啊，你今天怎么奇奇怪怪的？"唐霄大惑不解道，"张闲兄弟，我问你小苓呢？你还没回答我呢！"

听见唐霄自报家门，张闲又愣了片刻，顿时缓过神来，用手指在桌上轻敲了一下，恍然道："原来是唐兄，我当然记得，当然记得！至于小苓么……"说到此处，哀叹了一声。

唐霄见他这副表情，心里悬起一块石头，嗫嚅道："她……她怎么了？"

相比对张闲的疑虑，杨采苓的安危更令他挂心。

张闲眼珠一转，苦着一张脸道："唐兄，我说出来，你可别太过伤心！和你分开之后，我与小苓被少林的僧兵伏击，小苓为了掩护我离开，被……被这群秃驴，活活打死了！"

噩耗入耳，唐霄顿时如五雷轰顶，浑身力气尽失，差点站不住脚。徐燎快步走上前来，扶住了身形摇晃的唐霄，问道："既然是差去送信的，少林僧兵为何要伏击你们？"

略定一定神，唐霄也觉得这事情有蹊跷。正待细问，又听张闲说了下去。

"他们说，我和小苓是梁山泊派来的奸细。唉，我是解释了，可这群秃驴偏偏不听，还和我们大打出手。所以……"说到此处，张闲难过地低下了头。

见他这样悲伤，唐霄再无怀疑，怒道："少林寺这群忘恩负义的臭和尚，我们好心给他们通风报信，他们却滥杀无辜！我……我……我非血洗少林寺不可！"唐霄胸中的盛怒不可抑制，完全将疑虑冲散，抬起一掌，猛拍在木桌之上，那木桌登时爆裂开来，碎木四散。

徐燎眼睛直直看着张闲，并不说话。

"唐兄息怒，少林寺这梁子，算是与我们兵诛城结下了。常言道，君子报仇，十年不晚，我们从长计议。"张闲说到此处，突然压低声音，"这里人多嘴杂，谈事情不太方便。不如去我所住的客栈中一叙？"

唐霄还未从杨采苓离世的消息中缓过神来，表情木然地点了点头，跟着张闲往门外走。

徐燎在他耳边轻声道："我觉得有点不对劲。"

"什么不对劲？"唐霄面色铁青。

"我是说张闲。"徐燎瞧了一眼前方张闲的背影，继续道，"气味不对。"

"气味？"

"对，就是气味。"徐燎顿了顿，"我不知道该如何形容，可能是一种直觉吧！我总觉得张闲的气味变了，跟之前在东京见到的时候，很不一样。多了一点草莽气，不似从前那般单纯。当然，也可能是我的错觉。"

"你想太多了吧？这不就是张闲吗？"

唐霄只是觉得像张闲这样的小人物，经历了多次生死危机，表现得有些五迷三道也情有可原。至于徐燎所描述的"气味"，他则完全无法理解。

两人跟着张闲穿过了两条街，终于来到了街角一家不起眼的客栈里。进了房间，张闲便对他们俩道："两位兄台先稍坐一会儿，我先去沏壶茶来，咱们再慢慢谈。"

徐燎道了声谢，而唐霄尚沉浸于杨采苓离世的悲痛之中，听张闲说话，只是勉强点了点头。

张闲离开房间，穿过天井，来到客店的拴马处。他吹了声口哨，马槽后即刻探出个戴着傩面具的脸来，单腿跪地，恭敬道："头领有何吩咐？"

"替我带个话给孙列，唐霄他们已在我手上。至于羽檄文书，我会连同这两个人一起带去给他。明白了？"张闲语调散漫地说道。

面具人道："属下立刻去办！"

张闲满意地点了点头，笑道："你们神行院做事，我自然是放心得很。你好好办，到时候我一定在戴院长面前，替你美言几句。"

面具人激动道："多谢头领！为头领办事，小人赴汤蹈火，在所不辞！"说罢又磕了几个响头，转身翻过一堵墙头，从张闲的视野中消失了。

营帐的中央放置着一张巨大的床榻，赤上身的孙列盘坐在榻上，一副高深莫测的神态。他眸子里闪烁着仇恨，异常慑人。一位云鬓散乱的美妇人紧紧靠在他的肩上，这美妇不是别人，正是余五娘，她那白嫩如霜的娇躯亦无片缕遮体，显然两人刚行过云雨之事。

孙列霍然起身，拿起案几上的酒壶，直接对着嘴灌了一口。

余五娘劝道："大人，你还是少喝点酒，伤身。"

孙列冷哼一声，嗔怒道："翻遍了整个周家村，却没找到徐燎的尸体和惊雷剑。此人若不死，他日必有后患！还有，唐霄那小子也跑了，燕青问罪起来，你让寡人怎么解释？"他越想越气，最终一抬手，把手里的酒壶往地上一砸，碎瓷纷飞。

"如果真如任原所言，那必是我们之中出了奸细。"余五娘似笑非笑地道。

孙列余怒未消，瞪了余五娘一眼。

余五娘纤手理着衣衫，兀自说道："我知道大人不爱听这话，可请大人仔细想想，是不是这个道理。若说唐霄从任原手中溜走，或许还是那些村民所为，那从烈火中救出徐燎，是普通农夫能做到的吗？而且能带着这两人，一路避开我们的封锁，送去安全地带，无论怎么看，这件事皆疑点重重。"

其实，余五娘所说的情况，孙列并非没有考虑过。如果夜行者中真出了奸细，那就等于扇了自己的耳光。这对于自诩识人一向很准的孙列，无疑是巨大的耻辱。

"那你认为是谁出了问题？"

余五娘笑道："我们之中是哪个人出了问题，恐怕大人心里比我更清楚吧？"

孙列沉吟半晌，才道："你是说晏贞姑？"

"除了这臭婆娘，还能有谁呢？"余五娘双手高举，伸了个懒腰，纤细的腰肢微微抖动，"大人，您虽然拥有过无数女人，可您还是不懂女人。一个痴情的女人，为了她的心上人，什么事做不出来？"

"我救过她的命。"孙列冷冷道。

"那又如何？"

一阵难堪的沉默。

"那你有什么办法，把内鬼引出来？"孙列沉声问道。

余五娘下了榻，款款挪步到孙列身边，双手搭上他的肩头，娇声道："只要大人同意，属下自有妙计。"说到此处，她嘴唇凑上孙列的耳边，细声低语了一番。

耳语完毕，孙列用一种奇怪的眼神打量着余五娘，道："毒孟婆果真名如其人。若论恶毒，恐怕这世上无人能及。"

"大人真是讨厌！"余五娘嬉笑着在孙列脸颊亲了一口，"属下还不是为了大人考虑，他日大人成就霸业，切莫打完斋不要和尚，辜负于我。"

孙列展开虎臂，将余五娘一把搂入怀中，笑道："你是寡人的左膀右臂，寡人怎么可能背弃你呢？"

余五娘娇嗔道："你们男人啊，没一个好东西！"

正说话间，营帐外有人来报。孙列应了一声，只见一个喽啰趋入帐内，禀道："水泊梁山神行院好汉在营外求见大人。"

"燕青没来？"孙列皱起了眉头，"求见我有什么事？"

"说是带燕青头领的口信。"喽啰回道。

"喔？"孙列双目寒芒亮起，高声道，"快请他进来吧！"

半阕明月遥挂在空中，映照得县城一片祥和之色。入夜后的登封县极为宁静，偶有传来更夫持着铜锣沿街打更的鸣锣声。

唐霄坐在桌前，一杯又一杯地把烈酒灌入肚中。各种懊悔的情绪袭上心头，令他难以平静。张闲则愁眉苦脸地坐在一边，唉声叹气。喝到第二坛时，徐燎推开唐霄面前的粗瓷酒杯，语气平缓地道："你不能再喝了。"

"为什么？"唐霄推开他的手，举杯道，"何以解忧？唯有杜康！"说完，就把杯子凑近嘴唇，准备一口饮尽。

杯缘还未沾唇，徐燎便一把拍落唐霄手里的酒杯，怒道："枉费祝道长一直赞你机智无双，怎么到了这个时候，却笨得像驴一样？少林僧兵伏击我们的人，这件事本就蹊跷之极，你不去考虑此中有缘，整日在这儿买醉，这就是你的复仇之道吗？"

"那我又能如何？"唐霄红着眼瞪视徐燎，"真是太可笑了。我的宿敌是水泊梁山，现在又添一个少林寺，以我这点微末功夫，这些个大仇何时能报？"

"报仇本就非一朝一夕之事！你想想看，我连自己是谁都不知道，仇人是谁也不知道，想要报仇，也不知该向谁去报！"徐燎疾言喝道。

唐霄低下头，不知该说什么才好。

张闲充当起和事佬，劝道："两位兄台不要动怒，喝点小酒，排遣一下内心的苦闷，也不是什么大事。"说罢还伸手拍了拍唐霄的肩膀。

徐燎转过头，望向张闲，刚想说什么，忽然瞥见他露出手腕上的花绣。

说时迟，那时快，徐燎与张闲两人同时启动！

徐燎伸手去抽腰间的虎翼刀却扑了个空，才想起今日晌午时拿去了铁匠铺！而张闲蓦地伸手，从桌下取出一张单弓弩，箭尖抵在徐燎的脑门。那单弓弩已然张弦，只需扣动悬刀，利箭就会射穿徐燎的头颅，任他武艺再强也无济于事。

这一幕突发而至，唐霄愕然道："你们俩这是做什么？"这话一出口，他便已明白了。

"此人不是张闲兄弟。"徐燎面上毫无惧色，迫视张闲，冷冷道，"你究竟是谁？"

"这位兄台，眼力不错嘛！本想再戏耍你们几回，却被识破，无趣，无趣！"冒充"张闲"的男人收起笑脸，从身后取出一捆粗麻绳，丢在桌上，用命令的口气道，"转过身去，把唐霄给我绑起来，不然一箭射穿你的脑袋。"

徐燎重伤未愈，那弩箭离额头也只有半寸，任凭他反应再快，也决计躲不过眼前这男子手指扣下悬刀的速度。他遇事冷静，知道形势比人强，争胜不在一时，便乖乖转过身去，拿起桌上的绳子，对唐霄道了声歉，开始捆绑他的手脚。完事后，冒充"张闲"的男子一手持弩抵着徐燎后脑，另一只手用绳子将他捆了个结实。

将他二人手脚紧缚在地之后，男子坐回椅上，把单弓弩置于桌上，端着酒杯饮了起来。

唐霄见状，不禁想起当日在东京城，众梁山喽啰向张闲叩拜一事，心下愧疚道："怪不得那些喽啰会放过我们，想必是认错了人，这些日子真是错怪张闲兄弟了。我应该早就瞧出问题，却因小苓的事急得冲昏了头脑。既然此人不是张闲，那就说明小苓安然无事。真不知眼下该笑还是该哭。"

"我不知道你们口中的'张闲'是谁。起初我还以为你们戏弄于我，不过从现在的表现来看，这个'张闲'好像还真的存在。怎么，和我长得很像？"男子摸了摸自己的脸，有些陶醉地道，"在饭馆的时候，我就有些奇怪，怎么上来就与我套近乎呢？如果不是你自报家门，我又怎么知道你就是兵诛城少主啊？这会儿把你带上山，可是大功一件，不知宋江哥哥会如何赏我，哈哈！"

"你也是梁山的人？"唐霄问出这句话后，即刻觉得自己愚蠢。天下间除了水泊梁山，还有谁会需要兵诛城的唐霄？

男子将腿翘在椅上，一副浪荡不羁的姿态，俯视地上的二人道："你们听好了，小爷名号浪子·燕青，天罡军团排行三十六位，不是你们什么见鬼的兄弟小张闲！"

"你就是燕青？"唐霄内心只是惊叹造物主的鬼斧神工，他想不到这东京城的店小二，竟和天下闻名的盗寇长了同一张脸。

"我劝你们俩早些休息，别耍花样伤了精神，否则我虽不会下手杀你唐霄，可你这位朋友，我却保不了他的性命。明日再在这客店待一天，夜里就离开登封县。"说完便吹熄了桌上的油灯，和衣躺到了床上。

唐霄和徐燎对视一眼，双方眼中皆无惧意，只有些许无奈。如不是两人身上有伤，又怎会被这燕青轻易拿下？若非这燕青长得和张闲一般无二，两人又怎会如此轻信于他？一切仿佛是命数，躲也躲不过。他们也明白，燕青既能跻身天罡军团行列，武艺必然高强，此时假寐也好，真睡也罢，两人若是稍有动作，也绝对逃不过他的耳朵。与其如此，不如先好好睡上一晚，养足精神再思脱身之法。

想到这里，他们两人也闭上了眼，沉心睡去，不一会儿就传出鼾声。燕青知道这两人诡计多端，哪里敢睡，只是闭目养神。但见这二人真的打起鼾来，也颇为佩服他们的胆识。心想难怪李应死在这唐霄手里，首先气度就输了。胡乱想了片刻，也浅浅睡了。

一夜无话。

翌日一早，唐霄醒来见燕青不在屋内，便用肩膀去撞徐燎。却发现徐燎紧闭着眼，面色苍白，额头上都是汗。

"徐兄，你怎么了？"

"腹部有些疼……疼痛……"徐燎咬着嘴唇，神色痛苦道，"而且好冷。"

"是不是发烧了？"

徐燎摇了摇头，大约是没什么力气说话。

唐霄这才想起昨日没有替徐燎换药，腹部的伤口恐怕已被感染。他心想，如此现在扯着嗓子喊救命，会不会惊动店家把他们救出去？可燕青离开房间的时候也没把他们嘴堵上，说明并不怕他们叫嚷。他正犹豫该不该试着喊喊，门就被推开了。

进门的人正是燕青。

"哟，两位醒啦？昨夜睡得可好？"他手里端着一碟包子，"瞧，我还特意给两位去买了早餐。"

唐霄正色道："他发热了，必须找大夫来？"

燕青凑近徐燎，用手探了探他额头的温度，惊道："果然烫得惊人呢！"转而又笑道："不过呢，就算他烫得可以打铁，我也不会把大夫找来这里。唐兄，生死有命，富贵在天，这道理你不会不懂吧？"

"难道你就眼睁睁看着他死？"唐霄愤愤道。

燕青咬了口包子，咀嚼着道："你要不要来一个？"

徐燎给唐霄使了个眼色，缓缓摇头，示意他不要再说了。唐霄也知道，这燕青性格佻薄，惺惺作态，在他们面前，当然不会说一句真话，更不会救徐燎。毕竟水泊梁山的目的是将唐霄骗上山，以解唐非君《唐门考工记》的暗语，其他人对他们来说，死与不死都没有太大的关系。

这一日对唐霄与徐燎来说，也颇为困难。燕青只给他二人喂过两次水，吃了两口难以下咽的干粮，使得他们又渴又饿。唐霄知道他的目的，在于维持最低生存配给的同时，削弱他们的体能。如此一来，即便出现逃走的机会，他们也没有体力离开。

到了深夜，四下无人，燕青租来一辆驴拉的板车。他将两人置于板上，封住其口，又在他们身上铺陈了不少干草，自己悠然自得地骑在驴上，扬着鞭子在崎岖不平的小道上赶路。

趁着夜色，燕青从袖中掣出一管凤箫，放到口中轻轻吹奏，登时一曲悠扬柔和的旋律从中飘出，回荡在这月夜的萧索道路上。唐霄粗通音律，侧耳去听，端的是音清韵美，心想这燕青倒也有些本领。

正行间，忽然驴子嘶鸣一声，失蹄摔倒在地，身后的木板车也翻了，徐燎和唐霄的身体从干草中掉了出来，滚在小道边。燕青身手灵敏，在驴子失蹄嘶鸣的瞬间，往边上一跃，不然被这头笨驴压在身下，不死也要断几根骨头。

这驴正好好地赶路，何以会突然翻车？

燕青江湖经验丰富，不顾徐唐二人，先去看所经之地有何异常。果然被他瞧见，有人在这小道中间，挖了一条三寸宽的深沟，那驴正是被这深沟所绊，才会失蹄摔倒。

他伸手去探深沟中的泥，用食指和拇指的指腹搓开泥土。

——这沟是新掘出来的。

既然是有人暗算，那此人必定就埋伏在附近。燕青机警地蹲下身子，以木板车为掩体，从腰间取出单弓弩，上了弦，目光扫视四野，口中道："我乃浪子·燕青，阁下是谁？竟然打起水泊梁山的主意，不如先留下个万儿？"

一阵冷飕飕的风呼呼刮过，卷起小道上的落叶，在半空盘旋。

没有人回答燕青。

燕青警觉地移动脚步，右手端着单弓弩，左手握着车板。他视线不停在四周来回审视。若是在白日，任何一点风吹草动，都逃不过他的眼睛，可在夜间，月光提供的亮度有限，一切事物瞧来均有些模糊。

忽然间，燕青发现原本躺在小道边的徐唐二人，竟然不见了！

原本镇定的他，开始有些慌乱。

"是好汉的，请出来亮个真身，躲在暗处算什么本事？"燕青的指腹不停地搓着悬刀，只待对方略有动作，随时准备发射。

但是对方还是没有回应。

——难不成带着两个人逃走了？

这种可能性不是没有。如果那人的目的，仅仅是救出徐唐二人的话。

燕青缓缓站直身子，准备往前移步。忽然，右侧草丛中传来一阵沙沙声，他毫不犹豫地扣下悬刀，"嗖"的一箭射去。那箭镞蹿入草丛，没了声息。

——难道是动物？

他眼睛如鹰隼般戒备地瞧向四周，双手则赶紧张弦上箭。他用右手扳开望山，将弩弦张开，扣在牙上。弦上好后，他又抽出一支箭镞，放入弩臂上方的槽内，箭括在左右两片牙之间，牢牢顶在了弦上。这一系列复杂的动作，燕青在弹指间便完成了。

接下来又是漫长的等待。

突然间，身后传来一阵轻微的响动，但听在燕青那敏锐的耳中，不啻轰雷一般。

他及时偏了偏身，一把飞刀擦身而过，插入身边泥土之中。

——好险！

"如意子，不要误我！"

燕青躲过飞刀偷袭的同时，往刚才射出飞刀的方向回了一箭！

只听"砰"的一声，箭镞飞射而去，却被一块飞蝗石击落在地。燕青吃了一惊，忙张弦搭箭，准备再战。对方在暗他在明，形势对他不利。

"偷袭别人，算什么英雄好汉？"燕青为了拖延上弦的时间，故意嚷道，"有种的站出来，咱们真刀真枪地干！"

他听见身后传来了脚步声。

"如你所愿，今日也让你死个明白。"黑影从树林后方缓缓现身。

"你是谁？为什么要坏我好事？"

燕青借着月光，只能看出对方是个女子，但相貌却瞧不清。

那女子将披在身上的黑氅丢在一旁，露出挂满全身的暗器。她继续朝着燕青的方向走去，月光也渐渐投射到了她的脸上。

除了肤色偏黑，五官却无可挑剔，是个极美的姑娘。

"谁让你们和孙列结盟？"女子微微抬起下巴，露出桀骜的表情，"孙列的朋友，就是我的敌人。"

此人正是唐霄的师妹，八部鬼帅之一，千手观音·晏贞姑！

第十章 戒律院

敌人从暗处现身，燕青终于松了口气。他将单弓弩垂握在手，脸上似笑不笑地瞧了一眼晏贞姑，口中道："原来伏击我的是这么一位大美人啊！你早说的话，我自会停下来和姑娘你好好寒暄一番，何必动武呢？想来姑娘也是见我英俊不凡，有了亲近之意吧？"

燕青早年在大名府便经常与青楼女子勾搭，性格轻佻，见到貌美的年轻女子，总忍不住出言戏谑两句，故而人赠绰号"浪子"。眼下见了晏贞姑这等美貌，老毛病又犯了，嘴巴也油滑起来。

晏贞姑板着脸，冷冷道："再废话一句，割了你的舌头。"

燕青吐了吐舌头，笑道："瞧你貌美如花，原来是一只母老虎！"

他话刚说完，忽见眼前金光闪动，忙低头躲过。三枚金钱镖呼啸着从他脑后掠过，他方一抬头，又是三四道银光，燕青知道如再不回击，只守不攻，很有可能死在这里。他也是一抬手，弓弩射出的箭镞直刺晏贞姑眉心。但那晏贞姑却不慌不忙，甚至没有躲避的动作。当箭尖离眉头只有两寸时，不知从哪儿飞出的飞蝗石，堪堪将箭镞的尖头打偏！

整个过程中，晏贞姑动也不动。

——这是什么妖法？

燕青见弩箭对这个女人没用，便弃了弓弩，欺身向前与晏贞姑近战。

他启动的速度极快，晏贞姑接连射出三四枚飞刀也被轻易躲过，转眼就到了面前。燕青口中虽然轻浮，但打起架来，毫不怜香惜玉，朝着晏贞姑面门发力挥出一拳。晏贞姑早有戒备，右手从腰中抽出漆黑的龟兹短剑，去削燕青右拳，但燕青的手宛如一条水蛇，进攻行进中忽然弯曲起来，绕过短剑，直接揪住了晏贞姑的衣襟。

与此同时，他另一只手也搭上了晏贞姑的手腕。还未待晏贞姑有所反应，燕青手腕与腰部一起发力，借用胯部力量将晏贞姑狠狠摔了出去！

晏贞姑整个人失去重心，被燕青重重抛去。但她身体柔韧性极佳，身体被抛开的那一刻左手一扬，一支袖里箭冲着燕青激射而出！

燕青低头躲过箭镞，再抬头时，晏贞姑已站定，并再次出剑劈向燕青！

钢铁交击的鸣响闪过耳边！

千钧一发之际，燕青从腰间抽出铁箫，挡格住了晏贞姑的龟兹短剑。强烈挡格之下，龟兹短剑被反弹，震得晏贞姑虎口发麻。燕青腰胯一扭，铁箫从上向下劈打，力道极猛烈。晏贞姑知道这一记劈打力量不逊于先前的挡格，怕单手握剑抵挡不住，于是伸出左掌抵住剑尖侧面，往上迎架！

随后，又一次交鸣乍响！

虽勉强挡住了劈打，但进攻力道太大，龟兹短剑还是砸中晏贞姑的额头，鲜血顺着眉心流下。她紧咬下唇，忍着剧痛将龟兹短剑往右上方斜撩，燕青瞄准她握剑的腕部，准备用铁箫砸碎她的腕骨，使她失去握剑的能力。但刚摆动手臂，忽然间右侧点点金光，凭着多年闯荡江湖的经验，头部忙往后仰，几枚金针顺着下巴掠过！

原来晏贞姑挥剑撩击时，左手已扣了四枚金针，准备待燕青被虚招吸引，用金针射他眼睛。谁知他反应如此之迅速，不愧为天罡军团的高手！

左手暗器落空，晏贞姑往侧滚了一圈，抽出腰中追魂链，盘握在手。

"不要做无谓的挣扎了。"燕青用左手轻轻弹去身上的灰尘，冷笑道，"你的暗器功夫确实不错，但刀剑功夫还差得远呢。就凭现在的你，根本杀不了我。"

"杀不杀得了，还得问一问我手里的兵器。"晏贞姑将右手短剑横在胸前，左手铁链垂在身侧，立了个门户。她的膝盖微微弯曲，似要随时向燕青冲去。

燕青看见晏贞姑要对攻过来，也是沉腰扎了个四平大马，将铁箫竖在面前。晏贞姑的单膝继续屈沉。燕青知道，这是她发力跃向自己的前奏曲。这女人不止右手短剑招式变化多，左手暗器也是防不胜防，必须在短时间内解决她！

——到时候再找唐霄那小子算账！

晏贞姑娇叱一声，却没有向前冲去，燕青吃了一惊，待明白过来，已经晚了！

——糟糕，中计了！

他来不及回头，猛扭腰部，左手刚想将铁箫向后击扫，却被身后一人用一根粗壮的木棍猛然击中头部！

——可恶！竟然从我背后偷袭！

意识晃荡了一下，铁箫脱手，掉在了地上。

这一击力量极大，若是普通人恐怕早就被打死了。但燕青凭借着超于常人的身体素质，硬抗下来，可头脑却一阵混乱，手脚使不出劲道。一击方停，第二击又再次袭来！

头部的同一部位，第二次中招！

这下燕青彻底被打蒙了，双眼一翻，脸颊重重敲在泥土上，晕死过去。

"他妈的，聪明反被聪明误了吧！"

身后偷袭燕青之人正是兵诛城的少主唐霄。

原来，晏贞姑刚才只是在吸引他的注目。若在平时，燕青这样耳聪目明的高手怎会如此大意？一来是因为捆了徐唐二人的手脚，而且自负聪明，认为晏贞姑若有其他同伙，早就出来帮她了。谁知计中有计，对方正是利用了他的心理盲点。二来唐霄虽受了伤，但轻功依然绝佳，抬脚时重心在前脚掌，落地在脚后跟，走起路来如猫一般悄无声息，就算燕青这样的人物，十步之内也绝难发现。

"师妹，你没事吧？"唐霄跑到晏贞姑跟前，关切道。

晏贞姑摇了摇头，道："我没事，你还是先把这燕青绑起来吧。你的诡计只能用一次，万一他醒来，可就麻烦了。"

唐霄点头允诺，从驴车上取了一捆绳子，把燕青从头到脚捆个结实，任他武艺再高也挣脱不了。

"你快些把徐燎扶出来吧。你们带着燕青一起去少林寺，把他交给方丈，多一个人质，对逆转战局也有一定的帮助。"晏贞姑道。

"师妹，你呢？"唐霄急道，"难道你不和我们一起走？"

晏贞姑苦笑道："我还要回到孙列身边去。他一天不死，我一天就要留在夜行者军团。他四处屠村，杀人如麻，必须要除掉他才行。"

唐霄不解道："你在任原手里救了我，又从火中救了徐燎兄，难道不怕他怀疑？"

"怀疑又怎么样？至少目前他没有证据说我背叛他。"晏贞姑说完，瞥了唐霄一眼，冷言冷语道，"你这么关心我作甚？你的心上人正在少林寺等着你呢！"

"你是我师妹，我不关心你关心谁？不过我还是觉得不妥，孙列诡计多端，心狠手辣，如果让他知道你怀有二心，我怕他……"

"畏首畏尾，能做成什么大事？没想到你堂堂一个大丈夫，做起事情来还如此婆婆妈妈。"晏贞姑冷笑一声，别过脸去。

"你加入夜行者，师父知道吗？"

"爹爹自然不知。"

"如果让师父知道，必会暴跳如雷的！不行，师妹，你还是和我一起去少林寺吧？"唐霄再三温言相劝，怕她回到夜行者军团中，会遭遇不测。

"好啦，我心意已决，你就别劝了。快带着你的朋友上少林吧！"

晏贞姑背对唐霄，缓步往小道边的树林深处走去。

"师妹……"唐霄话到嘴边，却说不出口。

听见唐霄的呼喊，晏贞姑停下了脚步。

"师哥。"晏贞姑没有转过头，而是背对着唐霄说话，"你……你要保重。"

说完后，头也不回地走入了密林深处。

直到她的身影消失于暗处，唐霄仍呆立原地，良久说不出话来。

少室山的山势巍峨，峰峦挺立，以宽阔石级组成的八里山道逶迤而上，极其宏伟。

赵元奴走在队伍最前方，呆呆地望着山门，心里对少林寺的忌惮又深了一层。她和骆琪花、杨采苓离开登封县后，走了好几日才到这里，皆是因为骆琪花骨伤未愈，才放缓了行程的时间。这一路上多亏了杨采苓的细心照料，骆琪花伤势恢复神速，虽然与人打斗还很勉强，但自己下地走动已无障碍。

又转了几道弯，红墙碧瓦的寺院赫然出现在她们眼前。寺院的正门，是一座面阔三间的单檐歇山顶建筑。建筑坐落在六尺高的砖台之上，门额上提着"少林寺"三个苍劲有力的大字。八字墙外，还竖着两块石坊，镌刻着什么字。可惜年代久远，字迹模糊，赵元奴也无法分辨出来，正瞧得出神，忽然听见身后有脚步声传来。

"来者何人？报上名来！"

赵元奴一回头，便瞧见两个提着齐眉棍的灰衣僧人，一胖一瘦，正向她们问话。胖的面无表情，瘦的面带不豫之色。

"两位长老，可否行个方便，奴家有急事求见方丈。"赵元奴狐媚一笑，娇声说道。

胖僧人见她貌美，面上一红，正待说话，却被瘦僧人抢先道："少林立寺数百年，从不允许女流之辈入寺，女施主请回吧！"

赵元奴听他这话说得毫无回旋余地，也沉下了脸，冷道："瞧不起女子吗？两位长老不是女子所生，敢情是从石头缝里蹦出来的？"

杨采苓怕起事端，忙道："小师父，我们确是有急事求见方丈，眼下形势危机，能否网开一面，让我们进寺见一下方丈？"

"见方丈？"瘦僧人咧开嘴笑道，"方丈是你们想见就能见的吗？我劝三位女施主还是快快下山，本寺有规矩，擅入者严惩不贷！"

"严惩不贷？"赵元奴笑得花枝乱颤，定了定神才道，"奴家今日非要擅入，瞧你们方丈能将奴家如何处罚？"说着双手抽出两把波斯弯刀，交错在身前。

杨采苓见此情景，急道："不可动粗！"

骆琪花却道："和这几个秃驴废话什么，直接杀进去找方丈！"

瘦僧人见这女子上来就要动手，立刻屈起左手小指，放置嘴边吹哨。哨声响过后，边门中又拥出七八名举着齐眉棍的僧人。这几位僧人的灰色僧衣下，隐隐能瞧见隆起的坚实肌肉，可见均是武艺高强的护寺武僧。

为首的青年僧人肤色极黑，头顶文着密密麻麻的天城文，像是把经书抄写在头顶。这僧人双眉倒竖，怒喝道："何人竟敢来少林寺撒野？赶快放下兵器，不然抓你们去山下达摩亭陈明详情，听候方丈法谕！"这僧人是"玄"字辈的高手，法号"玄泓"，乃是当年少林武魁庆慈大师的弟子，武功在青年一辈中极为出色。

赵元奴将双刀置于身前刮擦，笑道："奴家今日就来领教一下天下武宗的高招！"

玄泓见这女子衣着神色皆有几分轻薄，本就心生厌恶，再经她这么言语挑拨，立刻沉下腰马，长棍一抖，直指赵元奴。赵元奴也不惧，立了个后弓马步，双刀一前一后摆开架势，随时准备接招。也许是因为瞧出对方也是个好手，玄泓嘴角微微上扬，猛然冲向赵元奴！

一记朴实无华的"中四平势"横劈赵元奴腰部！赵元奴反应迅速，双刀划了个圆弧，从旁迎架棍势。刀棍相交，一触即分开。齐眉棍有韧性，玄泓双臂一振，棍头犹如一条毒蛇般昂首抽向赵元奴头侧！

赵元奴毫不慌乱，左手弯刀翻转，用刀背挡下这记"点打"，右手刀直劈玄泓。玄泓忙提棍上扬，以棍身中间部分，架住刀刃。谁知那刀身极弯，赵元奴一劈不中，竟又将刀身翻转了一下，往后一拉！这弯刀翻转之后，刀背如钩子般钩住了齐眉棍棍身，她原想将这青年和尚的棍子"钩"走，谁知一拉之下，棍子纹丝不动，反倒是自己的弯刀险些脱手。

玄泓被她一拖，双臂陡然发力，旋转齐眉棍，赵元奴忙收回弯刀，往后退了几步，她这下若不撤刀，弯刀必被绞落在地。

只一招交手，双方均被对方的武技所折服！

两人正待再战，忽然从寺院内及边门处涌出数十位少林寺弟子，皆手持齐眉棍，各个身法迅敏，行走如风，其中不少武功不下于玄泓。

"嚯，来了那么多秃驴，这少林寺原来真是欺负女子的地方！来来来，你们都一齐上吧，奴家又有何惧？"赵元奴性格倔强，嘴上虽这么说，但瞬间被如此之多高手围困，身背也是冷汗淋漓，心跳加速。

两人正要再打，忽闻寺门大开，走出来一位年逾六旬的长眉老和尚，朗声道："玄泓，不得无礼。"这老和尚身子略显瘦弱，但声音却极为洪亮，中气十足。

玄泓忙收棍退下。山门前的武僧分立两旁，让出中间道路给这位老僧。

"三位女施主光临本寺，不知有何贵干？"老僧背负双手，站立在高台上，一副气定神闲的模样，俯视她们三人。

"你又是什么人？"赵元奴也收起双刀，反问道。

老僧双手合十，口中道："贫僧法号'道光'，见女施主身手不凡，未敢赐教姓名？"

"原来是达摩堂首座道光禅师，奴家失敬了！"赵元奴笑道。

杨采苓怕赵元奴又胡说一气，忙快步上前，将事情的前因后果都说了一遍。只是隐去了赵骆二人在刘太公庄上挟持自己一段，毕竟张闲尚在李师师手中，生死未卜。

道光禅师听了杨采苓的叙述，恍然道："原来是柴居士的朋友。"忙令身边小和尚请出柴叔，让她们三人在山门稍作等候。适才出动的僧兵团，也收起了齐眉棍，回归原来的岗位。大约过了半炷香工夫，寺院大门再开，柴叔慌忙从中跑出来，见到杨采苓，瞧她脸色十分难看，劈头就问："杨姑娘，少爷呢？他怎么没和你在一起？"

杨采苓叹惋道："此事说来话长，一言难尽。"

纵然柴叔及时将梁山机密情报送达少林寺，于少林寺有恩，但数百年立下的规矩不可破。道光禅师特别安排了五乳岭上的精舍暂住，还特别嘱咐了一位小和尚替他们带路。到得五乳岭，小和尚分别给她们安排了两间禅房。一切安置妥当后，小和尚这才向四人双手合十，躬身拜别。赵元奴与骆琪花进了一间房，关上门在屋内商议着什么。柴叔则来到了杨采苓的房间，询问她在沈老汉家告别之后发生的事。

这一系列事件，被杨采苓说得险象环生，柴叔也听得绷紧了神经。她讲到在刘太公庄唐霄一去不回，自此没了下落，张闲又被仙音阁抓去做了人质，自己却无力救他时，心里一酸，泪水便在眼眶中打转。

柴叔忙安慰道："杨姑娘，你不必太担心。张闲小兄弟吉人自有天相，待解了少林寺之难，我们便和少爷一起去京城向仙音阁要人。"

杨采苓点了点头，又担心起唐霄来："你说唐霄不辞而别，和我们分开这么久也没上少室山，不会出了什么事吧？"

"少爷武艺高强，普通贼人奈何不了他。这点杨姑娘你可以放心。就怕……"

"就怕什么？"杨采苓急道。

"就怕被梁山泊的人抓了去。"柴叔愀然道，"毕竟《唐门考工记》中所记载的终极武器之密钥，还需少爷本人才能解开。"

这也是杨采苓最担心的。

两人叹息了一阵，皆感到无可奈何。除了待在少林寺，静待唐霄他们，也没有别的办法。杨采苓又问了柴叔来到少林寺后发生的事。原来从沈老汉家出发后，柴叔日夜兼程赶到少林，求见方丈道禅大师。他将机密信笺呈上，由护寺僧兵转交给方丈。证实信笺不假，方丈便允许柴叔入寺。道禅大师曾与兵诛城主唐非君有过一面之缘，得知柴叔身份后，也十分客气，安排得非常周到。还特地派遣了两位武艺高强的僧兵，下山搜寻唐霄和栾廷玉的下落。

"唉，总之咱们的辛苦没有白费，这些日子，少林寺上下加强武备，已作好了接应梁山远征军的准备。"柴叔长叹一声，又道，"只是希望栾大侠他们能够逢凶化吉，早日赶到少林与我们聚首。好了，时间也不早了，杨姑娘你早些休息，明日我再来看你。"说罢就起身离开，杨采苓一路将他送到门外。

目送柴叔远去之后，杨采苓才回到禅房内。她心里挂念唐霄，心系他的安危，想着想着，又是一脸的愁容。她心道："我既已许配给了他，虽未过门，也是半个唐家的媳妇。唐霄若是有什么差池，我独自活在这个世上，又有什么滋味？不如随他一起去了。"杨采苓自小脾气倔强，勉强不了的事，却偏要勉强。她对唐霄的爱情，有几分是情，有几分是固执，恐怕连她自己都难以分清。

正胡思乱想，忽听见有人在外叩了三下门。

推开门，进屋的人是赵元奴。她笑吟吟地走近杨采苓，低声曼语道："让奴家猜猜，杨姑娘在想些什么。是在想你的心上人吧？"

杨采苓转过脸不去看她。其实这一路上三人相处得倒还和和气气，她对赵骆二人的怒气怨气业已消了大半，只是此刻提及唐霄，正说中了她的心事。若是普通女子，必会羞得面红耳赤，而杨采苓性情中有几分执拗，反应也相对冷淡。

"不理奴家也成，这次来是与你商量个事。"赵元奴身子柔软地靠在桌边的椅背上，架腿而坐，双手则搁在白皙的长腿上。

"既然我们已经到了少林寺，就各办各的事。今后还是不要有瓜葛为妙。"

听了她这句冷冰冰的话，赵元奴付诸一笑，道："莫要忘了，你们那位小兄弟，还在我们主上手中。"

杨采苓凤眼圆睁，怒道："你威胁我？"

赵元奴嘴角勾起一抹冷笑，淡淡道："奴家就是在威胁你。怎么样，只需你回答一句，到底助不助奴家？"

"你想怎么样？"

"陪奴家去少林寺，救一个人，再杀一个人。"说话时，赵元奴收起原本嬉笑的表情，忽然变得郑重其事起来。

"杀人？"杨采苓低呼一声，"你疯了吗？这少林寺有多少护寺僧兵，你又不是没瞧见。况且就算没有这些武艺高强的僧兵，咱们一介女流，又如何进得寺内？"

"硬闯少林，奴家自问还没这个本事。"赵元奴突然又笑起来，"不过，咱们可以夜访少林。这样就没人能阻止我们了。"

"我不会武功，你杀人也好，救人也好，我又帮不上忙。"

"你会医术，又懂毒药之学，无论救人还是杀人，总能派点用处。况且骆琪花现在不便动身，所以只好委屈你啦！"

杨采苓先瞪了他一眼，没好气道："什么时候？"

赵元奴将视线投向窗外，道："今夜丑时。"

玄因和尚打了个哈欠，怔怔地望着地上的青石板。

像这般百无聊赖的日子，不知何时是个头。自从梁山泊围攻少林寺的消息传来，全寺上下哗然，大家宁愿相信这不过是江湖谣言。可若真是谣言，全寺的僧兵团又怎会如此警觉，夜巡的僧兵比往日多了十倍不止，就连着戒律院的地牢，也增添了人手。

这玄因和尚，正是其中之一。

原本在戒律院地牢守夜的僧人，每日只需一个足矣，而今却配备了两个。除了玄因之外，还有一个名叫玄苦的小和尚同他一起。也不知吃错了什么药，玄苦闹肚子，今夜不停上茅厕，这地牢值夜的就他玄因一人，连打个瞌睡都不成。

——真希望这种暗无天日的日子快些过去。

他当然不明白水泊梁山何以兴兵讨伐少林寺。梁山和少林，从来井水不犯河水，和尚跟强盗能有什么瓜葛呢？想到这里，睡意袭来，他又忍不住打了个哈欠。

空气中忽地飘来一股清香。

起初玄因并不在意，可随着香味渐浓，他开始察觉到有些不对劲了。

玄因右手提起齐眉棍，左手擒着火把，向地牢的入口走去。走了十几步，他瞧见入口处有一团漆黑的人影，正躺在地上。他举着火把凑近那团黑影，心里一惊，认出地上那人正是师弟玄苦。此情此景，玄因再迟钝也明白，戒律院有闯入者！

他刚想喊叫，却感到双腿一软，踉跄了几步，竟坐倒在地。

——糟糕！中毒了！

可惜为时已晚，他双手支着齐眉棍，想撑起身子，试了好几次都以失败告终。他感到身边的牢房都在围着自己旋转。最后身体晃了几晃，才力竭晕倒。玄因失去知觉后，地牢入口的大门被一只芊芊素手轻轻推开。进来的，正是赵云奴与杨采苓二人。

赵元奴巡视一周，笑道："杨姑娘调制的迷魂香果然不同凡响！"

"快点找你要救的人。"杨采苓并不因为她的夸张而感到高兴，反而有些恼怒。调制迷魂香原非杨采苓本意，实在是不得已而为之。

赵元奴拾起地上火把，往四周牢房里探视。绝大部分被困在戒律院地牢中的，都是本寺犯戒的和尚，其中不乏大奸大恶之徒。杨采苓走在石室内，见墙上刻着不少文字，右侧墙上书写道："饮酒食肉，为佛门之大戒，宜敬谨遵守，不可违犯。盖以酒以夺志，肉可昏神也。"再看左侧，又是一行字曰："女色男风，犯之必遭天谴，亦为佛门之所难容。凡吾禅宗弟子，宜乘为炯戒勿忽。"她心想这佛门戒律如此严苛，普通人自是遵循不了，也难怪会有这么多和尚被关押在此了。

地下室监牢众多，一间一间地寻找，也颇费工夫，其中大部分和尚都因嗅了迷魂香而失去知觉，唯有零星几个体魄强健的青年和尚还在勉力支撑，但已然神志不清。

两人寻了约有一盏茶工夫，忽然从右侧闪出一个人影！她们还未做出反应，那人便长剑一抖，直攻赵元奴，身形极快！赵元奴大骇之下，急向后退，退步之中，又将手中双刀上遮下挡，封住身上要害。火光照耀下，杨采苓好不容易才看清那人的装扮，身披银色扎甲，兽吞状护肩护在两旁，腰腹以内皮外锦质地的束腰紧紧扎实，甲胄外还披着一件绣衫，这乃是大宋禁军精锐的铠甲装备。

——糟糕，只想到了守夜僧人，却忘了还有朝廷禁军驻守在少林寺！

她望向正在激斗的二人，此时赵元奴已抖擞精神，全力应战，两人翻翻滚滚已经拆了十多招，武艺亦在伯仲之间。忽见赵元奴弯刀横劈，刀势猛烈，那禁军将士忙一剑格开，急挽剑花护身，连退数步。赵元奴正待抢攻，却传来一阵银铃似的笑声。

赵元奴一听是女人的笑声，忙道："你究竟是什么人？"

禁军将士取下头盔，夹在手边，笑着道："我就是你要找的人。"

火光射在那人脸上，杨采苓不由发出一阵惊呼。脱下头盔，女子长发披散下来，竟是个不下于赵元奴的绝色美人。只见她容貌清秀，嘴角含笑，双眸神采奕奕，正是当日行刺张叔夜失败，反被韩世忠软禁的梁红玉。

"原来你早就脱身了，怎么没给这群秃驴抓起来？"或许是了解梁红玉这种恶作剧的性格，赵元奴并没有表现得特别惊愕。

梁红玉叹道："说来话长，就算给和尚抓起来，也不会关押在戒律院。莫要忘了，少林寺可容不下女流之辈。"

其实那日韩世忠将她藏在室内，又给梁红玉偷偷跑了，差些给少林寺的护寺僧兵抓住。韩世忠着实无奈，又对她下不了杀手，只得找了一套禁军士兵的战甲让她披上，暂且冒充朝廷军人。此次之后，梁红玉又多次企图刺杀张叔夜，皆被韩世忠巧妙化解，三番四次的失败令梁红玉信心受到严重打击。她深知以自己目前的身手，断无战胜韩世忠的希望，于是只好暂且作罢，日后再谋良策。

适才梁红玉正百无聊赖，在寺中闲逛，她穿着一身禁军装扮，也不怕遇到巡寺僧人。经过戒律院时，忽地听见一阵异响，便下了地牢想瞧个究竟，结果见到了赵元奴与杨采苓。她本就是小女孩心性，看赵元奴神情焦灼，想作弄她一番，于是就有了刚才拔剑相向的那一幕。

时间紧迫，梁红玉与赵元奴互换了消息，将各自的经历简单叙述了一遍。

赵元奴提议道："既然你已脱身，不如我们联手一起去行刺张叔夜，再离开少林寺。"

"这可不行。"

"为什么？难道你不怕主上责罚吗？"赵元奴不解道。

"有禁军大将韩世忠的保护，别说我们俩联手，就算主上亲自来了，也未必杀得了张叔夜。"梁红玉心有余悸地道。

"红玉，几日不见，你怎么替别人说起话来？"

"因为我知道他的手段。"梁红玉若有所思道，"禁军四大将的实力，果然名不虚传。我和骆琪花联手，在他手下也走不过十招。"

赵元奴见梁红玉神色有些古怪，笑道："难不成你喜欢上这个韩世忠了？"

"胡说！"梁红玉怒道，"我恨不能立刻杀了他！"

"是不是这般想，你自己心底有数。"赵元奴瞥了她一眼，淡淡说道。

两人正在说话，骤然间听得杨采苓一声惊叫。她们循声望去，见杨采苓隔着牢房的栏杆，被一名肤色偏黑的壮硕和尚挟持着。这和尚面目狰狞，一双巨手紧紧掐着杨采苓白皙柔嫩的脖颈，仿佛他稍稍使劲，杨采苓的脖子就立刻会被折断。

适才杨采苓见她们同门相遇，聊得火热，自己就放松了警惕，把身子靠在牢房的栏杆上歇息。谁知突然一只毛茸茸的粗手从栏杆的间隙中倏地伸出，紧紧掐住了她的咽喉。

"放我出去！不然我扭断她的脖子！"黑和尚冷眼瞧着赵梁二人，恶狠狠道。

赵元奴一笑，道："你动手吧，奴家和这女子也不熟。"

杨采苓被掐得透不过气来，喘气都费劲，哪有力气去骂赵元奴负义，只有睁眼瞪她。

"你要出来，也没问题，先放了她。"

颇令杨采苓意外，倒是梁红玉替她说了句好话。

"不行，你们先把门给打开。只要牢门一开，我自然会放了她！"

"庆隆师叔，你先放了这位女施主吧。方丈时常教导我们，出家人不得恃强凌弱，任意妄为。切戒逞血气之私，须和顺温良才是。"这时，隔壁牢房也传来说话声。那声音清澈沉稳，语速不疾不徐。

"我要杀她，与你何干？"名唤庆隆的和尚怒道。

"你这般毁坏少林清誉，作为少林弟子，小僧自然要出言劝你。苦海无边，回头是岸。方丈让我们在这戒律院中反省过错，是为了我们的修行好，是让我们认识自己的过错，师叔又何苦这样执迷不悟呢？"

"我不要听！我不要听！"庆隆厉声喝了两句，举止癫狂。

趁他发狂之时，赵元奴与梁红玉对视一眼，均明白对方的意思。梁红玉故意朗声道："小师父，你就别再劝这人啦！我瞧他疯疯癫癫，就不是正常人。"她说话声量之大，足以将庆隆注意力吸引到她身上。赵元奴提着弯刀，贴着牢房缓步向杨采苓移去。

"你说我疯子？若不是道禅这老贼，我又怎么会疯？啊？"

庆隆怒火极盛，手上加力，杨采苓被他掐得只有出的气，没有进的气，眼看就要不行了。

"师叔，你快快放手，这姑娘就要被你掐死了！哎，你怎么就如此顽固呢？要是她死在你手上，方丈是绝不会饶过你的！"隔壁那和尚言辞恳切，显然是真的担忧杨采苓的安危。

"用不着你管！难道我还怕道禅老贼不成？"庆隆额头青筋暴起，越说越怒不可遏。

赵元奴悄声来到杨采苓身边，庆隆因为人在笼里，情绪又处于癫狂之中，无法看清赵元奴的位置。赵元奴缓缓提起手中弯刀，深吸一口气，蓦然出刀挥砍下去！

银光一闪，一条粗壮的手臂随着刀势被劈上半空，手臂根部还连着一串血滴！

赵元奴眼疾手快，一刀将庆隆挟持杨采苓的手臂砍断！庆隆吃痛大喊了几声，晕了过去。杨采苓跪在地上，双手护住咽喉，大口喘着气。若赵元奴的刀迟一会儿，恐怕她就真得去阴曹地府报到了。

梁红玉走到隔壁牢房，见刚才出声之人乃是一位身材中等的方脸和尚，约莫二十来岁年纪。和尚目睹了赵元奴出刀断手的绝技，惊得张大了嘴，半天没缓过神。

"小师父，看来你是个好人。怎么会被关在这种地方？"梁红玉疑道。

青年和尚讷讷道："小僧也犯了错，虽然小僧都不记得了，但听方丈所言是大罪。所以在这戒律院伏法。"

"你自己不记得了？"

"是的。"

"你就不怕是这群秃驴合谋诓骗你？"

"这绝不可能！"青年和尚忙解释道，"方丈大人胸怀宽广，是得道高僧，又怎么会编织语言来哄骗小僧？只是小僧身有顽疾离魂症，又有魔罗附体，待在戒律院让各位师兄弟看守，才是最安全的。"

"魔罗？"杨采苓默默重复这两个字，总觉得在哪里听过。

"对了，你叫什么名字？"赵元奴问道。

"小僧法号玄武。"

"咔嚓"一声，梁红玉用手里的剑斩断了拴住牢门的锁链。

"女施主……你……你这是做什么？"玄武见锁链断了一地，急得快要哭出声来。

梁红玉长剑一挥，道："你随我们走吧，这少林寺不讲道理，不留也罢！"

"不行，不行！女施主，你们快些把锁链给我拴上，快快离开此地。我怕'他'来了伤害你们，你……你们抵挡不住的！"玄武忽然栗栗自危，脸也吓成了铁青色。

"谁来了？"赵元奴也不明白。

"小师父，刚才多谢你出言救我。"

话才出口，杨采苓就想起被囚禁在戒律院的"魔罗"，便是大闹少林寺的失心疯高手。但也不确定是不是眼前这位小和尚，犹豫着该不该说出来。

"走啊！快走啊！"那玄武像驱鬼一样对着她们挥手。

三人你看我，我看你，皆不明白他何以如此，内心十分费解。

玄武伏在地上，哭泣道："快，快把牢门拴上，我求求各位姐姐，'他'一来，我不知道会做出什么可怕的事来！"

梁红玉推开牢门，弯腰去扶他，可刚伸出手，玄武的哭声蓦然止住。

一股不祥的预感涌上梁红玉心头。

这就是武者的直觉！

只见玄武的手以快若闪电的速度盘上梁红玉的手臂，然后将她整个身子往前一拖，再用肩部一撞。两人肩胛骨对碰，只听"咔"的一声，梁红玉肩骨迸碎，整个人飞出牢门。赵元奴见此情景，大惊失色，但也反应极快，出手去拔腰中弯刀。可手刚伸到腰边，就被玄武一脚踹开，胸口被一记刚猛的直拳轰中，肋骨断了三根，人向后倒去。

弹指之间，这先前文弱的小和尚就废了仙音阁两大高手！

杨采苓这才确定，此人正是那个习得"七十二路罗汉手"的"魔罗"，瞬间惊得花容失色，不知该如何是好。

"嘿嘿，我还真要多谢你们。"玄武如同变作了另一个人，高高扬起下巴，面容也变得极为凶横，"这么多年暗无天日的日子，我也总算是待够了。"

"你……你不能走……"杨采苓冲口说出。

她不知道自己为何要说这句话，梁红玉和赵元奴都已昏迷，眼下她连半个帮手都没有。

玄武转过头去看她，见杨采苓抿着薄唇，嘴角一对酒窝若隐若现，眉宇间似嗔似怨，又惊又惧，有一股说不出的韵味，不由心神一荡，脸上发烫起来。杨采苓见他古怪的表情，以为他起了杀心，但她生性倔强，索性把心一横，惧意登时减弱不少。

"你跟我走吧。"

"你说什么？"杨采苓愣了一愣，才反应过来，"我为什么要跟你走？"

"因为……"玄武也说不出个所以然，随口道，"因为我要拿你做人质。"说着便伸手去抓杨采苓。杨采苓不会武功，挣扎了几下，就被他制服。玄武在桌上取了一根绳索，将她反手捆绑起来，提着走出了地牢。

杨采苓悻然道："你要带我去哪里？"

玄武并不答话，只是催促她快走。此时玄武若真下手杀她，也就一闭眼、一咬牙的事。可被这怪和尚抓了去，就不知道会受什么样的罪了。杨采苓此时只盼怪和尚一刀杀了自己，否则受尽羞辱折磨再死，那可真是死不瞑目。

第十一章 十字坡酒家

　　出了戒律院，玄武带着杨采苓在寺院中穿梭，如入无人之境。杨采苓手脚被缚，整个人被玄武提着往前走，瞧上去毫不费力。她虽是女子，但体重也有七八十斤，这和尚身上扛了个成年人，脚步却依旧轻捷如常，可见其力量之充沛，完全不像常年待在牢狱中的样子。

　　两人出得山门，见两名禁军将士正在闲聊，玄武冲上去一人一拳放倒，从他们手中夺来了一匹马。玄武将杨采苓放上马背，策马向山下奔去。马蹄腾飞之间，鞍上颠簸得也特别厉害，杨采苓脸面朝下，腹部在鞍上来回震荡，忍不住"哇"的一口将胃里的食物吐了出来。玄武见她如此，毫不在意，兀自扬鞭催马。杨采苓被震得不行，干吐了几口，便晕了过去。

　　待她再次醒来，已是第二日的清晨。空气中充盈着新翻泥土的气息。

　　杨采苓睁开眼睛，见一身灰色僧衣的玄武背她而坐。他们置身在一条林间小道，看来玄武为了躲避少林寺的追击，避开大路，只取山野荒林而走。

"喂，你究竟想做什么？"杨采苓挣扎了一下，发现手脚上的绳索不见了。

玄武回头过来，瞧了她一眼，面色一红，道："你饿不饿？"他手里拿着半块炊饼，作势要递给杨采苓。

"不饿，你留着自己吃吧！"

也许是捆绑的时间太久，杨采苓的手腕微微泛紫，她双手不停搓揉着腕部，帮助活血。

她说不吃，玄武也不强求，把炊饼送到嘴边，大口嚼起来。

杨采苓本想骂他两句，但见此人武艺高强，于是心想好汉不吃眼前亏，暂且哄着他，便温言道："小师父，不如你放我回少林寺吧？我和你无冤无仇，你抓我做什么？"

"你放心，我不会伤害你。"玄武将一小块炊饼丢进嘴里，"待我到了安全的地方，自然会把你给放了。不过在此之前，你最好别给我要花样。"

不知何故，杨采苓觉得这人并没有骗她。

"好吧，既然如此，我也认命了。"杨采苓拍了拍身上的泥土，站起身伸直双手，舒展腰肢，伸了个大大的懒腰。

玄武好奇地看着她，问道："你不怕我了？"

"怕你？"杨采苓摇摇头，"我什么场面没见过？你至多把我给杀了，不过杀了我之后，会有人替我报仇，把你给杀了。"

"这世上，还有谁杀得了我？"

"多着呢，我的夫婿是兵诛城的少主，你若是撞上他，任凭你武艺再高也要败在他的手上。"想起唐霄，杨采苓脸上洋溢着幸福的神色。

"你成婚了？"玄武脸色唰地变了。

杨采苓摇摇头，叹道："我和他虽有父母之命，媒妁之言，但尚未成婚。他……他不愿意娶我，可我不管，只要活在这世上，我总有法子叫他娶我为妻。"

玄武松了口气，旋即疑惑道："这也奇了，人家不想要你做老婆，你一个女子，怎地不知廉耻，硬要嫁给他？"

"你才不知廉耻！"杨采苓大声道，"为何世上的男子可以随意追求爱慕的女子，女子这么做，就是寡廉鲜耻？难道终此一生，嫁与自己不爱的人，便是理所应当的？世间女子皆是如此，我偏不！"

她这一番话说得理直气壮，玄武一时也辩驳不了，笑着赔罪道："是我不知廉耻，行了吧？那我且问问你，你哪位夫婿，兵什么城的少主，你欢喜他哪一点？"

杨采苓歪着头想了半晌，为难道："我还真被你问住了。我究竟爱他哪一点呢？这人缺点多得不行，平素做事说话都没个正经，武功说高也不高，歪门邪道懂得倒是不少。唉，我真不知他有什么地方可让我喜欢的。"

"你们女人真是奇怪。"玄武露出不解的表情，"既然都是缺点，为什么又要嫁他？"

"喜欢一个人，又不是做买卖。说不出哪里好，就不能喜欢吗？"

玄武苦笑着摇了摇头，指着地上剩下的几个炊饼，问道："你真的不吃吗？"

"好吧，我吃一个。"杨采苓说着拿起一块炊饼，咬了一口。

昨日在马背上把胃里的东西都给吐了，杨采苓眼下已是饥肠辘辘，饿得不行。刚才拒绝玄武，完全是碍于面子。

"我叫杨采苓。杨是杨树的杨，采苓是取自《诗经·国风》，采苓采苓，首阳之巅。你叫玄武对不对？"

玄武点了点头。

杨采苓继续道："你离开少林寺之后，准备去哪儿？"

"我准备去杀一个人。"

"杀谁？"

"宋江。"

杨采苓一怔，继而追问道："你为什么要杀宋江？"

玄武怅然道："我原本俗名叫袁小北。五岁那年，我们村庄被一伙儿山贼洗劫，惨遭屠村，我亲眼见到他们用刀割下了我爹爹的脑袋，在我和姐姐面前强暴了我娘。当时爹娘将我和姐姐藏了起来，故而山贼没有发现我们。他们走之后，我和姐姐两人一路乞讨，最后实在是要饿死了，姐姐才将我送来了少林寺，做了和尚。至少和尚有饭吃，不至于饿死。后来，姐姐为了生计，去了青楼。"

杨采苓插口问道："杀你父母的山贼，就是宋江一伙？"

玄武摇摇头继续道："听下去，你自然会明白我何以要杀宋江这厮。姐姐去了青楼，也常与我书信往来，偶尔会寄一些衣物与我。过了几年，她被当地的一个通判瞧上，做了小妾，日子过得倒也不错。那通判名叫黄文炳，当地人给他起了个绰号，叫'黄蜂刺'。他因为在浔阳楼上发现宋江题写的反诗，向知府告了密，得罪了宋江。梁山贼寇劫法场救下宋江后，宋江这厮便带着人去了黄文炳家，见一个杀一个，见两个杀一双，女人和小孩都不放过，把黄文炳一门内外大小四五十口尽皆杀了，不留一人，其中也包括我的姐姐。"

经他这么一说，杨采苓倒是想起了这件事。当年梁山泊主还是晁盖当家，为了救宋江，起兵攻打江州，劫了法场，战胜无为军。这事轰动一时，水泊梁山之名也是那时候开始渐渐为世人所知。在大家传颂"好汉"之名时，又有谁会想到，像玄武的姐姐那样的女孩，如此年轻的生命，竟被一群狂徒不分青红皂白地夺去了。

"你在少林寺学武，就是为了杀宋江吗？"杨采苓又问道。

"当然不是，在少林的武艺，是我偷学的。我原是在藏经阁扫除的小沙弥，师尊是庆丰法师。要知道，就算是少林寺的弟子，也不是每个人都有资格研习少林寺的武术，起初我只是好奇，师兄们练武，我就在旁观看。后来渐渐发现不少师兄的资质不高，师叔们反复教习的动作都学不会，而我在一旁都悄悄学会了。再后来，我发现自己有习武的天赋，碍于寺规，我是终生无法修行少林武术的，既然如此，我不如自学。当时也只不过一时兴起，少年心性，谁知一发不可收拾，十数个春夏秋冬，半个藏经阁的武艺我都已学会。"

杨采苓知道，习武和学医、刺绣、书法，甚至踢蹴鞠一样，都需要天赋。这世上总有一部分，在某些领域有过人的天赋。这种人，就是这个领域的奇才。

"这么看来，你可是一个武学的奇才了？"

"是不是奇才我不知道，那些少林武艺，简单的武艺，我一两日便可以学会，稍微复杂的，也只需十天半个月，我就能吃透。"

"我听龙虎宗的祝道长说起过你，当日达摩堂大校，你为何要击杀'武魁'庆慈？杀人之后，又为何不认？"在听这个故事的时候，杨采苓便是一肚子问题，如今遇见当事人，正好把当时的疑惑讲出来，让玄武亲自来答。

玄武冷笑一声，道："你以为这个庆慈是好人？不过是个阿谀奉承的小人罢了！他在方丈面前一套，背地里又一套。被他欺压过的师兄弟们，都不敢言语。若是被他发现了，轻则一顿毒打，重则捏造罪责，打入戒律院地牢。他仗着武艺高强，不知害了多少同门，这口气不出，我枉学一身本领。达摩堂大校那日，我原本不打算杀死庆慈，却一时用力过猛，失了手。再者我偷学武艺，被抓了去就是死路一条，所以拼死突围时，又失手伤了不少同门师兄弟，唉，实在非我所愿。"

杨采苓又问道："那为什么突然罢手，让他们抓你回去呢？我听祝道长说，你几乎已杀出山门，可以离开少林寺了。"

"因为我有离魂症！"玄武瞧了杨采苓一眼，鼓足勇气说道。

回忆起玄武在地牢里疯疯癫癫的模样，杨采苓大惊道："世间竟真有这样的怪病？"

杨采苓在药王谷学医时，经常在父亲杨介的书房看古本医书。其中曾有一本医书中记载着这种名为"离魂症"的奇病。杨采苓还记得，书中记载：人有心肾两伤，一旦觉自己之身份而为二，他人未见而己独见之，人以为离魂之症也。古代医师认为，患有离魂症的人，身体中有两个魂魄，互能沟通，但外人不得见。两个魂魄随机主宰肉体，是以在外人看来，患离魂症者，言行举止古怪之极，刚说完的话转头即忘，做过的事转眼就不承认。

"我的身体里，有两个'我'，互相之间可以交流，但记忆却无法共通。杨姑娘，和你说这些话，你一定认为我是个疯子吧？"

"不，你这离魂症我在书上见过。需喝摄魂汤才能治好。只可惜这摄魂汤的配方已经失传，不然的话我倒可以按方子配制一碗，给你治一治病。"杨采苓心想，若是要配制摄魂汤确实比较难，不过也不是完全没有法子。古方既然失传，她亦可以按照病患的状态，自己琢磨调配一个方子。

玄武摆了摆手，道："你的好意我心领了。我这病根，是年幼时目睹父母惨死时种下的。不杀了宋江，我这病就好不了。"

"你虽然武艺高强，但毕竟只有一个人。单是那玉麒麟·卢俊义，便被誉为'万人敌'，出道至今未有败绩。况且水泊梁山有一百单八个好汉，每个人都有独特的本领。你贸然上山行刺宋江，成功概率有多少，你心里应该清楚。"杨采苓听了玄武的身世，对他的同情多过厌恶，是以出言相劝，泼一泼冷水。

玄武不甘道："他们人多，我人少，难不成就算了？"

"你需要同伴。"杨采苓说着，挺起胸膛，高声道，"我可以做你的同伴！"

"就你？"玄武想起她手无缚鸡之力的模样，不禁哑然而笑。

杨采苓见玄武瞧她不起，气得蛾眉倒竖，杏眼圆睁，双手叉着腰道："你个臭和尚，竟瞧不起本姑娘！我可是药王谷杨介的女儿，天下没有我治不好的病、解不了的毒！怎么就配不上做你的同伴了？"

玄武止住笑意，道："你一个女子，和我一齐与梁山泊作对，你当真不怕？"

杨采苓见他小瞧自己，便将自己从药王谷直到戒律院的遭遇，添油加醋吹了一番。玄武听得津津有味，听到唐霄斗李应，栾廷玉杀孙立，他还不由得击节叹赏，激动之情溢于言表。

"祝家庄教头栾廷玉之名，我在少林寺亦曾听过，果然是条好汉。"玄武意犹未尽道。

杨采苓叹道："只可惜栾大哥与三娘现在是生是死都不知道。"

其实离开东京的时日已不短，他们至今还未赶到少林，杨采苓也觉得他们凶多吉少。但这种念头在心中亦是一闪而过。她与栾廷玉出生入死多次，内心深处还是坚信他们可以转危为安，逢凶化吉。

两人正说话间，忽然听见一阵杂乱的脚步声从山下而来。

玄武拖着杨采苓的手躲入林中。只见一队二三十人的队伍从他们眼前经过。这队人穿着紫色上衣，身上配着长枪短刀，胸口缝有一个大大的"炽"字。

"这是五匪之一，张仙的敢炽军。这厮是大宋甲仗库的叛军，善用火器，梁山泊的头领**轰天雷·凌振**也曾是他的旧部。眼下他们也向宋江俯首称臣，梁山联盟又多了一支生力军，少林寺危矣！"玄武盯着这队人马，低声说道。

"你怎么知道这些江湖中事？"杨采苓好奇道。

"少林寺虽是佛门清修之地，却也有不少好事者。一些武僧回山，总会将江湖上发生的事，趁着师父们不在，添油加醋讲给同门听。"玄武如实答道。

待敢炽军的先锋小队走远后，他们才从林中现身。

玄武面露忧色，坦言道："如今少室山已被梁山远征军的先锋部队团团围住，我也是费了好大劲才下得山来。看来这次梁山攻打少林投入的兵力不小。"

他虽被少林寺视为魔罗，关押数年，但毕竟从小在寺里长大，对少林寺那种复杂的感情，不是普通人能够理解的。眼见自己成长的所在将被仇敌的军队覆灭，玄武心中也很不是滋味。但他又不能回山助阵，回到少林，他的归宿唯有戒律院的地牢。

"喂！你们两个是什么人？"从树林中又走出两个手持朴刀的喽啰，两双贼溜溜的眼睛上下打量玄武和杨采苓，看打扮与方才的敢炽军不是同一路人。

杨采苓回头一看，见他们只有二人，便松了口气，道："我们是良民。"

"良民？"其中一位长了一张马脸的喽啰笑道，"光天化日之下，和淫僧搅和不清，还敢说自己是良民？嘿嘿，你们究竟在做什么见不得人的勾当？若不说清楚，俺便要把你们都抓回去，好好拷问一番！"

另一位长得像松鼠的男子不满道："骸鬼大人让我们寻唐霄，你跟这和尚女子纠缠什么？赶路要紧！"

听见那人说到"唐霄"二字，杨采苓身躯一震，望向玄武。

马脸喽啰道："这和尚行踪可疑，说不定是从少林寺下山，给朝廷军风报信的奸细。若不好好盘问，真出了问题，这责任你担得起吗？骸鬼大人也就罢了，让孙列大人知道咱们办事不力，非要了咱的命不可！"

松鼠男听他这么一讲，顿时闭了嘴。

两人叽叽喳喳，听得玄武好不耐烦，朗声道："佛爷我今日心情不好，你们两个杂毛快快滚，饶你们一条狗命。"

马脸喽啰怒道："秃驴，竟敢对我们出言不逊，信不信我现在就砍了你？"

说完两人便抽出朴刀，摆开架势。

杨采苓在一旁，低声对玄武道："小师父，把他们打趴下，拷问一下唐霄的下落。"她见过玄武的身手，仙音阁的刺客都不是他的敌手，何况这两个喽啰。

可就在此时，玄武忽然愣住了。适才从容的表情荡然无存，取而代之的是惶恐不安的模样。他看了看杨采苓，又看了看两位持刀喽啰，竟一时说不出话来。

玄武瑟瑟发抖道："小……小僧怎么会在这里，糟糕！难道'他'

又逃出来了？女施主，这两位好汉何以拿刀对着我们……"

杨采苓诧道："小师父，紧要关头，您别和我开玩笑啊……"

她心里暗暗骂他，这离魂症早不发作，晚不发作，偏偏在此关键时刻发作！

"他妈的，果然是少林寺的秃驴！乖乖跟我去见骸鬼大人，不然要了你的小命！"马脸喽啰上前，一脚踢翻玄武，用牛筋绳将他双手绑了起来，松鼠男则去捆杨采苓的手。

两人灰头土脸地被反绑双手，押着去见他们口中的"骸鬼"大人。一路上听这两个喽啰吹嘘，才知道他们是夜行者麾下的贼寇，而那位骸鬼，便是阎帝孙列手下八部鬼帅之一的拳术天才，骸鬼·琼妖纳延！

这琼妖纳延原是暹国国主的宫廷武士，因犯了误杀同僚的罪，逃至宋国境内。他起初来到开封，语言也不通，只打着手势，要点饭菜吃。在街头因与人斗殴，进了牢狱，却被孙列撞见，悄悄买通了衙门，将其招入夜行者军团。

他们向西走了几里路，来到一处僻静的平地，见远处疏疏落落几座房舍。这些屋子的主人都已不知去向，马脸喽啰挑了一间空屋，将玄武和杨采苓推进去，然后离开，去找琼妖纳延。门口由另一人把守，以防他们逃走。

玄武惊得额头直冒冷汗，口中不住念道："要对十方师忏谢。然始除灭。今诵大悲陀罗尼时。十方师即来为作证明。一切罪障。悉皆消灭。"

杨采苓见他念念有词，却听不明白，不知他在念《大悲心陀罗尼经》祈祷平安。

"小师父，你别念叨了，快想想办法让我们脱身！"杨采苓听他念个没完，有些恼怒。

玄武为难道："阿弥陀佛，门口有人守着，手脚也给绑住了，小僧实在想不出办法。眼下只能祈求佛祖保佑了！"

杨采苓道："那你让'他'来和我说话。"

玄武听明白了，摇头道："不行，小僧沦落到被打入戒律院地牢，皆是因为'他'闯出的祸。要'他'出来，也必须等小僧回到地牢中才行。"

杨采苓急道："你还想回戒律院的地牢？"

玄武点头道："那当然，人对自己所犯下的罪孽，不能逃避，要正视它。回到戒律院后，小僧会向方丈说明缘由，相信方丈也会原谅小僧的。"

杨采苓道："首先，你得有命回去。等他们口中的那位骸鬼大人来了，一人一刀结果了我们，怎么办？"

玄武淡然道："生死无常，万法都是因缘所生，死并不是生命的终结，而是随着神识，由业力辗转往复，女施主又何必执迷于生死呢？"

杨采苓从未见过如此迂腐之人，正气得讲不出话来，门就被推开了。

走进屋里的是一个身形高瘦的番僧，此人肤色极黑，手长脚长，高眉深目，长相极为怪异。他用一双略微突出的眼球俯视玄武和杨采苓，像是一条黑蟒在审视猎物一般。

"你就是骸鬼·琼妖纳延？"杨采苓被他瞧得心里发毛，因而把心一横，瞪了回去。

"正是鄙人。"番僧伸出长舌舔了一下嘴唇，说话口音很怪。

"果然人不人，鬼不鬼！"杨采苓说完，还笑了两声。

玄武惊道："杨姑娘，你这么说话，他会生气的，万一把我们杀了怎么办？"

杨采苓学着刚才玄武的语调，缓缓说道："死并不是生命的终结……既然不是终结，那你还怕什么？"

玄武哭丧着脸道："这……这怎么能混为一谈呢……"

琼妖纳延并没有将杨采苓刚才嘲讽他的话语放在心上，而是盯着玄武瞧了半天，道："你是少林寺的和尚？"

玄武战战兢兢地回道："小僧……是少林寺的……"

这个答案似乎很合琼妖纳延的心意，他眉梢往上扬起，整张脸忽然舒展开来。

他很高兴。

琼妖纳延又问道："你是武僧吗？"

"武僧？"玄武忙摇头否认，"我只不过是藏经阁扫除的和尚，并不是僧兵团的武僧。"

这句回答令琼妖纳延有些失望，他又皱起眉头。

"不是武僧，那就很无趣了。"琼妖纳延招呼屋外的喽啰进屋，指着玄武和杨采苓，交托道，"我走之后，这两人随你们处置。"

杨采苓见那马脸喽啰一副眉飞色舞的模样，便知道要糟，落入这人手里，还不如让琼妖纳延打死。她瞥见琼妖纳延的双手骨节突出，又满布厚厚的老茧，便确定他是用拳的高手，而且是个武痴，忙喊道："他是武僧！不只是武僧，还是少林武魁！"

话甫出口，琼妖纳延便收住了正往门外跨出的右腿。

——少林武魁？

杨采苓见他有兴致，火上浇油道："正是！我听说你练的是暹国拳术吧？想必你也听说过'拳出少林'的说法，比拳，天下还没有强过少林的！"

　　琼妖纳延双目精光大盛。作为一个武痴，没有比遇到拳术高手，更令他兴奋的事了，而况又是少林拳！

　　玄武吓得身子缩作一团，颤声道："打败少林武魁的人是'他'，不是我！我完全不会武功啊，杨姑娘，我与你无冤无仇，你何必这样害我？"

　　杨采苓鼓励道："不这样，我们都得死！小师父，你快想想办法，把'他'逼出来，或许我们还有一线生机！"

　　"把他身上的绳子解开。"琼妖纳延一指玄武，命令喽啰道，"我要和他打！"

　　自负拳术无敌天下的琼妖纳延，从小在暹国研习八骸体术，并在当地击败数位高手。来到中土后，受孙列邀约，加入夜行者军团，成为头领，位列八部鬼帅。从他踏入中土那一天起，就不断听人提到少林拳，而他所研习之八骸体术，往往被人认为歪门邪道，远不如天下武宗的正宗拳术。

　　如今借此机会，正好见识一下真正的少林拳！

　　琼妖纳延褪下身上的宽袍，露出一身纹理深刻的古铜色肌肉，两条手臂如同钢条一般紧实，手臂骨节突出，手腕处用白色布条裹腕，扎得很紧。这一双拳头，不知沾染了多少鲜血，才能拥有如今这般力量。裹完白布，琼妖纳延向前挥了两拳，拳风呼呼，劲道十足。

　　再看玄武，身上的绳索虽已去除，但却表现得毫无战意。他双腿不住颤抖，站稳都费劲，更何况与人性命相搏？还未开战，气势就弱了几分。

　　两个喽啰站到一边，神情肃穆，不发一言。他们曾在战役中见识过琼妖纳延的拳头，其威力不下于他们手中的兵器。

骸鬼大人的拳脚，甚至比兵器还要可怕！

琼妖纳延摆了个拳桩，两拳一前一后，左脚前踏踮步，身体略偏，头稍向下低，紧收下颌，目光注视着对面的玄武。暹国拳术中，左手常在前，谓之"左先锋手"，用以探敌，右臂肘屈，有保护咽喉要害之意。

反观玄武，神态惊惧之极，双手不知该放哪里才好。

两人相对站立了半晌，琼妖纳延见玄武并无动作，右脚蹬地，率先急步冲了过去。奔跑中，琼妖纳延的髋部和肩部沿逆时针方向扭转，带动右拳从右向左沿弧线击出！

刚猛的摆拳挟着劲风扑面而至！

玄武眼前一道黑光闪过，脸腮猝然中拳，随着一声清脆的响声，面上的皮肤被打得破裂开来，整个人向一侧倒去！但琼妖纳延并不打算就此罢休，整个身子腾空跃起，右脚踩着玄武的胯部借力，膝盖夹紧，脚背绷直，一记刚强的"膝撞"轰中玄武的头侧！

玄武被击中后，脑内犹如撞钟般轰鸣起来，一连受到两次致命攻击，就算他身体素质再佳，亦是承受不住，当下便崩倒在地。玄武身子在地上抽搐不停，口中吐着白沫，眼看就要活不成了。

琼妖纳延收招，瞧着躺在地上的玄武，这位少林武魁的表现，令他大失所望。

闻名天下的少林拳竟然如此不堪一击？

"小师父，你没事吧？"杨采芩本以为武斗可以唤醒另一个"玄武"，谁知竟连累他差些丧命，心中自责可想而知。

玄武无法回应她，刚才两记连环杀招，已令他神志不清。

她怒视琼妖纳延，喝道："你……你有没有人性？怎么一开始就用这么狠毒的招数？"

武痴琼妖纳延无视杨采苓的质问，他本以为可以在这个和尚手中，领略天下最精妙的拳术，谁知竟如此不堪一击，再也不愿意理睬他们，头也不回地踏着大步离开房舍。

瞧着琼妖纳延走出房门，杨采苓心里便大喊要糟。她天性聪慧，见马脸喽啰方才那猥琐的表情，就猜到了他的心思。她不怕被一刀杀死，怕的是死前还要遭到这两个腌臜泼才的羞辱。眼下玄武是靠不住了，能靠的唯有自己，紧急时刻，她忽然计上心头，双手被缚在后，去摸腰间的火折子。

两个小喽啰确认琼妖纳延已走远，便放大了胆子。马脸喽啰不住搓着双手，对杨采苓嬉笑道："这么个大美人，死了可惜，不如和本大爷快活快活！"

另一个喽啰也非善茬，起初只是怕骷髅大人责罚，而今听到大人说这女子任由他们处置，也心生邪念，一双贪婪的眼睛上下端量杨采苓。

杨采苓吓得面青唇白，慌张道："你……你们想做什么……不要过来！"

"想做什么？"马脸喽啰弯下腰，把脸凑近杨采苓，"本大爷想一亲姑娘芳泽，试一试做神仙的滋味，哈哈哈！"

另一个长得极像松鼠的喽啰也跟着放声大笑。

杨采苓与他丑陋的面孔相距不过数寸，眼见他满口黄牙和熏天口臭，胸中顿起恶心，差些就将吃的炊饼呕出。她背后就是砖墙，避无可避，只能闭目侧脸，强忍作呕的感觉。

马脸喽啰见她一脸嫌弃，不满道："你虽然美若天仙，但大爷我也是英俊潇洒，器宇不凡呢！瞧你这模样，似乎怪我配不上你？不行，对本大爷如此无礼，必须给你个教训，先亲上一口再说！"

言罢便噘起臭嘴，作势要吻杨采苓的脸。

"什么味道？"松鼠脸鼻翼翕动，在半空中嗅着什么，"怎么这么香？"

马脸喽啰厌烦道："美人身上有香气很正常，大惊小怪什么？没见识！"他甫说完话，只觉得眼冒金星，天摇地动，一个不稳坐倒在地。他强忍头晕，但越是如此，晕意越是强烈，他用余光瞥见松鼠脸扑在地上，没了动静，自己也是双目一黑，晕厥过去。

原来杨采苓见形势危殆，忙从腰中取出火折，在背后点燃半只迷魂香。两个喽啰心思全在她的身上，想她双手反绑，玩不出花样，也就没在意。这迷魂香药力极强，若不是杨采苓屏住呼吸，自己也不免中招。

迷晕两个喽啰后，杨采苓跑出房舍，大口呼吸室外的新鲜空气。待眩感渐退后，才返回屋子，取了朴刀，割断了绳索。她看着地上昏迷的两人，本想一刀一个，结果他们的性命，但终是不忍，因此只取了绳子将其捆绑在柱子上，没害他们性命。至于玄武，她原想一走了之，自己回少林寺，又想若是琼妖纳延返回来，这玄武焉有命在？反复思量，还是决定救他。

杨采苓取出一颗清凉丸塞入他的口中，撕了喽啰的衣服，制成布条，抹上消炎的草药，给玄武的头部做了简易的包扎。正巧屋外有两匹白马，大概是喽啰的坐骑，杨采苓牵来一匹，把玄武驮在马背上，又牵另一匹给自己骑，手里则擒着两匹马的缰绳，往少室山的方向，按辔徐行。这样行了约莫半个时辰，她觉得有些困乏，就停下来歇息。

她靠在树上小憩到西牌时分，听见身边有响动，醒了过来。原来玄武神志缓缓恢复，口中正不住地呻吟。他半睁开眼，扫视一圈，末了目光定在了杨采苓身上，低声问道："女施主，敢问我们这是在哪里？"

杨采苓提醒道："别乱动，你的颅脑受到重创，需要静养。幸亏你年富力强，换作普通人，早被那骷髅鬼一脚踢死了。"

"咱们从强盗手中逃出来了？"玄武颙然而笑，双手合十，"阿弥陀佛，多亏有佛祖保佑，才使你我二人遇难成祥！"

"天色不早了，我们找个地方先住下，明日再上少林寺吧！"

"也好，不过这里方圆十里渺无人烟，上哪儿寻过夜的地方呢？"玄武挠了挠圆滚滚的光头，顿时没了主意。

杨采苓踏在一方高地上，向远处凝望，只见远远的土坡下有数间草房，傍着溪边柳树的草房前，挂着一幅酒帘。她往那儿一指，喜道："小师父，你看，那里不是有个酒店！"玄武顺着她所指的方向瞧去，果然是一处升着袅袅炊烟的酒家。

两人牵马下岭，见到酒店前有一株大树，树干极粗，四五个人也抱不下，上面都是枯藤缠着。走过大树边，就能看见那个酒店。

酒店门前的窗槛边上，坐着一个年约三十出头的妇人。这妇人虽容颜娇媚，眉宇间却有一股凶狠劲。她鬓边插了朵艳红野花，身上披着一件绿纱衫儿，敞开胸脯，露出桃红纱主腰，下面系一条鲜红生绢裙，一只芊芊细足翘在腿上。

妇人瞧了一眼他们，娇声呼叱道："客官，来歇脚吗？本店有好酒好肉，还有好大的肉馒头！"

玄武抬起头，见酒店挂一块木匾，用笔粗粗写着"十字坡酒家"五个大字。他心想，这十字坡不是在孟州道上，怎么开来了这里？

杨采苓询道："店家，今夜我们想住一晚。你这里有好酒好肉，尽管拿上来。"她这一整天就吃了个炊饼，此时早已饿得发昏，只想快点用饭。

"汉子，来了客人，快招呼一下。"妇人说着便起身将他们引入店内，态度十分殷勤。

"好嘞！"屋内那人应了一声，声音粗粝。

他们走进店内，挑了一张柏木桌坐下。这时走来一个汉子，三十五六年纪，瘦面微须，头戴青纱凹面巾，身穿白布衫，腰里系着个缠袋。

"客官，打多少酒？"白衫汉子笑嘻嘻地问道。

杨采苓回道："我们不喝酒，来一壶茶就可以。这位小师父是出家人，肉吃不得，来两碗素面吧！"

只见那妇人笑容可掬道："小师父不吃肉，姑娘您总不是出家人吧？好大的肉馒头，是本店的特色，要不来几个尝尝？"

杨采苓见她如此热情，不便回绝，便道："那就拿两个吧。"

白衫汉子记下后，转身进了厨房，去做准备。妇人却不走，立在原地与杨采苓他们东拉西扯地说闲话。他们说话时，玄武忽然头部一阵刺痛，低呼一声，紧紧闭上了眼。

"小师父，你怎么了？"杨采苓伸手搭了他的手腕听脉。

她觉得手指传来的脉象极烈，如波涛汹涌，大起大落，来盛去衰。这是"洪脉"的脉象，眼下玄武身体极弱，出现"洪脉"，表示他久病气虚，乃属邪盛正衰之危象。

"小僧没事，就是……头有些晕。"玄武喃喃道，说话声音渐弱。

杨采苓心想，难道是被琼妖纳延重创头部的后遗症吗？正在思忖，忽然脉象又转为"平脉"，不浮不沉，节律均匀。再看玄武面色，也从苍白的底色慢慢泛出血色，双目一改之前的涣散，变得神采奕奕。

"你感觉如何？"杨采苓关心道。

玄武摇了摇头，并没有说话，而是环视这家酒店，最后把目光停在那妇人身上。

妇人被他瞧得不自在，嘻嘻地笑着走入后厨，端出一壶花茶，放下两只大碗，两双箸，两碗素面，又去灶上取一笼馒头来，放在桌子上。杨采苓拿起茶杯要喝，被玄武伸手阻止，笑道："这茶味道不好，换一壶来。"

杨采苓奇道："你还没喝，怎么知道味道不好？"

玄武不理她，从蒸笼里取了个肉馒头，掰开看了眼，问妇人道："店家，你这馒头是人肉的，还是狗肉的？"

他此言一出，吓得杨采苓忙放下碗筷，心底泛起恶心。

妇人嘻嘻笑道："小师父，休要取笑。清平世界，荡荡乾坤，哪里有人肉的馒头，狗肉的滋味？我家馒头用的是黄牛肉。"

"大树十字坡，客人谁敢那里过？肥的切做馒头馅，瘦的却把去填河！"这句话玄武缓缓念来，目光直视妇人，一字一句地道，"店家，这江湖传言，你可曾听过？"

妇人面色一沉，冷笑道："老娘可从未听过这种传言，想必是其他酒家故意坏我生意，捏造出来的吧？"

玄武将杯中的茶水往地上一泼，茶水一触地面，地面石板上就泛起阵阵细小的泡沫。

"蒙汗药？"杨采苓是医师，一闻气味，顿时醒悟。

"没错，是蒙汗药。"玄武站起身子，一脚踢翻柏木桌，朗声道，"这是家黑店，原开在孟州道十字坡，专卖人肉馒头，谁想却到嵩山做起这等勾当来。这位店家，想必就是大名鼎鼎的**母夜叉·孙二娘**吧？"

第十二章 真相

　　玄武话音未落，白衫汉子就从后厨蹿出，手中提着一把锄头，对准玄武照面就打。杨采苓见他双臂粗壮，将这锄头挥舞得虎虎生风，若是击中脑门，小和尚哪有命在？惊愕之下，她脑中尽是玄武血溅当场的画面，不禁失声惊叫。

　　"来得好！"玄武并不惊慌，右足向右旁横进一步，左腿挺直，上身微向右斜，左拳收回护腰，右掌倏地推出！

　　锄头来势极猛，但经玄武这一拨引，竟偏了准头，直直砸在柏木桌上。巨响乍起，一张好好的桌子，登时被砸得四分五裂。由于发力过猛，那白衫汉子尚未来得及抽出锄头，玄武立时右足发力，整个上身向左冲出，方才护腰的左拳虎口朝外，拳心向内，一记标准的"少林冲拳"直取白衫汉子心窝！

　　那汉子也非庸手，见玄武一拳打来，反应极快，慌忙中提起锄杆尾部，用锄杆中间去挡这一拳。冲拳毫无停滞的迹象，锄杆被拳劲从中崩断，拳势不收，直直轰中白衫汉子心窝！连锄杆带人，被拳势打出一丈之远！

就是这朴实无华的一拳，生生打断了白衫汉子两根肋骨！

适才一拳，打得玄武意气风发，浑身舒畅不已。杨采苓在一旁瞧得瞠目结舌，结结巴巴道："你……你怎么又变回来了？"玄武只瞥了她一眼，并不作答。

孙二娘扶起跌在地上的白衫汉子，用手给他揉胸，口中道："贼汉子，你没事吧？"

这白衫汉子正是孙二娘的夫婿，人称**菜园子·张青**。他起初在孟州道光明寺务农，因一些生活琐事，起意杀了寺中的僧人，又一把火烧了寺庙，在大树坡为匪。有一日劫一个挑担子的老儿，谁知对方竟是个高手，一扁担打翻了张青。问了才知，这老儿是绿林中赫赫有名的山夜叉·孙元。老头见张青手脚勤快，便带了他到城里，又教会他许多本领，还将女儿孙二娘许配给了他。

张青被玄武这一拳打得胸中气血翻腾，一时竟说不出话。孙二娘把眉一横，怒视玄武，眼露凶光地道："贼配军，今日便是你的死期！"说着便击掌三下。

她击掌的同时，玄武瞳孔收紧，一只手推开身旁的杨采苓，另一只手抄起桌边长凳，与此同时，房梁上爆出一声呼喝，一道银光直劈而下！玄武猛然挥动手中长椅，侧身立了个弓步，一个"仙人坐洞势"，长椅猛刺那道银光！

两相交击，长椅从中被一劈为二，玄武往后退去三步。

从房梁上跃下的那人还刀入鞘，低俯着头，弓着身子，像随时会发动第二轮进攻。由于他头顶着竹笠，玄武看不清他的面容，只看见那人中等身材，身上披着粗草蓑衣。

"想不到这家黑店里，藏着不少宋江的门下走狗啊！"玄武捡起地上半支锄杆，直指刀客，冷峻道，"今日佛爷就要大开杀戒，超度你们这些个贼寇！"

刀客微微侧过头来，露出了半边面孔。

见到那人的侧脸，杨采苓吓得发出一阵低呼，便是玄武，都忍不住微微皱眉。毕竟那张脸，实在不能称之为"人"的脸。

那是一张魔鬼的脸。

硕大的竹斗笠下露出的，是一张青色的脸孔，皮肤如同被火焰灼烧过一般坑坎不平，单眼更是布满了血丝，远远望去，宛如红目。

青面刀客从宽大蓑衣底下，缓缓伸出右手，与肩膀持平，手掌紧握着一柄宽刀的刀鞘。宽刀长达三尺，护手处雕着睚眦神兽头部雕作的吞口，刀柄则是腾云雕花，刀鞘上也布满了睚眦身躯纹饰。凡是习武之人，都能看出这是一口百年难遇的宝刀。这口名为"槛兽"的宝刀，乃是雁门关大破辽军时，杨业的佩刀！不仅如此，青面人握刀的手背骨节突出，青筋密布，虎口处一层厚实粗糙的茧子，一看便知是用刀的好手。

"想必阁下便是被梁山贼寇劫了生辰纲的提辖使**青面兽·杨志**吧？"玄武大声喊道，"阁下身为杨令公之后，将门虎子，奈何为贼？"

这番质问，令杨志面色微变。他以极慢的速度，用右手的拇指，顶开了槛兽刀的刀镡。

刀身出鞘半寸，寒光大盛！

玄武感到一股前所未有的压迫感！不过他并不害怕，反而激起了体内的热血。身为一个武者，没有比遇见旗鼓相当的对手更值得高兴的事了！

玄武握紧手中长杆，向杨志猛奔而去，连环的踏步声如铁锤砸地，铿锵有力！在狂奔之中，玄武将其拖在身后，灌足了劲道。便在此刻，杨志也忽然低喝一声，两只穿着青色布鞋的脚蓦地蹬裂脚下的青石板。蹬碎石板的那一刻，他的腰腹奋力扭转，那口宝刀铮然出鞘，三尺刀锋挟着森森杀意，席卷而出，势若猛兽出笼！

这扭身劈砍的动作看似简单，但对身体的协调性、肌肉的爆发力要求极高，若非数十年如一日的苦练，绝对练不出这样的刀法。

在刀刃拔出鞘口的瞬间，杨采苓仿佛看见了点点火星擦出！

玄武乘着奔势向前跃出，身后那杆灌注全身力量的短棍，向着杨志横扫而出。当刚猛无俦的少林棍对上如疾风闪光般快速的杨家拔刀术，谁也不知道下一秒会发生什么！

时间，仿佛变慢了。

不，是刀速太快！玄武能看清槛兽刀刃割断木杆，向自己脸颊劈来的轨迹，头部下意识往后仰，锋刃擦着他的鼻尖而过，他脸上每一个毛孔都感觉到了一股森然刀风！鼻尖的皮肤亦被这凌厉的刀风豁开了一条细小的血口。

如果是普通武者，仅此一刀，便已人头落地。

挥刀逼退玄武后，杨志改用双手握刀，踏前一步，刀刃朝前，一式"劈空斩"又至！

虽然面对这样的快刀，玄武仍然毫无惧意，木杆已被砍断，他双手没有武器，面对这样的斩击，如果不出奇招，难以制胜。心念一转，玄武已有了答案。

玄武全身坐马的沉劲，双手倏出，搭上斩落的槛兽刀身。杨志蓦然，他感到手中的刀劲有些偏歪，这才发现，玄武左手已拍上刀背，右手则扭住刀的护手，双手一触上随即猛烈发力翻转，杨志想沉腕顺势，把刃锋往玄武脖子引去。

可惜这次比拼的是力量，玄武发力迅猛，杨志并没有准备，被他这么一绞一翻，宝刀脱手而出。这式"空手入白刃"的功夫为少林寺独传之技，不谙技击之人，根本难以想象！玄武趁杨志失刀的空隙，使出钉腿去踹杨志小腹。杨志抬腿，用胫骨挡下这记偷袭，两人晃了晃身子，各退三步。

玄武左手反握槛兽刀，双手臂屈肘抬于胸前，向杨志行了个持刀礼，口中道："承让。"

他行这持刀礼的目的有二。一来是他敬佩杨志是条武艺高强的好汉，向他致意，二来却又惋惜他误入梁山，故以夺刀之姿，折辱他一番。

杨志一双红目死死盯着玄武，作为刀客，刀竟被人夺取，自然无话可说。

"小心！"杨采苓忽然冲着玄武大喊。

玄武行礼完毕，只觉脑后生风，听得杨采苓出言提醒，忙扑倒在地，一条水磨镔铁禅杖从他身后挥出，击打在墙面上，砸得砖石乱飞！

"洒家来领教少林寺高招！"一声暴喝在玄武耳边乍响。

他在地上翻滚半圈，才定住身子。抬眼望去，只见一个胖大和尚，上身赤膊，堆满了健硕结实的肌肉，背上刺着花绣。和尚身形极为宽大，是青面兽的一倍有余，手中挥舞着重达六十二斤的水磨镔铁禅杖，双眼暴瞪玄武。

接连遇到强敌，玄武越挫越勇，怒喝道："好个大闹五台山的花和尚·鲁智深，今日得见，足慰平生！来，佛爷也领教一下你的高招！"

两个和尚同时发动，号叫着朝对方奔去！玄武挥刀，鲁智深杖击，两人武功路数都极为刚猛，毫不避让，也无取巧的技法。一碰上对方兵刃，心头皆一惊，交击之下，宝刀和禅杖均给弹开，鲁智深岿然不动，玄武却被这余劲震得后退了好几步。

"好俊的功夫！"暴喝声又起。

鲁智深高举禅杖，再次发动进击！

玄武也不甘示弱，双腿屈膝成马步，右手握紧槛兽刀，经左肩过后背绕头一周，怒吼着又是一记横斩！缠头、扫腿、抢劈一气呵成，乃是少林"菩提刀"中"僧童扫雪"技法！

鲁智深见他以腰带刀，来势极猛，不敢托大，双臂灌足了力量，去硬抵横劈。谁知玄武却中途变招，硬生生收住刀势，髋部后坐，抬起左腿寸劲发力，踢击鲁智深面门。这少林"千斤腿"的诀窍，在于起脚时腿部肌肉放松，这样才能起腿轻盈，其快如风，所有力量都因沉在脚底，给予敌人致命一击！

变招太快，鲁智深手中禅杖又极重，来不及做出反应，千钧一发之际，鲁智深绷紧颈椎，收紧下颚，腰部猛烈发劲，以额部去拼玄武的"千斤腿"！

脚首互击，以硬碰硬，鲁智深的身体只是微微一震，而玄武因单腿无法支撑，受力向后飞倒。他在地面上顺势滚了一圈才跪定，左手撑地，右手槛兽刀横在胸前。

"小和尚厉害，洒家佩服得紧！"

鲁智深乃是性情中人，见这青年和尚武功不凡，不由出言赞叹。

孙二娘听了，略有些败兴，随口道："难道就没人能出手教训一下这贼配军吗？"

这时，又从厨后闪出一个人影，玄武还未看清他的样貌，那人便朝他奔踏而来，乘着冲劲，飞起左脚直取玄武。

玄武跪在地上，双手举起槛兽刀，用宽阔的刀背去挡下第一击。

谁知这人还有后手，一脚踢正刀背，蓦地翻过身来，再飞起右脚，击中玄武手腕。玄武手中槛兽刀被踢飞，但也是这个瞬间，他认出了这双脚轮番飞踢的招式！玉环步，鸳鸯脚！

来者身躯凛凛，相貌堂堂，乃打虎武松是也！

玄武兵器被击脱手，怒上心头，左拳护腰，右拳自下而上，一记"冲天炮势"朝武松下巴撞去。人的下巴与后脑相连，没有任何强壮的骨骼肌肉保护，重击后会导致瞬时丧失意识，这一点，武松自然清楚不过，他侧头避开冲拳，一记肘击去攻玄武头侧，玄武左拳变掌，抵住武松肘攻，右足向前一步，右拳屈肘，向外崩击武松腰肋！

这一击是少林拳中的"肋下肘"，突袭时用，十分隐秘。武松忙双臂尺骨交错，硬抵下这击，玄武后招绵绵，肘击被化解后，足尖上仰，腿筋绷直，足跟蹴击武松小腿臁骨！武松不惧，屈膝沉腰，用胫骨挡下蹴击，同时直拳猛击玄武面门！玄武右手向右前方一捎，掌根发劲，推开直拳，两人手臂一撞，纷纷弹开。

如此急促快密的短打在极近距离展开，周围人只能听见"啪啪啪"对招的闷响，无法看清他们互相解拆的动作。但均觉这两人武艺之精，已臻化境！

武松一向自恃体魄筋骨强于常人，拳头上的功夫更是无人能敌，谁晓得今日遇见这么一个名不见经传的和尚，竟也有这等本领，不由收起了小觑之心。

玄武也暗暗心惊，他没想到在少林已无敌手的他，甫出山门，就连遇三大强敌，武艺之强，各个不下于他。若三人联手强攻，他今日必死在这黑店里。想到这里，玄武不禁全身冰凉，背心迸出冷汗。

"你们三个打一个，算什么好汉？"杨采苓指着孙二娘和张青，纠正道，"不对，是五个打一个！梁山好汉，以五敌一，真是贻笑江湖！"

武松被她说得面上一红，喝道："我们岂是以众欺寡之辈。众位哥哥，今日不需你们插手，这和尚交给武二郎便是！"他心想这人能空手夺去杨志的宝刀，又接下鲁智深的猛攻而不落下风，自己适才与他交手，也是守多攻少，这一战要想获胜，恐怕也是惨胜。

而玄武这边的心思，只想让杨采苓脱身，自己性命倒不是十分挂心。

二人正要踏步对攻，杨采苓忽然惊道："你是武松？"

武松转过头来，道："我行不改名，坐不改姓，正是景阳冈上打虎的武松！"

杨采苓质问道："栾大哥在哪儿？三娘又在哪儿？你是不是将他们都杀了？"

"杨家妹子，我们都在这儿呢！"清脆的声音从门外传来。

杨采苓话音一落，便见门外走进两个人。其中一人体格魁梧，身上绷着青衫，腰间插着三根黑铁短棒，最引人注目的，还是他脸上的独目，以及那道贯穿半张脸的深刻疤痕；另一位则是身材极为高挑的美貌女子。女子披着一袭红纱长袍，日月双刀配在腰侧，长裙一边裁开，露出一条修长的腿来，腿根则绑着一条红锦套索。

这英风凛凛的二人，正是栾廷玉与扈三娘。

"栾大哥……你……你还活着……"

杨采苓乍见故人，眼眶一酸，泪水沿着脸颊流了下来。

栾廷玉走到杨采苓面前，伸出粗粝的手掌，替她拭去了脸上的泪水。

"难道你想我死吗？"栾廷玉咧开嘴巴，笑了起来，"对了，唐霄那小子还好吧？这些日子发生了太多事情，我都没来得及寻你们呢！"

杨采苓道："这些话暂且今后再说，栾大哥，眼下我们先将这些梁山贼寇解决了吧！"

"解决他们？"栾廷玉的目光扫过武松、鲁智深和杨志，最终停在孙二娘身上，"我不会解决他们。我们已经是同伴了。"

"同伴？"杨采苓难以置信。

"看来刚才孙二娘和你们有些误会，把这位师父当成了破戒僧的人。"扈三娘手搭在杨采苓的肩头，"这件事说来话长，大家先收了兵器，好不好？"

杨采苓瞧了瞧武松，又瞧了瞧栾廷玉，这两个在东京城还拼得你死我活的人，此时竟互称对方为伙伴？此中缘由，她想破脑袋也想不明白。

唐霄和徐燎绑着燕青，不日便到了少林寺，在山门求见方丈。

道禅大师听了，立刻偕柴叔亲自出寺迎接。柴叔见了唐霄，喜不自胜，拉着他的手问长问短。道禅大师笑道："唐少侠驾临本寺，老衲有失候迓！罪过，罪过。少侠不顾险阻，来解少林之危，救人于厄，颇具乃父之风！"道禅大师与唐非君是旧识，今日得见唐霄尚义任侠，瑰玮倜傥，心中也多了几分喜爱。

方丈将他们引入寺内，先将燕青打入戒律院地牢，又嘱咐一个知客僧替他们安排食宿，又道："两位一路上风尘仆仆，先用些斋饭，早些歇息。明日里老衲带各位见一见张大人。"

他们在禅居内用过素斋，柴叔才将杨采苓在戒律院被人劫走的事，告诉了唐霄。

唐霄一听，当下便要去寻杨采苓，却被徐燎制止。柴叔也在一旁劝说，如今少林寺强敌环绕，贸然出寺十分的危险。再者，那僧人只是挟持杨采苓做人质，一旦重获自由，必然会放过她。唐霄听了只是点头，默然不语，内心终是放不下，只能暗暗祈祷老天保佑。

柴叔离开后，徐燎就睡了，唐霄躺在床上辗转反侧，一夜无话。

翌日清晨，用过早膳后，一个灰衣小僧来到禅居，通知他们道禅大师在方丈室等候。两人听了，随同这小僧一起匆匆赶到方丈室。只见方丈室北首坐着一位五十出头的老者。老者形相清癯，留着几绺长须，气质颇为儒雅。站在老者身边的，是一位年约三十的青年。这青年体魄强健，身上披着由铁质甲叶和皮条连缀而成的重札甲，腰间配了一柄宽刀，昂首而立。他们二人身边，还围着四名身披铠甲的禁军将士。

屋室中间，道禅大师与另外三位"道"字辈的高僧，随同一位头顶文着天城文的青年和尚，一齐向屋内众人躬身行礼。礼毕，道禅大师伸手向着各人，逐一引见。老者是南道都总管张叔夜，青年将军则是韩世忠。介绍到徐燎时，便一语带过，只说是江湖豪杰。

"素闻四川兵诛城威名，为我大宋武备做出了巨大的贡献。今日得见唐兄，果然一表人才。"韩世忠向唐霄拱了拱手，转头去看徐燎，"这位义士甚是面善，却想不起哪里见过。"

唐霄道："韩将军过奖了。天下间谁不知禁军四大将的威名，韩将军当年在西夏战争时的英勇事迹，在下听了亦是热血沸腾，不愧是大宋男儿的表率！"

道禅大师双手合十，深深一礼，道："老衲今日把各位找来，是想告诉各位一件重要的事。在此之前，老衲得先给各位赔罪。其实，梁山泊提兵攻打少林，不过是为向少林讨一个人。说此人是宋江的眼中钉，肉中刺，亦不为过。"他众人听得一头雾水，伸手击掌三下，续道："庆德，你出来与诸位见上一面。"

布帐后走出一个虬髯和尚，四五十岁上下，体魄极为强健，右脸上有一块黑色疤痕。

虬髯和尚躬身道："阿弥陀佛，小僧庆德，见过各位大人。"他说话声音高亢，却不是故意喊叫，而是天生的大嗓门。

听和尚说完，在场众人面面相觑，皆不明白道禅大师喊出这位叫"庆德"的中年和尚，是何用意。

道禅大师又道："庆德，告诉诸位檀越，你的俗名是什么？为何会来到少林寺出家。"

虬髯和尚恭敬道："小僧俗名晁盖，曾是山东郓城县东溪村的保正，因与朋友合谋取了生辰纲，无奈奔梁山泊落草，做了水泊梁山第二任寨主。后又被宋江暗算，差些命丧曾头市，好不容易捡回条命，就来了这少林寺出家，皈依我佛。谁知风声走漏，让宋江那厮知道我并没有死，而是藏身少林。小僧一天不死，他梁山寨主之位，一天就坐不安稳。故而此番重兵围困少林，皆是小僧之过，请方丈恕罪。"

众人听了，心中皆是一震。想不到这千年古刹，清修之地，竟还藏着一个强盗头子。

"你真的是**托塔天王·晁盖**？"唐霄打量着他，狐疑道，"你不是中了史文恭的毒箭，死了吗？怎么又活过来了？"

晁盖道："说来话长。当年我不停劝阻，一意孤行要打曾头市，结果反被自己人暗算。若不是林冲兄弟给我服用百蛰丸呈现出假死的状态，我也不会活到今天。"原来林冲叫人取金疮药敷贴上时，顺手给晁盖吞了百蛰丸。这种丹药吃了之后，心跳与呼吸变得极弱，加上晁盖本就中了剧毒，生命垂危，在场众人也就没多怀疑。

"如此说来，是林教头救了你的命？"唐霄心里对林冲又多了几分好感。

"这位是兵诛城少主，唐霄少侠吧？"晁盖忽然问道。

"正是在下。"

"小僧有个不情之请，若有冒犯的地方，请唐少侠大人有大量，原谅小僧。"

"天王但说无妨。"

"小僧有位兄弟，曾与唐少侠有过些许矛盾，所以……"

唐霄疑道："天王所说的那位兄弟是？"

晁盖露出苦恼的表情，望向道禅大师。见道禅大师微微点头，才道："白胜兄弟，刘唐兄弟，你们也都出来吧！"晁盖说着，掀开布帐，从中走出两个人来。一个赤发黑面，体格健壮，一个白脸黄须，瞎了一只右眼。

"是你？"唐霄一见白胜，登时怒火中烧，作势要上前与他拼命。徐燎在一旁抓住他的手臂，微微摇头，示意他不要轻举妄动。

白胜苦道："唐兄弟，你不要动怒。我们当时确实有点误会，可我也是身不由己啊……"

在宋江统治下，白胜的日子早不比当年，能够鲜衣怒马随军队南征北战，而是渐渐成了一个废物。像李应这样的天罡星，动动手指，就可以要了他的性命。地煞头领？呵呵，不过是个喽啰罢了。他从刘唐处得知晁盖未死，而是身在少林，便毫不犹豫地甩开探事郎，孤身前来少林投靠晁盖。

"身不由己？"唐霄怒道，"你三番四次想要害我，我和你有什么深仇大恨？"

"唐兄弟，你自小锦衣玉食，贵为兵诛城少主，又怎么能理解我们这些小人物的苦衷？若不是宋江和吴用下命令，我何苦捉你上山？对我来说，又有什么好处？俗话说得好，君要臣死，臣不死是为不忠。宋江是梁山之主，便是再无理的要求，我等又有谁敢说半个不字？"

这一番话，白胜说得情真意切。若站在他的角度来看，确实如此。

晁盖叹了口长气，说道："唐少侠，你若是要怨，就怨我吧！是我领导无方，将梁山泊拱手让了姓宋的，才导致诸位弟兄任他摆布。哎，除了几位心腹，梁山上我都不知该相信谁。那一支药箭，也不知是谁射在我面颊上的。若真是史文恭射的，何必在箭上刻名字，生怕没人找他报仇？于情于理都讲不通。"

刘唐也点头道："史文恭被抓时，并没有承认放了毒箭，可他还未来得及声辩，就被宋江剖腹挖心，来了个死无对证！"

对于曾头市那次战役突遭冷箭，晁盖仍是耿耿于怀，但这么多年过去了，他还是想不明白，这一箭究竟是谁放的。

唐霄略微沉吟了一下，说道："想要知道这支冷箭是谁放的，却也不难。"

道禅大师奇道："难道唐少侠能解开庆德心中的疑团？"

唐霄道："能否麻烦晁天王将当日的事，从头至尾讲一下。在下不敢夸口一定能解开这个谜团，但至少可以提供一些想法供天王参考。"

晁盖点了点头，从点五千人马，启请林冲、呼延灼、徐宁、穆弘、张横、杨雄、石秀、孙立、黄信、燕顺、邓飞、欧鹏、刘唐、阮小五、阮小二、阮小七、白胜、杜迁、宋万等二十个头领相助下山开始说起，到中了两个僧人的奸计，误入陷阱，中箭为止，细细叙述一遍。众人静静在听，唐霄若有不明白处，便会提出疑问，晁盖就耐心解答。

讲完之后，唐霄沉吟片刻，才道："新制的认军旗给一阵狂风半腰吹折，我觉得就很蹊跷。看似有人动了手脚，暗中阻你，其实恰恰相反，而是故意激你！"

"此话怎讲？"晁盖问道。

唐霄分析道："有人在旗杆上动了手脚，是以被风一吹，认军旗便倒了。但稍微了解一点晁天王脾气的人就会知道，你是个倔脾气，越不让去，便越要去。所以我才说，折了认军旗，看似是阻你，其实是想激你。"

晁盖想起当日吴用对他说，风吹折认旗，于军不利的话，重重点了点头。

"我知道了！"韩世忠拍手道，"据说宋江手下有一位叫**小李广·花荣**的将军，射术天下无双，可比肩汉时的飞将军李广。莫非这支暗箭是他所射？"

唐霄摇头道："若是花荣所射，这一箭必是精准无比，晁天王此时焉有命在？而且他并没有随军讨伐曾头市，所以我认为可能性不大。射暗箭之人，必是随军的这些头领中的一人！"

"为什么一定是头领呢？"韩世忠提出了质疑。

"那时晁天王还是梁山之主，刺杀头领这么重要的事，怎么会交给无名之辈？若刺杀的消息败露出去，你让宋江如何处之？"

韩世忠等了一会儿，又问道："既然如此，唐兄认为是谁放的暗箭？"

唐霄道："若将没有嫌疑的人一一排除，我们便可以拨云见日，知道真凶的身份。在下不自量力，这次就为晁天王断一断案。但一切只不过是在下的妄断，晁天王权且一听，若是要确认真凶身份，还需有证据才行。"

谁放的暗箭？这个问题一直困扰了晁盖多年，眼下这位年轻人竟自负有断案之能，当下便大手一摊，高声道："唐少侠，但说无妨！"

唐霄背负双手，在方丈室中央来回踱步，口中不住道："首先，林教头既然帮助晁天王假死，并助你隐身少林，凶手不会是他。其次，我们必须排除晁天王的亲信，毕竟这些人是跟着晁天王上山落草的，梁山易主，对他们并无好处。哪些人呢？便是在智取生辰纲时，劫了梁中书十万贯金珠宝贝的几个。白胜、刘唐、阮氏兄弟这五人可以排除。至于杜迁与宋万，呵呵，林冲当年怒杀王伦，他们也不敢造次，更何况刺杀首领？此等毫无胆识之人，宋江必定不会把如此重要的任务托付给他们。"自从出了牢狱，唐霄便从栾廷玉处知道了不少梁山的机密信息，是以对梁山一百零八条好汉的过往经历，了如指掌。

众人见唐霄颖悟绝伦，推理丝丝入扣，只三言两语便将嫌疑人范围缩小，不禁对这位纨绔子弟大为改观。

"晁天王所率领的梁山众，摆明了要走与朝廷为敌的路线，这点我不需要赘述。"唐霄说到此处，瞥了一眼张叔夜，见他泰然自若，并无反感的表情，于是继续道，"这种态度，对于曾在朝为官的人来说，并不是一件好事。比如原东京禁军金枪班教师徐宁和青州兵马都监黄信。但他们都是被宋江骗上山的，心里对宋江总有些恨意，并非执行此任务的最佳人选。还有杨雄，原为蓟州两院押狱兼充市曹行刑刽子，虽说也想招安，但此人胆小怕事，亦是不堪重任，石秀是他的人，自然随他。因此，这四个人，也可以排除在嫌疑名单之外。"

白胜插口问道："难道放暗箭的，就在呼延灼、穆弘、张横、孙立、燕顺、邓飞、欧鹏这六个人中？若是让我知道是谁下的手，绝对饶不了他！"

唐霄道："此外，大家是否还记得适才晁天王叙述时提到的一个细节，他带着十位头领行军，忽地乱箭当头射来！大家注意，此时呼延灼与燕顺是与天王一队的，如何当头放暗箭？欧鹏最后带着残兵回阵，嫌疑亦可排除。至于孙立，不是宋江的心腹，虽破祝家庄有功，但如此背信弃义之人，宋江如何敢信他？这样一来，我们便可以得出结论，放暗箭的人，就在穆弘与张横二人中。"

"定是张横这厮！"白胜脱口而出，"我瞧他就不是好人！"

唐霄微微一笑，道："我倒不这么认为。张横水上功夫了得，一杆船桨横扫千军，可在陆上，却没什么本事。让一个撑船艄公在黑夜中一箭射中晁天王的脸颊，可行性太低了。所以我认为，那夜射暗箭伤晁天王的人，是**没遮拦·穆弘**！"

"竟然是他？"晁盖瞪起了眼，额头暴起了一道青筋。

"穆弘原是江州揭阳镇富户，他虽不满朝廷，对宋江却是一片忠心。而且，最让我觉得事情蹊跷的，是穆弘此人武艺平平，战绩平平，竟被封为马军八骠骑之一。要知道，八骠骑尽是花荣、徐宁、杨志这等英雄人物，他一个地痞恶霸，何德何能占这个位子？况且梁山大聚义时，他位列天罡军团第二十四位，对于穆弘来说，这样的地位未免太高了一点。还有，我之前提到若是花荣掌弓，必能一箭射中晁天王要害，不需要用毒，若是张横射箭，恐怕在乱军中都无法射中目标。箭术太精或箭术太糟的人，都不会是真凶，唯有穆弘这样的人物，才符合所有条件。"

唐霄说完后，用自信的目光扫视方丈室内的众人。

此时，坐在椅上沉默许久的张叔夜忽然开口，嘉许道："唐少侠，果然是断案如神！仅凭庆德大师的转述，便能将当夜暗箭伤人的真凶找出来，真令人钦佩不已！大理寺卿若有唐少侠这般能耐，何愁悬案不破？"他称晁盖为"庆德"，就是承认了他少林寺僧的身份，对于原梁山泊头领的身份，既往不咎，算是给道禅大师和少林寺一个面子。

唐霄躬身一拜，谢道："张大人谬赞，晚辈何以克当？"

张叔夜起身，还了礼，缓缓问道："唐少侠，我听说你科举亦有功名，赐同进士出身，也算个读书人。今日老夫想问一句唐少侠，我辈读圣贤书，所为何事？"

唐霄略微沉吟，张口道："为天地立心，为生民立命，为往圣继绝学，为万世开太平！"

张叔夜高声道："说得好！这四句话，乃是横渠先生的名句，说的便是我辈读书人的担当与责任！如今天下群盗蜂起，无论是山东宋江，还是江南方腊，他们祸国殃民，以至于生灵涂炭，不知多少无辜的百姓受到牵连惨死。少侠不远千里来到少林寺助拳，年纪轻轻就有这样的胸襟，老夫十分钦佩，但老夫要你记住，这一场仗，并不是为了你父亲唐非君打的，而是为了天下间千千万万的黎民百姓。若仅仅是为了报私仇，气量未免太小了些。"

唐霄被张叔夜说得脸上一红，俯首道："晚辈谨记张大人教诲。"

他对梁山泊的仇恨，不过是源于杀父之仇和灭城之恨，全然没有像张叔夜那样考虑过黎民百姓。作为一个读书人，此刻他深深感到愧疚，不禁被张叔夜刚才说话时那股凛然正气所感动。正所谓汉贼不两立，堂堂朝廷禁军的威严，绝对不容侵犯！

道禅大师刚要说话，突然一名僧人匆匆入室，神色极为仓皇，与方丈耳语了几句。

"传令下去，去达摩洞请十八铜人尽数出关，严防戒备，戍守山门要道。"道禅大师口中所说的"十八铜人"乃是少林寺武僧精锐中的精锐，每一个人都有万夫不当之勇。这次让十八位铜人一起出关迎敌还是百年来头一次。

僧人领命，快步走出方丈室。谁知他刚踏出门槛，钟声就喤喤响起，连绵不断。另一名僧人趋步入室，大声喊道："禀告方丈，打……打上来了……"

室内众人听了，尽皆变色，道禅大师也是微微一怔，随即朗声问道："是梁山泊众人吗？"

"不是，好像是其他山头的贼寇，口中说什么'替宋江哥哥打头阵'之类的话。大约有数百人，正与护寺武僧交手。"僧人吓得面色惨白，怕是从未见过这般场景。

既非梁山泊主力军，道禅大师心下稍安。

身边那位头顶刺字的青年和尚上前一步道："玄泓愿领师兄们下山，冲杀一阵！"

道禅大师允道："去吧，若是对方有心悔改，轰下山去便是，切莫多伤性命。咱们的目的是护寺，不是杀人。出家人须慈悲为怀，不可戾气太重。"

方丈知道玄泓生性好狠斗勇，故而临行前多一分嘱咐。

玄泓领了命，把齐眉棍提在手中，急遽向山门奔去。道禅大师望着他离去的背影，不由长叹一声，双手合十，口诵佛号道："阿弥陀佛，罪过，罪过。"

"形势紧急，我们不如商议一下作战策略吧！"张叔夜一边说，一边指挥身边的禁军将士把手中的地形图在一张长几上徐徐展开。

那是少林寺周围的地形图。

唐霄见地图上用笔画了好多圈圈叉叉，心想这位张大人不愧是朝中名将，对于这次的战役早就有了准备。众人围拢在案边，细细听着张叔夜的部署。

张叔夜道："这次除了由关胜亲自领军的梁山部队，最麻烦的还是破戒僧、敢炽军和夜行者三股势力。其中尤以夜行者最难应付。据闻，孙列麾下八部鬼帅武艺之高强，不下于宋江的天罡军团，不容小觑。不过，我们也并不是没有掌握孙列军团的动态，我们有细作埋伏在他们之中，所以可得第一手的情报。"唐霄心念一动，想会不会晏贞姑就是张叔夜安插在夜行者中的一枚棋子？不过念头转瞬即过。

韩世忠插口道："与孙列的头领们对阵，难度不小啊。"

唐霄一拱手，道："在下愿为先锋，与孙列斗上一斗！"

"算我一个。"徐燎摸了摸腹部的伤口，冷峻的双目直视张叔夜。

张叔夜把目光转向他们二人，冲他们颔首致意。

他感到体内的热血，正滚滚沸腾。

第十二章 夜袭

　　张闲离开登封县后，一路向西而行，走出数十里后，在山脚下一间茶棚歇息。时值正午，炎炎赤日当头，张闲只觉吸入肺里的空气都是暖的。他拿出毛巾沾水擦身，问伙计要了一壶凉茶解渴。张闲离开登封之前，留下了一些银子给店家，嘱咐小二好生照顾重伤卧床的李师师。待一切安排妥当，便启程上路，赶往嵩山少林寺。

　　头一回上少林，路不太熟悉，张闲就向茶棚的伙计打听上山路线。那伙计听说张闲要上少室山，面色微变，说话支支吾吾，似有难言之隐。

　　隔了半晌，伙计才低声劝道："小兄弟，如今的少林寺可去不得！若是一意孤行，贸然上山，怕你枉送了自家性命！"

　　张闲心中自然有数，顺口漫然问道："此话怎讲？"

　　伙计一副鬼鬼祟祟的模样，压低声音道："听说梁山泊的人要打来了，这几日上山的尽是些古古怪怪的人物，腰中手中，都有兵刃，虽然拿粗布包裹着，却也瞒不过我的眼睛。这少室山上，近日恐怕要有一场干戈！我瞧你的样子不会武功，像是个平民百姓，才出言提醒。"

"不论如何，少林寺我是去定了。不过还要谢谢小哥提醒，我会小心的。"临走时张闲还赏了伙计一两银子，酬谢他的好意。

他离开茶棚，没走几步，那伙计又追了出来，喊道："小兄弟，且住！"

张闲回过头来，见伙计满头大汗，疑道："又怎么了？"

伙计递给他一柄匕首，喘着粗气道："山上匪贼多，这刀你拿着防身，总比什么也不带要好。虽然不会武功，必要时或许能保一条性命。"

"这怎么好意思？"张闲推脱道，"刀给了我，你拿什么防身？"

"哎，我在山脚下做伙计，端茶送水的，又没钱财，贼人也不会打我主意。你比我更需要它。"伙计说话的样子十分诚恳。

"你叫什么名字？"张闲心头一暖，对着他颇有亲近的感觉。

"我叫王阿宝，原本住在离此地数十里外的周家村。可惜村子被来攻打少林寺的匪盗给毁了，眼下无处可去，茶棚的老板人好，收留了我做伙计。待我盘缠赚够，就去寻我浑家。我们离散多日，找不到她我终不放心。"伙计说罢，长叹了一声。

张闲拱手道："王大哥，匕首我收下了，祝你早日与妻子团聚！"

"你也路上保重。"王阿宝说完，自进店里去了。

张闲瞧了一眼匕首，发现刀鞘上刻着"夜行者"三个篆体字，他叨念了几遍，也想不起来哪里听过。他摇了摇头，把匕首插入腰中，往少室山方向走去。向西又走了半个时辰，沿途山景看了个够，正觉无趣，遥见前方有一个披着僧衣的和尚，在树林后不知做什么。

在少室山上见到和尚，当然是少林寺的和尚。张闲想也没想，快步走了过去。可他刚想开口，却发现有点不对劲。那和尚身前，竟躺着一位约莫二三十岁的农家妇人。那农妇急得直流眼泪，眼神中尽是悲怆，嘴里哭喊不绝，双足乱蹬，可裤裤已被那和尚褪至足踝。她双手被制，力气又比不过那和尚，终是无计可施。

"你……你在做什么！"张闲指着那和尚，气得手臂都在发颤。

那妇人见到张闲，目光中充满了企求的神色。和尚听见背后有人，也转过头来。那和尚双颊凹陷，面容极瘦，额头上用笔写了个"淫"字。

"妈的，哪儿来的杂毛，敢坏老子的好事！"

他骂骂咧咧地站起身来，比张闲足足高了一个头。

张闲胸膛一挺，正色道："光天化日，强抢良家妇女，你是少林寺的和尚吗？你若不罢手，我这就上山告发你！"他说话的时候，右手不由自主地握住了腰间的匕首。

"少林寺？"那和尚仰天大笑，"你小子，竟把老子和少林寺那帮秃驴混为一谈？"

"你……你不是少林寺和尚？"张闲见他凶神恶煞的模样，心里有点发怵。

"老子是破戒僧的头领，法号如海，专破淫戒，哈哈哈哈！"如海和尚大笑几声，指着张闲，高声喝道，"识相的就快滚，老子爱破淫戒，对杀人没什么兴趣。不过你要是再纠缠不清，就休怪老子手下无情！"

地上农妇见如海和尚正与张闲说话，得空就起身往树林深处跑去。如海和尚见农妇要逃跑，正要去追，却被张闲冲上前来，一把抱住，口中喊道："姑娘，快跑！快跑啊！"

如海和尚被张闲拦腰抱住，怒上心头，飞起一脚蹬在张闲脸上。

他这一脚虽没用尽全力，却也使了六分力道，谁知一踢之下，满嘴是血的张闲竟又抱住他的右腿，死命不放。眼看那农妇越跑越远，如海和尚心中懊恼不已，看着这呆头呆脑的少年，杀心顿起。

此刻的张闲没有其他念头，只愿农妇走得越远越好，全然没想过自己的安危。

"臭小子，找死！"如海和尚绷直左腿，蓦地向张闲扫去！

这一脚发足了力道，去势极猛，正中张闲侧脸！

如海和尚的猛踢，使得张闲的嘴角被踢得生生裂开，鲜血蹿射而出！

张闲被他踢得五迷三道，松开了双手，整个人却躺倒在地。如海和尚余怒未消，抓住张闲衣襟，将他高高举起，对准面门就是一拳，打得鲜血迸流，直翻白眼。他看见张闲腰中有一柄匕首，于是抽出刀刃，架在他脖子上，恶狠狠道："叫你多管闲事，坏了老子的兴致！今日就一刀结果了你，送你去见阎王！"

被如海和尚这样的高手一脚一拳，张闲已经失去了说话的能力，整个人晕乎乎的，嘴唇直哆嗦。但他心里却明白，今天这条小命算是折在这淫僧手里了。唯一值得欣慰的是那良家女子没被淫僧玷污，也算是帮了她一个大忙。

"哟，从前只道你对女子有兴趣，却不知你有龙阳之癖！善哉，善哉！"

树林中走出一个矮胖和尚，脸上笑眯眯的，额头用黑墨写着一个"妄"字。

如海和尚骂道："去你娘的狗臭屁！这小子坏老子的好事，不杀难解心头之恨！大圆，你不和他们在一块儿，跑这里作甚？"

被他称作"大圆"的和尚欢愉道："见你鬼鬼祟祟，离开大部队，便知没有好事。果然又去抢民女来泻火。这事若让头子知道了，非重罚你不可！眼下围攻少林，是头等的大事！"

"你满口谎言，谁会信你？再说，老子就玩个女人，碍着你们什么事啦？还他妈跟踪老子！"如海和尚啐了一口，气了片刻，才平复道，"待我杀了这小子，和你一同回去。"说罢便举刀往张闲胸口搠去。

"等等！"大圆和尚右手疾出，架住如海和尚的手腕。

如海和尚被他这么一挡，怒气更盛，刚要骂人，却见大圆和尚收起笑脸，面色变得凝重起来，似有什么大的发现。

沉默片刻，大圆和尚才缓缓道："这人可杀不得。"

如海和尚急了，骂道："这撮鸟为何杀不得？他是你舅舅？"

大圆和尚取了他腰间的刀鞘，在如海面前晃了晃，笑道："是不是我舅舅，小僧不知道，不过若是你杀了他，恐怕'阎王'找的不是他，而是你。"

如海和尚自然认得"夜行者"这三个字。江湖绿林中，除了四大寇，实力最强的绝对是夜行者，排行也是五匪之首。便是破戒僧的头领生铁佛·崔道成，也要卖孙列几分面子。

"是又如何，老子还怕孙列这含鸟猢狲不成？"

话虽如此说，如海和尚却早已放下高举的匕首，也将迷迷糊糊的张闲放置在地上。

大圆和尚分析道："咱们和夜行者既结成了同盟，都归顺水泊梁山麾下，也可以说是自己人。这小子坏你好事，你暂且留他一条性命，他日送还给孙列，也是一个顺水人情。眼下你便是杀了他，就地埋了，虽无人知晓，但即便如此，那女子也是回不来了，不如留他一条狗命，权当给孙列的礼物。"

"嘿嘿，还是你个贼秃有心计！就按你说的办！"

如海和尚转怒为喜，扛起张闲，随着大圆和尚的步伐，向北行进。张闲被他扛在肩上，摇摇晃晃，晕晕乎乎，他们说的话也听了四五成，心里明白自己小命是靠这把匕首保下的。当然，他也想起了"夜行者"与"破戒僧"这两个名字的意义。

"话说今日子时便要对少林寺发动总攻，想想就让人兴奋！这一战，说不定你我的名字，都要成为江湖美谈！不如咱们比比，看谁杀的少林秃驴多？"如海和尚说着说着，就放肆大笑起来，仿佛这场战役，已然胜券在握。

大圆和尚哼了一声，徐徐说道："你以为少林寺'天下武宗'是浪得虚名？若不是块硬骨头，宋江怎会召集这么多的山寨来替他打头阵？况且朝廷部分的禁军驻守在寺内，若是强攻，孰胜孰负，鹿死谁手尚且不知呢！"

"你他娘的尽说扫兴话，老子就不爱听！对了，听头子说，少林寺那帮秃驴还以为咱们是在寅时发动进攻？"

大圆和尚点点头，笑眯眯道："是朝廷安插在夜行者中的奸细放出的假情报。这奸细的身份早就被孙列察觉，此事已飞鸽传书通知各路山寨的头领。不过，少林寺的贼秃们尚蒙在鼓里，他们还认为得到了机密情报呢！"

如海和尚抚掌道："这招真毒！不知是哪个短命鬼想出的主意？"

大圆和尚冷笑一声，道："这世上若要论城府之深，心计之重，谁还比得过梁山泊的军师加亮先生呢？小僧与他一比，可真是小巫见大巫啦！"

两人你一言，我一语，竟把这天大的秘密给说了出来。他们只道张闲是夜行者的喽啰，并没把他当作外人。张闲一听之下，惊得汗毛倒竖。两军对垒，情报若是有误，那还了得？而且听他们的口气，安插在夜行者中的奸细，如今的处境也是相当危险。

他苦于无法脱身，不然定要在今夜子时之前，赶到少林寺通报。

大约走了半个时辰，终于来到了破戒僧营地。张闲半睁开眼望去，只见黑压压的一片，光头攒动，恐怕有千余人之多。他从小在东京城长大，并非被人数吓到，而是这里的和尚各个面露凶光，身上配备着各种兵器，杀气腾腾。

如海和尚将张闲绑在一棵树的树干上，点了两个僧兵在他身边把守，就自顾自走开了。那两个僧兵知道这小子不是什么重要人物，否则不会安排在营帐边缘，所以并不放在心上。两人互相继续聊着关于赌博的话题，时而笑成一团。

张闲混混沌沌地垂着肿胀的脑袋，不一会儿就睡着了。

也不知睡了多久，他忽然被一双肤质细腻的纤手拖住了下巴。脸被人抬起时，张闲闻到一股扑鼻香气，他睁开眼一看，不禁目瞪口呆！

月亮的微光映出一张秀丽绝俗的面孔。这个女子约十七八岁年纪，穿一身淡紫绸衫，圆圆的脸蛋，美目流盼间，正好奇地打量着张闲的脸。张闲见这貌美的女子盘坐在地上，正平视地瞧着自己，两张脸又相距不过数寸，不由面上一红。

少女见他红了脸，嘴角上挑，笑道："你害羞什么，我就是好奇，所以瞧瞧你。真是奇哉怪哉，主上怎么就看上了你这臭小子呢？"

张闲不知她在说什么，还以为她是与崔道成一伙儿的，所以仍旧保持着沉默。

"喂，本姑娘在和你说话，你为什么不理我？"少女仿若撒娇般质问道。

"我和你不认识，有什么好说的。"张闲没好气地回了一句。

"哎哟，还挺有骨气的嘛？你被绑成一只螃蟹，嘴还这么硬？这门硬嘴功哪里学来的，倒是教教我呀！"少女咯咯一笑，从腰带中抽出一柄带着刀鞘的匕首，轻轻拍打张闲的脸颊，啪啪作响。这匕首上刻着"夜行者"三字，正是被如海和尚夺去的那把。

张闲浑身被绳子缚住，真像一只待煮的螃蟹，半分动弹不得，只能由这少女羞辱，毫无办法。他唯一能做的就是不说话，保持最后的尊严。

少女"呛"的一声抽出匕首，坏笑道："嘴硬也成，不知用这刀尖，能否撬开你的嘴巴？"

"你这样会闹出人命的！"张闲紧张起来。

瞧见张闲惊慌失措的模样，少女笑得前俯后仰。她还刃入鞘，用带着鞘的匕首敲打张闲的脑袋，忍俊不禁道："你瞧瞧姑娘身边，是不是都是适才看守你的贼秃？用你的糨糊脑子想一想，姑娘是不是破戒僧的人？这破戒僧里面，有我这么如花似玉的人儿吗？"

张闲朝她身边一看，果然横七竖八躺着几个昏死过去的和尚。

"方才是小的错怪姑娘了，我以为……那，姑娘是来救我的吗？"张闲挣扎了一下，发现绳子并没有被解开。

"不，我是来杀你的。"

少女面色一变，一只手揪住张闲衣襟，另一只手抽出匕首，对准张闲的心窝，作势就要刺下。张闲吓得面无人色，心脏怦怦狂跳起来，生怕她一刀就戳死自己。

那少女瞧他一会儿兴高采烈，一会儿闭目待死，甚是好玩，憋不住"扑哧"笑出声来，一刀挥下，将张闲身上的绳索切断。

"好啦，和你开个玩笑，蠢得和猪一样。"少女站起身后，顺手拍了拍身上的尘土，"我们得快点离开这儿，若是被崔道成那个贼秃抓到，麻烦可就大喽！"

张闲挣开绳索，躬身行礼道："姑娘救命之恩，小的没齿难忘！敢问姑娘芳名，小的日后好报答你。"

"姑奶奶的名字，是你可以知道的吗？"少女瞪了他一眼。

"那……如果不合适，那就算了。当我没问。"张闲讨了个没趣，闭上了嘴。

"算啦，瞧在主上的面子上，我就告诉你吧！我叫阎凤羽，阎王的阎，凤凰的凤，羽毛的羽，听清楚啦？"少女伸出白皙的手掌，握住张闲的手腕，拖着他往树林里走，"快走啦，再聊天，破戒僧的假和尚都要追来了。见本姑娘这般美貌，搞不好都想还俗了呢！"

张闲沉吟半晌，顿然醒悟，高声道："你是仙音阁的女刺客，霜天蛾·阎凤羽？难道是李姑娘派你来救我的？"

阎凤羽侧过脸来，嫣然一笑道："当然啦！除了主上之外，谁还差得动美若天仙的我呢？除了主上之外，谁还关心你这小喽啰的死活？还有，你刚才喊那么响，是不是脑子有病？需不需要我给你个铜锣，敲锣打鼓给破戒僧听，告诉他们你走了？"

张闲连连道歉，转而又道："既然是仙音阁的刺客，姑娘武功一定很高强吧？不知比赵元奴、骆琪花两位姐姐如何？"张闲与她们相处多日，又对李师师暗生情愫，这些仙音阁的刺客在他心里，便多了一份亲近，眼下听说阎凤羽也是仙音阁的人，话自然而然多了起来。

"除了主上和赵元奴我打不过，其他人都不在话下。"阎凤羽说着瞥了一眼张闲，冷笑一声道，"你这样的废物，姑奶奶我可以打一百个，不对，打一万个应该也问题不大。"

张闲嘟哝道："我又不学武，你和我比什么。"

阎凤羽瞪了他一眼，忽地眼珠一转，柔声问道："你觉得我漂亮呢，还是主上漂亮？"

张闲思考片刻，如实答道："李姑娘当然是最美的，赵姑娘次之。不过阎姑娘你也很好看，和骆琪花骆姑娘在伯仲之间。"他心想，阎凤羽是活泼灵动的美，若论女子的妩媚，和杨采苓比起来，恐怕也是略逊一筹。

阎凤羽似乎对这个答案并不满意，怒道："你说主上比我美，是情人眼里出西施，不作数！赵元奴那也叫美？你们男人到底有没有鉴赏美女的眼力啊？"

张闲惹她不起，只能继续道歉。

又走了一盏茶的工夫，张闲一拍脑袋，问道："现在是什么时辰？"

阎凤羽道："亥时一刻，怎么了？"

"糟糕！"张闲蓦地牵起阎凤羽的素手，焦急道，"梁山联军放出风，说寅时发动总攻，其实是虚假的情报，他们子时便会夜袭少林寺。我们必须赶快把这个消息带给少林寺的道禅大师，不然他们趁着少林戒备松懈时一举攻破，一切就完了！"

他因生有"龙虎瞳"，平时记忆力极佳，过目不忘。但被如海和尚踹了脑袋后，一直迷迷糊糊，昏头昏脑，如此重要的事，也是刚刚才想起来。

阎凤羽被张闲拖着手，往少林寺狂奔，口中骂道："你慢点，姑奶奶的手要断啦！"

正行之际，前方隐隐传来兵刃交击的声音，张闲与阎凤羽对视一眼，快奔过去，只见四个黑衣男子提着长刀，正在围攻一个手持长棍的青年和尚。那和尚生得瘦长，身披灰色僧衣，身上已有多处血痕，显然是力有不逮，招式也左支右绌，眼看就要死于这几个人的刀下。

张闲推了一把阎凤羽，急道："还看什么，还不快去救人！"

阎凤羽举起小嘴，鄙夷道："你以为你是谁？你让我去救人，姑奶奶偏不救！"

"你不救，我去救！"

张闲知道这女孩不可理喻，和她多费唇舌也无多大意义，于是抽出腰中匕首，便要冲入战团。阎凤羽见他来真的，一把扯住他的后领，拖回原地，自己如弹弓般冲了出去。

她极速飞奔之时，手中不知何时多出两把铁尺。

这铁尺又称笔架叉，中柄六棱柱形，尖头锐利，用以刺杀，旁支则用于格挡时卡住对方的兵器，因此对付刀剑等长兵器时，有较大的优势。其优点在于易于携带，可暗藏于腰间，不易被人发觉，是刺客们最喜爱的兵刃之一。

其中一个黑衣人见有个少女向他奔来，翻转手中朴刀，朝她横劈过去。阎凤羽腾空而起，翻身落地，同时将铁尺的尖刺送入那人的咽喉。她正手送入，反手拔出，马不停蹄地奔向下一个目标。另外三人也注意到了她，两人齐齐向她冲来，举刀劈砍，阎凤羽左手铁尺卡住一人的朴刀，腰腹一扭，将那刀尖引入另一人腹中。那黑衣人见竟误伤了自己人，大惊失色。阎凤羽趁此空隙，右手铁尺刺尖直直插入他的咽喉，将他惊讶的表情永远定格在了这一刻。反手送入，正手拔出，俏脸冷若冰霜，与刚才天真烂漫的少女判若两人！

最后一位黑衣人正与和尚大战，身边少了三人，那和尚顿时气势大振，一杆齐眉棍挥舞得虎虎生风。黑衣人眼看要败，转身就往小道逃跑。青光一闪，一柄铁尺自阎凤羽手中掷出，追风逐电般刺入了黑衣人的后背。铁尺刺尖戳破了心房，黑衣人踉跄两步，终于还是扑倒在了地上，闭目死去。

这场韧战耗费了那和尚太多精力，见敌人尽数被杀，他一屁股坐倒在地，兀自喘着粗气。过了一会儿才向阎凤羽谢道："多谢姑娘出手相助！"

"别谢我，要谢去谢他。"阎凤羽伸出纤纤玉指，指了指远处的张闲。

张闲上前扶起和尚，关切道："这位师父是少林寺的高僧吗？"

"小僧法号玄悲，是少林寺的弟子。遵方丈之命下山巡查，却发现这群匪徒已攻上山来，我们急着回寺警报，却被他们拖住，分不开身。几位师兄弟也惨死在他们手中。"玄悲向身后一指，忍不住凄然落泪。张闲顺着他所指的方向望去，果然看到两具少林僧人的尸首。

"既然如此，我们赶快上山通报吧？把梁山联军夜袭少林的计划告诉方丈。"

"怕是已经来不及了。"玄悲苦道，"现在已是亥时三刻，就算腾云驾雾也回不去。"

张闲急得跺脚，苦道："那怎么办，难道放任不管？"

阎凤羽摘了朵野花，插在耳边，悠然自得地坐上一块大岩石，双腿一荡一荡，仿佛对他们说的话题毫无兴趣。

"卑鄙无耻的小人！"玄悲跪在地上，痛哭起来。

张闲也在一旁来回踱步，心想若是唐霄这样的智将在，一定会有办法。他苦思片刻，忽地眉头一纵，计上心来，对玄悲道："有法子了！"

玄因站在山门前，高达数丈的木质门坊就在他的头顶，眼下则是一条宽阔的石阶大道。他想过，如果梁山联军从这边正面猛攻的话，他便第一个上前与他们搏杀。奇怪的是，玄因一点也不害怕，他相信身边的玄苦也不怕。自从戒律院的疯和尚玄武逃走之后，他与玄苦均受到了戒律院首座道正禅师的责难。

彼时，玄因就在心中暗暗发誓，这种错误，绝对不会出现第二次！想到此处，他将手中的齐眉棍握得更紧了。

"喂，你看那边！"玄苦伸手推了推玄因的肩头，然后往前一指，"是什么东西？"

玄因抬眼瞭望，远处有团如乌云般的烟雾，缭绕升腾。那沉甸甸的黑雾时聚时散，宛如一条黑龙，直冲天际。黑烟下方，似还有火光闪烁。

"有人放火烧山？"玄苦惊道，"难道这些贼寇想火烧少林寺？"

"不……不对劲！"玄因望着那团黑烟，若有所思地道。

"怎么不对劲了？"玄苦又问。

"这不是梁山之人放的火。"玄因把横一眉，坚决道，"这是狼烟！"

"狼烟？"玄苦还是不太明白。

玄因没有回答他，而是对身后的众位师兄弟，高声喊道："快快禀告方丈，敌人子时就要进攻，立刻布防！立刻布防！"

执事僧赶紧去了禅堂两侧的班首寮，通报军情。寺内警钟大作，响遏行云，众武僧纷纷提着长棍从屋宇中奔踏而出。他们脸上毫无惺忪睡意，个个金刚怒目，对围困少林的那些不知天高地厚的匪盗恨之入骨！

道禅大师手持法杖，立在大雄宝殿之前，他的身后站着十八位浑身穿着金色铜质战甲的武僧，正是少林寺驰誉天下的十八铜人。他的身前，是数百个受过严格武术训练的少林寺弟子，也是肩负少林命途的护寺僧兵团。

"阿弥陀佛，众位同门，少林兴废，在此一战！今日所开杀戒，非我少林不正戒律，而是为救天下苍生，为了这座宝刹永存，实在是被迫之举。"道禅大师虽已是耄耋之年，拳脚功夫已不如年轻人，但内劲犹在，说话声嘹亮，字字清晰入耳。

群僧齐道："谨遵方丈法旨。"语毕，道庆玄祖四辈少林僧人各持兵器，列队出寺迎敌。

寺外，千余位身披银色扎甲的禁军将士已列阵以待。数百支火把齐齐点燃，霎时将山头照得夜如白昼。张叔夜升帐点将，分三个列队，前军先锋由韩世忠统领，左军由唐霄、徐燎统领，右军由其子张伯奋统领，每队各四百人。

"杀贼——！"

"杀贼——！"

"杀贼——！"

朝廷军旌旗飞扬，剑戟如林，张叔夜一声令下，金鼓齐鸣，满山呐喊，声势极盛。

道禅大师站立山门，登高远望，但见远处黑压压的一片，成千盈百，尽是趁着夜色潜行的人影。那些人手中刀刃反射出如雪般光泽，千万银光闪烁，数不清有多少人马。道禅暗暗心惊，若不是那狼烟提醒，这如潮水般的敌人偷袭而来，少林寺危矣！

对方人马是己方数倍，照此情景看来，少林寺已被合围。张叔夜骑在马上，亦是愁眉不展，他耳中听的是如雷鸣般的战鼓和号角声，眼中看的是漫山遍野的梁山联军，自己领的虽是精兵，但也没想到宋江竟能号召如此多的人手。

忽听得蹄声嗒嗒，敌军人丛中出来一人，骑着匹赤兔马，擒着把青龙偃月刀，大声喊道："道禅大师，我梁山泊与你少林往日无仇，近日无冤。只需你交出那个人来，我等便速速退兵，绝不伤你少室山一草一木。"众僧望去，只见说话人堂堂八尺五六身躯，细细三绺髭须，两眉入鬓，凤眼朝天，面如重枣，正是梁山泊天罡军团坐第五把交椅的大刀·关胜！

道禅大师法杖击地，金刚怒目道："乃祖关云长为神，忠勇亦无人可及，江湖中人无不敬仰！你身为云长之后，身上流的是忠义之血，何以甘心落草从贼？我少林寺中，没有别人，尽是我少林僧众，你们梁山泊要随便带人走，却也没那么容易！"

唐霄朗声道："关胜，你说的那个人却是何人？你敢不敢大声说出他的名字？"

关胜并不理会唐霄，而是遥看张叔夜与道禅大师的表情。静谧的月光下，他们的表情是如此的坚定不移，心中只有一个答案。

——堂堂大宋男儿，绝不会向草寇低头！

关胜会意。他知道这一场仗，非打不可。

他的左手松开缰绳，高高举起。数千双眼睛紧紧盯着他的左手，瞬间整个少室山阒寂无声，直到他的左手猛地挥下！

"杀！"

霎时间，杀伐声乍起，真如天崩地裂一般，混合着千万奔踏的足音，响彻山门！

敌人如潮水般涌来，道禅大师却毫不畏惧，法杖再次重击地面，喝道："布修罗阵迎敌！"

众僧齐声高呼："布阵！"数千僧兵瞬间分作五六队人马，相互聚集散开。所谓"少林修罗大阵",僧兵分合不常,聚散不定,布列如星,一队分为数十簇,彼众则分兵,敌孤聚而剿之,倏忽之间,分合数变!阵内至关重要的位置,皆由武艺最强的十八铜人驻守!

道禅大师低声诵经,提前替这些无知的匪盗超度往生。

——少林寺何以独霸武林数百年不垂,今日就让你们见识一下!

僧兵布就修罗阵毕,梁山联军的先锋部队便冲杀上来,双方甫一交锋,联军先锋便纷纷败溃。这些山寨的匪盗原来都是群乌合之众,打家劫舍在行,论起结阵打仗,又怎是少林僧兵与朝廷正规军的对手?

只见僧兵团中蹿出一金人来,便是身披金甲的十八铜人。铜人持着金色铜棍,长棍猛然横扫,棍风卷起地上数片落叶,狠狠劈中一个山贼腹部。那山贼腹腔中棍,震得五脏俱裂,口中激射出鲜血,整个人被打得离地飞起,重重摔在身后群贼的身上。棍势并没有减弱,那已成尸体的山贼又重创身后三四个同伴!

这就是少林寺武僧精锐中的精锐,少林铜人!

敌人虽然强悍,但仗着人数优势,梁山联军倒也不惧,纷纷如蚂蚁般冲向山门。僧兵持棍左劈右打,尽数施展少林所学武艺,当真是勇猛无畏。

张叔夜见此情景,振臂大呼道:"兄弟们,今日让草寇尝尝朝廷的天威!杀!"

朝廷禁军乃是大宋最精锐之师,虽仅有千余之众,但个个以一当十,是最强的职业军人。他们见主帅下令,刹那间如怒涛般向梁山联军袭去。更深的月夜,银白的刀光与燃烧的火把两相映照,数千人彼此拼杀,金戈之声不绝于耳!

韩世忠率前军先锋直直向关胜所在的部队冲去,他手里持着长枪，心中满是对这位武神之后的怒气。这种怒气，是"卿本佳人，奈何做贼"的怒气，是"怒其不争"的怒气！身为朝廷命官，吃着皇家的俸禄，竟沦落到山头做强盗？这是韩世忠无论如何都无法理解的。

扑面的杀气令刚劈死一个僧兵的关胜转过头来，他也瞧见了韩世忠。

——来得正好！

关胜拍马而至，双臂猛力挥舞，刀光乍起！

韩世忠双手提着枪杆，扬起格架关胜的劈砍，架开之后，长枪继续挥动，枪尖闪电吐吞，突刺关胜的咽喉。关胜身体微侧，枪尖刺入他肩上的铁甲片中，他立刻伸手搭住韩世忠的枪杆，灌足硬劲一扯，企图让韩世忠摔下马来。可一扯之下，韩世忠却丝毫不动，反倒是关胜被长枪一挑，失去平衡，从赤兔马上摔下！

跌倒在地后，关胜忙向侧面滚开，韩世忠长枪刺空，正待翻转枪杆再刺，却发现身子一晃，只见关胜低喝一声，硬将青龙偃月刀横斩而去！那刀势卷起地上尘沙，将韩世忠胯下那匹骏马的四蹄，齐齐砍断！

冲击力并没有消除，那马吃痛，嘶叫着失去了平衡，重重摔在地上。韩世忠在马落地之前，侧翻躲避，若是稍迟了一些，身体被这重达数百斤的马身压了一下，必定折断脊椎骨，当场毙命于此。可是韩世忠没有害怕，他反而笑了。

——好久没有遇到像样的对手了！

自从上次御前比武，与那个肺痨鬼张俊交手之后，再也没有什么人可以令他兴奋起来！

不过，眼前这个关胜，确实配做他的对手。

黑夜中，青龙偃月刀刀芒大作，刀刃没有沾血。关胜一身绿锦战袍迎风飘荡，保持着那砍杀的姿态，立在飞扬的尘土之中，纹丝未动。两位名将头一次交锋，便打了个平手！

四周兵匪厮杀鏖战，他们充耳不闻，目中只有对方。

唐霄与徐燎双双骑着烈马从韩关二人身旁飞驰而过，他们并不关心这场禁军大将与天罡首领的生死决斗，而是把目光锁定在了另一个人的身上——阎帝·孙列！

他们统帅的左军已与夜行者部队交上了手，而主将孙列却还龟缩在后。

"徐燎，你的命可真大，竟然还不死。"孙列瞧着徐燎，正咧着嘴在笑，"现在竟然又自己送上门来，实在太好了！"

徐燎右手按住虎翼刀柄，怒视孙列。

腹部的贯穿伤并没有好透，但对没有痛觉的他来说，并无大碍。

"来人啊，把她给带出来。"孙列微微侧过脸，对身边的余五娘嘱咐道。

余五娘得令后神秘一笑，扭着腰胯往后走去，不一会儿，就提着一个女人来到阵前，往地上一推。那女子浑身无力，扑倒在地上。余五娘又上前一步，抓起她的长发，生生将她的脸庞抬起，似要故意让远处的唐霄与徐燎看清楚。

"师妹！"唐霄惊得目眦欲裂，狂叫起来。

徐燎抽出虎翼刀，遥指孙列，一字字道："放了她，不然我把你们全都杀光。"

孙列翻身下马，走到晏贞姑身边蹲下，狞笑着道："我早就知道出了内鬼，却一直没想到是她。若不是五娘的计策，谎称咱们亥时进攻，又怎么能引出她来？飞鸽传书送去少林寺，那鸽笼四周，早已被我埋伏了人。嘿嘿，在我面前玩花招，还嫩了点！不过呢，这件事也不能说没有好处。至少，也让寡人手下的兄弟们，尝了尝女人的滋味！"

孙列说罢，仰天大笑不止。

唐霄见她神色呆滞麻木，身上衣衫不整，头上鬓发凌乱，那张原本秀丽的脸颊上，满是青紫与血痕，已隐隐觉得不对劲。眼下听了孙列的话，便知道她受了巨大的屈辱。登时怒得两眼暴睁，牙齿咬得"咔咔"作响。他与人对决，向来不会动气，因为他知道愤怒会让人失去理智。而一个失去理智的武者，必定会败在对手的精心算计之中。

而这一次，唐霄再也忍不住了。他眼中如仙女般纯洁的师妹，竟被这群畜生如此凌辱。此刻，他心中只有一个念头。

杀光夜行者的所有人！

第十四章 宋江阴谋

"把他们两个给我杀掉！"

孙列像是玩够了猎物的猎人一般，伸手指着唐霄与徐燎。

他话音才落，身边就闪出两个身影，足下不停，以极快的速度向唐霄他们奔杀过去。这两人相貌奇特，其中一人深目高鼻，是个肤色极黑的虬髯大汉，一看就非中土汉人。另一个身长一丈，打着赤膊，浑身肌肉健硕无比。此二人正是孙列麾下，八部鬼帅中的两个头领，阿里奇与任原！

唐霄一见任原，祝永龄惨死的模样就浮现在了眼前，心中怒火顿起，策马向他冲去！徐燎见他的凶相，也已猜到了七八分，扬起马鞭一抽，坐下烈马吃痛，疯也似的撞向二人。

阿里奇迎着徐燎的烈马，坐马转胯，双手紧握刀柄，奋力横斩。

蓦地刀芒闪烁，大食国弯刀出鞘！刀势如龙卷风般袭向徐燎的坐骑。

锋刀切断一条马腿，那烈马吃痛嘶鸣，头朝下跌倒，折了颈椎骨而亡。徐燎在马腿中刀前，自马鞍上高高跃起，双手举起虎翼刀，借着自上而下的冲劲，劈刀直斩阿里奇头顶！阿里奇砍断马腿后，并不停歇，双膝微微弯曲蓄力，弯刀猛地向上撩击！

双刀相交，擦爆出一阵火星，这微光在暗夜中尤其扎眼！

下一刻，双刀同时向两边弹开，徐燎与阿里奇各退三步。阿里奇屈臂将弯刀高举，徐燎横刀在胸，摆了个门户。名刀虎翼的刃锋崩了一块，徐燎内心也微微一怔，可想而知，这阿里奇手中的大食国弯刀有多么锋利。

弯刀刀身布满花纹，刀刃薄如蝉翼，若仔细观瞧，会发现刀刃是以极其细密的锯齿组成。此刀使用罕见的乌兹钢为材料，由大食国最优秀的刀匠师傅反复锻造锤炼而成，乃是中原前所未见的绝世宝刀。

数记暗器破空之音在徐燎脑后响起，他不必回头就能知道，唐霄出手了。

除了有"袖里乾坤大"美誉的兵诛城少主，有谁还能在如此短促的时间内，发起如此密集的暗器进攻？

银光闪动，三枚燕尾镖分别朝任原左睛、咽喉、右胸三个部位打去。任原双拳带着铁甲片拳套，双手抡成圆圈，将暗器纷纷打落。击落暗器后，他一抬头，只见一匹奔马迎头撞来！

原来在发射燕尾镖之后，唐霄便立刻翻身下马，同时又射出一支袖箭，贯入马臀。战马吃痛，更是激起了兽性，四蹄生风，直直朝任原撞了过去。任原体格虽然强壮，但毕竟只是两百多斤的人类躯体，眼下被一匹千斤重的奔马正面冲击，如何能挡？整个人一触马身，即被弹射出去，飞出一丈远才崩倒在地。

任原身后，刃锋交鸣声不绝，徐燎与阿里奇刀战正酣。

徐燎体内嗜血的冲动慢慢觉醒，刀招也越来越狠辣，每一次劈砍都朝着阿里奇要害之处。阿里奇仗着兵刃之利，也并不落下风，快刀乱斩之际，还会逼得徐燎连连后退。在第四十六次刃锋交击的时候，徐燎的手臂已传来一阵酸麻感，他知道再斗下去，体力消耗甚巨，就算斩杀了阿里奇，也无力再对付孙列。

要知道，曾经是八十万禁军教头的孙列，实力远远强过这个阿里奇。

甚至徐燎也感到奇怪，仅凭自己的功夫，当年是怎么战胜这个怪物的？解答只有一个，当年皇城司的那个鬼刃，也是一个不下于孙列的怪物！

而此时的徐燎，能力尚未完全激发出来！

阿里奇弯刀往前挥出，徐燎侧身避过，此时虎翼锋刃上已崩了好几个缺口，能不用刀刃交击，尽量不用。避刀的同时，徐燎立了个偏马步，绷直右臂，虎翼刀向前水平扎出，刀尖向前，刀刃朝下，一记"扎刀"直袭阿里奇。

这扎刀技法秘诀在于，身体挺直向前的同时，右手立刻绷直前扎，两者要高度统一才能发挥其奇袭的威力。徐燎虽失去了记忆，但身体的记忆犹在，故而使出"扎刀"时，时机与力量均妙到巅毫！

刀尖已至胸膛，阿里奇倒吸一口凉气，整个人往后急退而去。但便是如此，动作也慢了半拍，胸膛被虎翼刃尖刺出一个小窟窿，血花喷溅。

扎刀得手，徐燎随手一劈，砍倒身边一个正与禁军将士缠斗的夜行者喽啰，迈腿再向阿里奇冲击。阿里奇强忍胸口剧痛，反蹬一步，提着弯刀再次朝徐燎进击，两人双臂均灌足了力量，挥刀相互砍杀。

此时，一声震天巨吼压过他们那急密的金属交击之声，响彻山门上空。

发出怒吼的人是任原！

他不停挥舞着粗壮的臂膀，拳头砸在地上，石土横飞。他的铁拳不停打向唐霄，只是没有一拳能够击中目标。唐霄轻功绝佳，闪避的能力远远强过攻击的能力，只见他灵活地迈开步伐，敏捷地扭动腰胯，将任原的拳头尽数躲过。

当然，唐霄并不只是躲闪而已，他在等待一个契机。

乱军之中，一位禁军骑兵正拍马杀到，长枪刺死两个贼寇喽啰后，被人用长刀劈下马来，瞬间四五个山贼围上去，乱刀剁成肉泥。但那匹战马却兀自不知，依旧朝唐霄的方向奔来。

——就是现在！

唐霄目光收紧，一扯手里的追魂链，迅速向任原怀中冲去。任原以为他要进攻，展开猿臂，准备用摔跤技法，将唐霄拦腰抱住，头朝下狠狠砸在地上！谁知唐霄奔至眼前，忽然身形一缩，整个人从任原的胯下滑了过去。任原弯腰抱了个空，再起身时，双腿略有阻碍感，这才发现唐霄已用追魂链缠绑住了他的双腿。

"你打也不打，东躲西藏，究竟要做什么！"任原有力没地方使，怒得咆哮起来。

唐霄冷冷道："我要你死！"说罢一手牵着追魂链的一头，高高跃起，跳上那匹正朝他冲来的战马马背上，以极快的手法将追魂链与马具上的环扣缠在一起。任原正想去扯开腿上的锁链，忽然失去重心，跌在地上，原来战马奔腾不休，已扯动那条绑在他脚上的链子，拖着任原的躯体狂奔起来！

转息之间，唐霄已翻下马背，右手一扬，再射出一支袖箭，刺入马臀！

——去死吧！混蛋！

战马四蹄翻飞，狂奔而去，任原面孔朝下，皮肤刮擦着粗粝的地面，顿时满面鲜血，口中惨叫声不绝。但他无论如何挣扎，都脱不开腿上的锁链。战马已失去方向，向山门阶梯奔去，跑到石阶上，马蹄一绊，连马带人翻滚下去。这等坠力，何止千斤，岂是肉体凡胎所能承受的？滚下石阶时，那任原早被压得脊椎骨寸断，内脏破裂而亡。

解决任原后，他转头去看徐燎，见他与阿里奇斗得不分轩轾，正想上前助拳，却见徐燎忽地低吼一声，忽然欺身抢近。阿里奇挥刀去劈，徐燎高举虎翼刀过顶，用刀背架住斩击，同时一脚猛踹阿里奇膝盖！

阿里奇乃是大食国刀斧手，刀法自然一绝，但腿脚功夫却没曾练过，被徐燎踢中膝盖，顿时失去平衡，摔倒在地。徐燎也扑倒在地，左手擒着他握刀的右臂，往地上一砸，弯刀登时脱手，自己也松开虎翼刀柄，绕到阿里奇身背，双手双腿如蟒蛇般缠上，左手拖住他的后脑，右手臂弯紧扣咽喉，双臂陡然发力！

鬼刀觉醒了！与其缠斗不下，直接杀死对手，才是最重要的。

几个喽啰见头领被锁喉，提着朴刀奔来，准备劈死徐燎。唐霄抖动手腕，三把飞刀直直插入准备举刀偷袭徐燎的喽啰咽喉，替徐燎做掩护。

阿里奇的双手在半空中乱抓，身躯在地上翻滚。徐燎双臂紧锁不放，阿里奇的面色憋得由红变紫，隔了半晌，他才垂下了挥舞的双手，脖子一歪死了。见阿里奇没了气，徐燎踢开尸体，捡起虎翼刀，将大食国弯刀抛给唐霄接住。唐霄认得乌兹钢，他凌空一挥，刀锋划破空气，发出一阵金属鸣音，更加确定这是一柄罕见的宝刀。

连损两员大将，孙列收起笑容，命左右取来刀剑，装在腕上。

此时战事正酣，两方人马你来我往，拼杀不休。少林武僧虽武艺绝伦，以一敌十，竭力死战，可梁山联军人数太多，杀了一批，又来一批，源源不断。道禅大师与张叔夜并立在高处，愁眉紧锁。这场攻防战再这么耗下去，形势对少林极其不利。

正自苦闷，忽闻杀声大作，隐隐从山门下传来。

"梁山难道还有援军？"张叔夜也听见了这不寻常的声音。

道禅大师闭上双目，两手合十，心中已是万念俱灰。少林寺数百年基业，竟毁于自己手中，念及此处，便痛心疾首之极。

忽听得人群中有人高喊："糟糕，咱们被合围了！"口口相传，联军队伍竟乱成一团。

杀声渐近，道禅大师纵目远望，只见这队人马竟冲杀入梁山联军部队腹地，与他们厮杀起来。队伍后面，还紧随着数百位手持刀枪的好汉。为首一人身着青衫，头顶竹笠，宽脸独目，挥舞着两根短棒，他边上女子身披火红长袍，身材极为高挑，手持双刀。两人冲入敌阵，霎时便击毙三四个山贼。

张叔夜凝望了一阵，惊呼道："此人乃祝家庄的教头，铁棒·栾廷玉！他边上的巾帼英雄，应该是扈家庄的**一丈青·扈三娘**！"说完，他又看向道禅大师，喜道："看来，我们的援军到了！"

少林众僧听到己方援军已至，无不精神大振，一扫之前惊惧的情绪。他们一个个将少林棍法使将出来，点挑扫劈，生生将如潮水般的梁山联军逼退了回去。由唐霄统领的右军也听到了这个消息，禁军将士们极为兴奋，士气高涨，呼喊着朝山贼们杀去。

鼓角喧阗间，唐霄忽然听见身后有人喊他名字，他一转过头，就瞧见了人群中的杨采苓。

"小苓！"唐霄不敢相信自己的眼睛，竟然在战场上见到她。

杨采苓向他跑来，哪知身边忽然闪出一个山贼，举着刀就要朝杨采苓直劈而下。唐霄五指扣了一把飞刀，刚想掷出，却见一个光头和尚从后方跃出，手持铜棍，一记劲道刚猛的横扫，将那偷袭的山贼打得脑浆迸裂，尸身飞摔出去。唐霄定眼再看，发现那和尚围绕在杨采苓身边，左劈右打，替她开路，使出的招式均出自少林，拳脚功夫远在自己之上。

唐霄也朝她走了几步，杨采苓一头栽入唐霄怀中，抽泣起来。

"小苓……你没事吧……"唐霄被杨采苓紧紧抱住，双手张开，不知该放何处。

杨采苓只是抽抽噎噎，没有说话。

"喂，你就是唐霄？"手持铜棍的和尚上下打量唐霄，眼神中带着几分敌意，"这个麻烦的女人交给你了，你要好好保护她，听到没有？"

唐霄拜道："多谢圣僧出手相助！在下感激不尽！"

这和尚正是玄武。他与杨采苓在黑店遭遇孙二娘一伙突袭，以一敌五，形势极为严峻。谁知栾廷玉忽然现身，替他们解了围。原来他们将玄武误认成破戒僧的头领崔道成，故而与他动起手来。杨采苓自然不明白，为何栾廷玉和扈三娘，会与这群梁山头领混迹在一起。

那日离开东京时，遇战武松，祝永龄带着昏迷的徐燎离开，栾廷玉和扈三娘则留下与武松决战。可惜敌我实力太过悬殊，几招之后栾廷玉便被击败。武松提着拳头，正要打下，却被匆匆赶来的鲁智深喝止。其实林冲已掌握了宋江勾结朝廷的铁证，他授意鲁智深率二龙山旧部假意下山协助远征军，实际上是给梁山泊留一条后路。

离开梁山后，吴用意识到不对劲，三番四次派神行院下令班师回山，鲁智深却三番四次阻挠，有时甚至置之不理。这些旧部只认将领，不认虎符，自然也不理会吴用的军令。此时杨志也从寿州城赶回，加入鲁智深团伙。在寿州城时，他偷偷拆开蜡丸，费了好大的劲才将内容破译，进一步坐实了林冲的推测。

所谓"九天玄女计划"，乃是宋江与朝廷勾结的铁证。早在玄女庙中，他就已向朝廷投诚。若是得到天书，立刻可证实宋江上山之前，便已伙同朝廷中人，密谋覆灭水泊梁山！

只可惜，这三卷天书藏在梁山戒备森严的天书阁中，除了宋江、吴用和燕青等寥寥几位天罡头领，其他人无法进入，更别说将其偷盗出来。就算坐第六把交椅的林教头，也没有这个权力。没有三卷天书，就不能昭告其他弟兄，宋江的真面目便无法揭穿。可鲁智深早就不耐烦宋江，所以当他领军来到嵩山境内，便立刻宣告：

二龙山山寨正式脱离水泊梁山！

鲁智深及其麾下头领，杨志、武松、张青、孙二娘、施恩、曹正等人也不再受宋江指使，其他千余追随他们的喽啰，日后也不会再自居"梁山好汉"！

独立之后，鲁智深做出的第一个决定，便是义助少林寺。

他对众位二龙山的弟兄说道："咄！这般没来由去打少林寺，无缘无故杀那么多和尚，却也不给弟兄们一个解释，洒家第一个反对！"

花和尚的提议得到了大多数人的支持，众人纷纷决定与梁山划清界限。

那时候，他们尚不知道天王晁盖还在寺内，也不知道宋江攻打少林寺的真正目的是为了斩草除根，让晁盖从这个世上彻底消失。

之后，二龙山军团选择屯兵嵩山，使的就是"黄雀伺蝉"的计策。谁知玄武与杨采苓竟误打误撞，闯进了他们用作耳目的黑店。若不是栾廷玉及时赶到，玄武与其余三位天罡头领的战斗，不知何时才会罢休。

杨采苓来不及将这些事说给唐霄听，玄武也不理会唐霄的谢词，冷冷转过头去。

玄武见了杨采苓对唐霄的态度，那种柔情蜜意的眼神，心里隐隐升起一股浓烈的醋意。他想尽快驱散这种负面情绪，唯一能做的就是别过头，不去瞧他们。他心里也觉得奇怪，和这个女子相处没几日，何以对她的安危，对她的情感，如此在意？

"你们小两口想要温存，等有命回去再说！"

孙列见唐霄等人将他视若无物，赫然而怒，双手同时向两边倏地一挥，腕上刀剑震动起来，金属鸣响不绝。

他的话把唐霄从遇见杨采苓的喜悦中拉回现实，晏贞姑未能救出，现在还不是高兴的时候。他轻轻推开杨采苓，十指扣上各种暗器，双目直视孙列，一字字道："假阎王，今天就是你的死期！"

孙列狂笑道："死到临头还嘴硬？今日你们一个都逃不了！哈哈！"

笑音未落，他身后蓦地跃出一个四肢极长的高瘦番僧，狂奔向唐霄。那人飞奔时并不按直线，而是沿着犬牙交错的曲线跑来。这样一来，唐霄投掷暗器的准头就会大大下降。

"是……是他！"杨采苓瞪大了眼睛，喊道，"小师父，揍你的人就是这个叫'骸鬼'的番僧！就是他把你打伤的！"

冲击唐霄之人，正是八部鬼帅中的拳术天才，骸鬼·琼妖纳延！

"打佛爷脸的，竟然是这种奇形怪状的家伙？"玄武摸了摸自己隆起的左侧脸颊，怒火蹿起，双拳紧握，使得骨节"咔咔"作响。

唐霄连射数枚暗器，镖镖落空，那番僧身手格外敏捷，不消一会儿便已奔到离唐霄两丈远之处。此时，他忽然猛蹬右腿，腾空而起，同时屈起左膝，右腿脚背绷直蓄力，跃到唐霄面前时右膝倏出，直击唐霄面门！

"小心膝撞！这家伙用的是暹国的拳术！"千钧一发之际，徐燎失声喊道。

虽然，他也不知自己为何了解这些域外武术，甚至连暹国具体在哪儿，他也不知道。

见琼妖纳延来势如此迅猛，唐霄下意识做出判断，不能硬挡，于是整个人如箭镞般向后弹射而去，同时双手交错胸前。

即便如此，琼妖纳延这招"腾空右飞膝"的速度，还是太快了！

膝盖骨撞上了唐霄的手臂尺骨，力道极为刚烈，唐霄甚至觉得比力士任原的冲击力还要大！双臂被对方膝盖压至胸膛，肋骨受到挤压，肺部也受到了极大的震荡，唐霄虽挡下这次的攻击，但整个人早已失去平衡，仰面摔倒在地。

琼妖纳延飞膝得手，屈起右肘，正准备使用杀招，顿觉身后一阵刀风，忙向右侧闪！

虎翼刀挟着一股劲风，呼啸而至！

琼妖纳延凭着敏锐的直觉和惊人的神经反应，堪堪躲过。他目光停留在徐燎身上，咧开嘴笑道："你，配做我的对手。他，不配。"

这一记劈砍，完全是徐燎在情急之下替唐霄解围，并没有准备进攻的后手。逼退琼妖纳延后，他扶起躺在地上的唐霄，一双虎目死死盯着琼妖纳延。

——这家伙使的是暹国的八骸体术，不太好对付啊……

所谓八骸体术，乃是暹国一门传统的格斗技术，以绝对的力量和超人的敏捷著称，强调双拳、双腿、双膝、双肘等四肢八体的合理运用，从而达到在俄顷之间击杀对手的目的。要成为真正的八骸体术高手，除了自身身体素质极佳之外，修习起来也异常困难。相传研习这门技艺，每每训练时，便要将自己的骨骼打断，重新接骨，因为断骨愈合后，其骨密度比原先的骨骼更坚固，抗打击能力更强。

正因为此，这门毒辣的拳术在中原并未广泛流传开来。

"喂，黑脸鬼，你的对手是我！"玄武丢开手中铜棍，扳着手指关节，大踏步向他们走来。行至徐燎与琼妖纳延中间，才停下脚步。

琼妖纳延认得他，用极为不纯正的汉语道："你，不配做对手。"

"小瞧佛爷？"玄武双脚分开，屈膝半蹲，挺胸塌腰，双拳收与腹部两侧，摆了个标准的少林正马步。

琼妖纳延见他动作干净利落，与之前交手时判若两人，不禁心中生疑。

见此情景，唐霄本想上前，却被徐燎拦住，朝他微微一点头。唐霄立刻会意。从这少林武僧所露的身手来看，恐怕已经达到十八铜人的境界。他敢上前挑战琼妖纳延，自然心中也有底，显然对自己的武艺也颇为自信。

"什么狗屁王八体术，来领教一下佛爷正宗的少林拳法吧！"

玄武右手向前探出，五指张开，中指、无名指、小指略微并拢，拇指屈曲扣于虎口，其余四指指根伸直，掌心挺力，乃是少林五拳中的基本手形"虎爪手"。他左臂弯曲，藏于腰间，左手食、中二指相并绷直，无名指与小指向掌心弯曲，指尖向外，拇指微曲，虎口撑圆，掌心含空，是"鹤翅手"。

素闻少林拳法，独步天下，拳禅一体，内外合一，不知与这域外奇技八骸体术孰高孰低？在场众人，除杨采苓外，皆为武痴。面对这样精彩的对决，众人纷纷屏息观看，生怕漏看几眼，错失这场千载难逢的机会。

两位拳术高手间的"首次"对抗，行将揭开战幕！

自出生以来，张闲从未见过这样恐怖的场景。

尸体和鲜血几乎铺满了整个山头，少林僧人与梁山联军挥舞着刀剑，厮杀成一团。眼前如血一般的画面，耳边充斥着惨烈的呼喊声。他用衣袖抹抹额头上淌下的汗水，已分不清这究竟是虚幻还是现实。在他三步之前，一名失去右臂的武僧依然拼命挥舞着手中的长棍，只可惜被两个山贼一前一后夹击，毙于乱刀之下。

玄悲、张闲和阎凤羽赶到时，少室山的战争已经打响了。玄悲见同门惨死，手提长棍，愤而上前加入战团。他一棍劈倒了一个喽啰，背后即刻被刺中一刀。他强忍剧痛，横棍回身一扫，打中偷袭者的下颚，瞬间令对方丧失战力。玄悲正待持棍去援前方的师兄，却忽地觉得胸口一凉，一杆长矛从背后插入，透胸而出。

张闲大惊，冲口喊道："玄悲师父！"

阎凤羽双足点地，一个起落，便跃到玄悲身后。那喽啰尚未将长矛抽出，咽喉就中了铁尺如闪电般的刺击，喉结喷出一丛鲜血，仰倒而亡。张闲跑上前来，扶住玄悲，见他已没了气，双目流下泪来。阎凤羽抬头扫视战场，迅速从腰带中取出一支暗笛，在嘴边吹响。

哨声如蝉鸣般奏响，三声短促尖厉哨音，在战场上回荡。

他们的出现引起了其他山贼喽啰的注意，不少人提着兵刃，朝张闲奔来。

"快放下他！躲到我身后！"

阎凤羽身子腾挪闪跃，出手如电，瞬间又解决两个敌人。

对方人数太多，阎凤羽一改浮滑之气，黛眉微蹙，凝神应战。张闲则躲在她背后心急如焚，虽然想帮忙，但苦于自己实在没什么本事，上前只能送死。

阎凤羽在仙音阁中，武艺虽不是最强，轻功却是当之无愧的第一。激战时，她身形急速变幻，在众多敌人中纵横穿行，犹如鬼魅，那两把铁尺刺尖不断扎入敌人的咽喉，正手入，反手出，毫无窒碍，瞬息之间又有四五个敌人倒在她的裙下。

"这小娘们儿太厉害，砍他身后的小子！"

喽啰们开始注意到，阎凤羽刻意守护张闲，如果直取张闲，可以令她分心，这样阎凤羽身形就会露出破绽。阎凤羽顾此失彼，将出声那人击杀后，转头却发现张闲已离自己有一丈之远，眼看就要被身后的喽啰举枪刺死。

情急之中，她不顾自身危急，正想将手中铁尺掷过去，刺杀举枪的喽啰，哪知铁尺未及出手，便见一条赤红色的九节鞭呼啸而来，鞭头的刀刃直直刺入喽啰的后颈。那人还没反应过来发生了什么，便俯身颠仆在地。

长鞭一抖，刀刃从死者颈部抽出，挟着点点鲜血，回到了主人手中。

张闲抬头望去，看见一个容色清秀、英姿飒爽的女子。那女子身材高挑，披着一件火红色的长袍，右手提着鞭把，双眼正充满疑惑地瞧着他。

"红玉姐！"阎凤羽双腿一蹬，一个前空翻，飘然来到红袍女子面前，"你来啦！"

这红袍女便是梁红玉。她看了一眼张闲，望向阎凤羽，疑道："小羽，你怎么在这里？是主上派你来杀张大人吗？还有，这个小子是谁，为什么你一直护着他？"

阎凤羽瞪了一眼张闲，嫌弃道："你以为我想保护这没用的臭小子？若不是主上的命令，我才懒得理他呢！红玉姐，你在这里厮杀，是不是为了掩人耳目，到时候再去偷袭张叔夜，完成主上交代的任务？"

梁红玉面上有些难堪，她眺望一眼正与关胜交锋的韩世忠，口中道："并……并不是……总之，主上交代的任务，我会尽力完成。现在还不是时候。"

"你别和我解释，我无所谓啦！在登封县见了主上，她受了重伤，但还是拜托我来找这小子。还命仙音阁不惜一切代价保住这小子的命。哎呀，小心！"阎凤羽踏前一步，手中铁尺疾刺，干掉了一个正准备袭击梁红玉的喽啰。

梁红玉疑道："我瞧这小子平平无奇，主上为何要我们保护他？"

"不知道，反正是命令，照着做就可以啦！"阎凤羽反手从敌人咽喉拔出铁尺后，皓腕一抖，甩去刺尖上的鲜血。

对于蜂后的饬令，仙音阁众不需知道太多理由，奉行即可。

两人正说着话，又有四个喽啰冲他们围拢而来。梁山联军虽被首尾夹击，但在人数上，还是占有极大的优势。二女将张闲护在身后，阎凤羽双手反握铁尺，梁红玉抖动九节鞭，随时准备向前进击！

那四个喽啰正自呼号着冲来，忽然间一阵银光闪了几闪，四颗头颅倏地高高飞起，四具躯体的脖子断口处，亦同时有四道血箭，如涌泉般向上喷射而出！

四具无头尸体倒下，扬起一阵烟尘。身材婀娜的赵元奴从烟雾中，双手持着两把带着血痕的弯刀，款步姗姗地朝他们走来。她身上那件绿色纱衣从腰间裁开，露出修长浑圆的双腿。在她那白皙的玉腿上，星散着点点鲜红的血滴，尤其扎眼，散逸着一种瑰异的美感。赵元奴身后，还跟着个丰胸细腰的女子，身着黑衣，双手分别握着一把虎头钩，张闲定睛一看，正是骆琪花本人。

"官人，别来无恙吧？"骆琪花见到张闲，特别高兴，伸手勾住他的胳膊，"你怎么会来少林寺？是不是来找我的呀？"

骆琪花说话时，将柔软丰满的身体紧紧靠在张闲手臂上，羞得张闲面庞飞起了红晕，只得轻轻推开她道："我是来找朋友的。"

"原来不是找老婆的呀！"

骆琪花见他羞涩的样子，哈哈大笑起来。

仙音阁七仙女原本就是青楼女子出身，男女之防远没有良家女子看得重要，这种肢体接触与言语轻薄对她们来说，不过是家常便饭而已。

赵元奴冷眼看了阎凤羽一眼，笑道："小妖精，你也来了？"

"你喊谁小妖精呢？明明自己是一只狐狸精！"阎凤羽说着，用手肘碰了碰身边的梁红玉，眨眼道，"红玉姐，你说是不是？"

梁红玉劝道："你们俩别一见面就斗嘴行不行？小羽，元奴怎么说是你的前辈，别每次'狐狸精'前'狐狸精'后地喊，主上知道，又要罚你了。"

七仙女中，阎凤羽与梁红玉关系最好，骆琪花、谢素秋与玉娇枝次之。她对赵元奴有看法，两人见面即吵闹，仙音阁的众女也都习惯了。就算在李师师面前，两人也是兀自争执不休。她们虽互不待见，但在完成主上任务这个问题上，却绝不会有异议。

张闲无心去听她们斗嘴，极目远眺，见唐霄与徐燎正与另外两人捉对厮杀，便迈开双腿朝他们的方向跑去。那四人正说得火热，幸而梁红玉仔细,一见身边没了张闲,才出言提醒。得知李师师的命令竟是保障张闲在少室山的安全,赵元奴和骆琪花都颇感惊讶,四女忙向着张闲的背影追去。

起初喽啰见这几个女子武艺强到可怕,特别是那个使弯刀的绿衫女,简直像会使幻戏一般,斩了几下就把人头给砍了,都不敢上去。但见张闲孤身一人跑出来,纷纷提刀去追他。其中一人追到张闲,一把将其搬倒,众匪也团团围上来,准备乱刀将张闲砍成肉泥。

便在此时,四声清脆的叱喝声响起,四女从四个不同的角度跃向众匪!

阎凤羽身形一晃,率先抢近,"嗤嗤"两声,已将两把铁尺刺尖扎入两侧贼寇的咽喉;梁红玉身虽未达,长鞭已至,赤红色的九节鞭挟带旋风,鞭身缠住一人脖子,勒断颈骨,鞭头刀刃则深深刺入边上一人的胸膛;骆琪花落地之后顺势一滚,左右双手同时向两边挥砍,两个喽啰脚筋猝然断裂,吃痛倒下,虎头钩的尖刃猛地向下疾刺,透过他们的胸膛,戳入土中,将两人紧紧钉在地上;赵元奴如仙女般降临在四个土匪身后,素手舞起刀花,那四人刚回过头,只见眼前银光飞舞,四颗脑袋已拖着一条长长的血箭,飞离身体。

倏忽之间,十个喽啰就被她们解决干净。

——竟然这么强……

——她们……真的是女子吗……

张闲面色惨白地瞧着身边这一张张俏丽的面容,吓得大脑一片空白。还未来得及做出反应,又有一群喽啰怒吼着朝他冲杀而来。

阎凤羽噘着嘴抱怨道:"怎么人那么多,杀都杀不完?"

梁红玉瞧着这群乌合之众,双眼露出杀意,叱道:"杀了再说!"

四女同时发动杀敌,各展所长,宛若虎入羊群,兵刃所经之处,纷纷传来敌人的惨呼。四人衣袂飘飘,步伐轻盈,手上使出的均是凌厉狠辣的杀着,但武姿却极为妩媚婀娜,比之刺客,更像是绰约多姿、仪态万千的舞者。她们在东南西北各立定一个方向,将张闲团团围在中心,以确保他的安全。

张闲被她们守在中央,瑟瑟发抖,进退不得。

他遥望着远处韧战不止的唐霄与徐燎,急得满脸通红,汗水直往下掉,不知何时才能与他们相见。

第十五章 混战

被刻有"风"篆体字样的铁棒狠狠击中面门，一个山贼的面门轰然爆开血花，整个人朝后方飞摔出去。紧接着，另一个山贼下颚也被一根"雷"字的短棒劈中，颚骨碎裂的同时，整个人的意识也随之失去。

虽然被梁山联军的喽啰们左右夹击，形势并不乐观，但栾廷玉却没有不快，反而还有一丝兴奋。他挥舞着手中的短棒，感觉自己又重新活了过来。

而且对手还是他最厌恶的梁山贼寇！

在他背后，两道青光夹杂着飞扬的鲜血，蓦地振起！随之响起的便是山贼的哭号声。

容姿丰美的扈三娘微微屈起细长的双腿，腰部下沉旋转发力，用手中的日月双刀劈出一记刚烈的斩击，将敌人自腰部一斩为二。

她与栾廷玉背靠着背，凝神应战。

正当扈三娘劈砍右前侧的山贼时，另一位手持长枪的山贼趁其不备，将刀尖对准她的腰侧，作势便要扎入！

"危险！"栾廷玉向左大踏一步，手中的"风"字棒向那山贼猛烈击去！

山贼躲闪不及，被"风"字棒劈中后脑勺，顿时颅骨碎裂，一串血花从鼻孔喷出，登时扑倒在地，闭目而死。

击杀山贼后，栾廷玉正欲抬头去看扈三娘，突然见她一刀朝着自己面上猛刺而来！他也不躲，呆立在原地。只见扈三娘的长刀从栾廷玉脸侧擦过，深深扎入他身后山贼口中。可怜那偷袭者还未得手，就毙命当场。扈三娘长刀一送一收，动作极为潇洒。

"扯平了！"扈三娘微微一笑，转身又投入战斗。

栾廷玉苦笑了一声，提着双棒再战。他左劈右打，在人丛中生生开出一条路来。打倒第十个喽啰后，他忽见前方有一个巨汉，披着龙鳞七星甲，手持一杆长斧，在与禁军将士激战。那长斧每一记横斩，都会掀起一阵腥风血雨，转眼间已有三名禁军将士死在他的手中。

"凡逆梁山者，杀无赦！"巨汉面目十分凶悍，连鬓胡须长得满脸皆是。

栾廷玉右足一蹬，提着"风""雷"双棒，猛冲过去！

那人也感到一股逼来的杀气，甫转过头，一杆黑色短棒劈头打来，他忙举斧去抵，谁知刚架住头顶的棒子，右腿上就传来一阵剧痛。他膝盖一弯，"咚"地跪倒在地。巨汉心中愕然，知道遇见了强敌。下一刻，耳边棒风又起，他双手拼命向前一送，将敌人推开数尺。

栾廷玉的面目被斗笠的阴影掩藏，巨汉瞧不清他的样貌。

巨汉长斧在胸前一横，怒喝道："老子是梁山泊坐四十一交椅的头领，**井木犴·郝思文**是也！你是何人，报上名来！老子不杀无名之辈！"

"我就是专门狩猎梁山贼寇的赏金猎人。"栾廷玉用短棒将竹笠的笠檐顶起，露出凶狠的独目和疮疤，"你可认得我？"

"你……你是栾廷玉……"郝思文持斧的双手亦在颤抖。

"你与关胜食宋之禄，为宋之官，却不感宋之大德，反而甘愿落草为寇！眼下还胆大包天，带着一群杂毛来佛门清静之地闹事。今天，我就在这里超度了你。"

栾廷玉话音刚落，"风"字棒倏然朝郝思文攻去。强大气势令郝思文备感压力，他右腿往后跨了一步，长斧倒拖在身后，紧接着，腰部登时发力，粗壮的双臂借着腰腹的旋转猛地发力，长斧向砍斩栾廷玉！

"忘了告诉你！"栾廷玉冲势不减，口中道，"我平生最恨持斧之人！"

长斧在空中划出一道弧线，猛斩入土。在他劈下的瞬间，栾廷玉双足点地，高高跃起，躲过此击。郝思文双臂再次运劲，斧锋挟着泥土与碎石，向上撩击！栾廷玉人在半空，无处借力，手中"风""雷"双棒交叉成十字，与斧刃相交，撞出一阵刺耳的响声！

郝思文连劈两斧，皆未打中栾廷玉，心中不免有些焦急，顺着步势又是一斧子抡出！

但这一次，等待他的并非栾廷玉的声音，而是一阵扑面而来的沙石烟尘。

栾廷玉滚落在地上的时候，顺手抄起一把沙土，朝郝思文脸上掷去。

"他妈的！"郝思文被沙石迷了眼，暂时失去视力，唯有双手持斧不停向前乱挥。在他挥了第八斧后，忽觉一阵棍风涌起，生生劈打在太阳穴上！

刹那间，郝思文有种错觉，仿佛有人在他耳边碰击大钹，"哐当"声响彻耳道。眼眶和鼻孔被这一记猛棍打得迸裂出血，他整个头往左倾，双腿也不住往左踹跚了几步。他想起了从前随关胜南征北战，从未像今天这样狼狈。

栾廷玉踏前一步，挥动"电"字棒，正中郝思文的左脸。

如断线的悬丝傀儡，郝思文双腿一软，原地扑倒。

"又干掉一个。"栾廷玉并没有陶醉在胜利的喜悦中，他放眼望去，见鲁智深正舞动着他那杆重达六十二斤的水磨镔铁禅杖，与一个长相十分丑陋的男子对战。

鲁智深禅杖使得大开大合，那人提着一柄朴刀，打得刀刃上尽是缺口，眼见就要败下阵来。鲁智深大喊："宣赞，你若现在下山，洒家饶你一条狗命！"与花和尚对招之人，正是关胜的副将，梁山坐第四十把交椅的**丑郡马·宣赞**！

"你个秃驴，背信弃义，我今日要替宋江哥哥宰了你！"

他并不畏惧，身前狂挽刀花。鲁智深暴喝一声，如同半空中打了个霹雳，禅杖直直送出，打在宣赞胸口，宣赞退了三步，花和尚却脚下不停，俯身一拳击出，轰中宣赞胸口，顿时胸骨当场碎裂，鲜血从口中喷出。

打到宣赞后，武松提着一个臂长腰阔的汉子朝鲁智深走来。走近时，他将那汉子往地上一抛，那人脸上全是瘀青，倒在地上不动，也不知是死是活。鲁智深定眼一看，正是梁山的小头目，**锦毛虎·燕顺**。武松抽出双刀，与鲁智深并肩而立。周围的山贼认得他们，只是拿着兵器对准二人，谁也不敢上前。

在他们的右侧四丈之外，张青夫妇分别与**摩云金翅·欧鹏**和**神**

算子·蒋敬打成一团。张青仗着力气大，抢着扁担劈打欧鹏。欧鹏身材健壮，行步如飞，但一时却被张青不要命的打法压制，无计可施。孙二娘则手中反握两把短刀，向瘦弱的蒋敬猛攻，那蒋敬手中拿着一个钢铁打造的铁算盘，不断与刀刃交接击打。另外随行而来的**铁笛仙·马麟**与**九尾龟·陶宗旺**已被少林十八铜人击倒在地。

混乱的战场中，所有人都在拼杀，唯有两个人是例外。

身穿铁叶铠甲的**急先锋·索超**怒视杨志，手中紧紧握着一杆金蘸斧。他生得面圆耳大，唇阔口方，腮边一部络腮胡须，威风凛凛，是堂堂天罡军团排行第十九位的高手。他看着眼前这位沉默寡言的男人，眼神中流露出一丝轻蔑。

——凭什么你能排十七位？就因为是杨家的后人？

"杨制使，许久不见。今日，咱们终于可以分个胜负了，真是令人高兴啊。"索超将手中的金蘸斧斜指地面，脸上并无笑意。

当年杨志来大名府后，得到梁中书的赏识，留在府中听用。梁中书见他做事勤谨，有心提拔他为军中副牌，却担心有人不服，便安排东郭门教场演武。杨志打败副牌军周谨后，梁中书让杨志接替周谨，担任副牌军，正牌军索超不服，提出要与杨志比武。

随后两人大战五十余合，不分胜败。都监闻达担心两败俱伤，急命鸣锣，并和李成一道禀报梁中书，称二人皆可重用。梁中书便将索超、杨志二人，同时提拔为管军提辖使。但是在索超心中，那日若非闻达中止武斗，百招之外，他自有办法将杨志斩于马下。

这是一场迟来的决斗。

杨志一直低着头，并不说话。他的性子一直如此，如一杯温水。

而索超却不一样，他性情如烈火一般急躁。他见杨志并没有要动手的意思，便扭动腰胯，长长的金蘸斧攻击范围极广，金光自他身旁飞卷而出，直袭杨志！

杨志低吼一声，右手绕过身子，从左侧拔刀！

一道银光闪烁，宝刀槛兽出鞘，挟着疾风正迎金蘸斧！

刃锋相互撞击，发出一阵鸣音！兵器甫一交接，两人便同时变招。索超旋转金蘸斧，用长杆砸向杨志头顶，杨志用刀背格下这一击，顺势平斩索超胸膛，索超竖起斧杆，抵住刀刃，往前一拱，化解了这招。杨志手中宝刀被封死，便伸脚去踢踹索超的右膝。索超右足往后一跨，避开此招，挥动长斧末端横打，被杨志屈臂挡下，又还了一记扎刀，索超侧头闪过。

两人这般你来我往，又斗了五十多个回合，恍如回到了当年的东郭门教场。

在少室山的南面一处山岳上，有两男两女正静静看着这一场血腥的厮杀，四人皆披着黑色莲蓬衣，衣背皆有羽毛纹饰。四人的面目均暗藏于黑色笠帽之下，看不清样貌。

为首的男子身材高瘦，尖下巴，薄嘴唇，腮边略有些胡须。他看着山下杀气腾腾的战场，竟忍不住笑出声来。

"苏大人，有什么可笑的，说来给本宫听听。"男子身后传来婉转清脆的声音，他回首望去，见那女子往前走了一步，正瞧着他。

黑衣男子姓苏名轸，乃皇城司亲事官指挥使，"八虎"之一。因行事风格心狠手辣，毫无人性，人赠绰号"豺狼"。

听见公主提问，苏轸躬身答道："回禀公主殿下，下官只是一时忍不住，觉得这场仗打得莫名可笑。没有别的意思。请公主殿下不要误会。"

"死了那么多人，真的好可怜啊。"

女子轻叹了一声，将头顶的黑色笠帽摘下，露出一张皓如白雪的俏脸来。只见她年龄约莫十七八岁，眉目灵动，容色极美，说话时神态天真，顾盼之间有股尊贵不凡的气度。

说话的女子本名赵福金，宋徽宗与明达皇后所生，乃是皇帝的第四个女儿，被封为"延庆公主"。在众多帝姬中，尤以延庆公主容貌最美，且精通琴棋书画，性格亦活泼开朗，深得宋徽宗喜爱。也许是仗着父皇宠溺，延庆公主经常逃出宫来，为此经常被罚，却也不挂于心上，屡教不改。宋徽宗也是拿爱女没有办法，唯有苦笑。

前些日子，因为东京发生了一起案子，同为亲事官的白露霜惨死，原指挥使沈俊被革职，皇城司亲事官暂时由苏轸统领，并负责调查白露霜被杀一案。根据白露霜的尸检与走访调查，苏轸发现她的死与前任亲事官徐燎有关。而这个徐燎，可以说是整个皇城司的敌人。

然而，天下没有皇城司查不出的案子，经过数百位探子的走访，苏轸大约掌握了他的动态。包括他与栾廷玉等人结盟，意图阻止梁山泊攻打少林寺，包括他这几日的行踪，苏轸了若指掌。面对曾经的上司，苏轸深知他的能力，普通人根本不是徐燎的对手。毕竟，他曾是令整个京城闻风丧胆的密探鬼刃！

无情如他，冷血如他，最后竟也毁在一个女人手里，现在想来，苏轸只想放声大笑。

——这样愚蠢的男人，竟然能成为八虎之首？

追击鬼刃，唯有出动皇城司八虎才行。为此，苏轸召来了刚从万兽城归来的琼矢镞·仇琼英，协助自己捉拿徐燎。

原来，仇琼英是皇城司安插在田虎身边的谍人，直到前些日子"征寇令"颁布，被禁军四大将之一的吴玠将军率军踏平，自此之后，天下再无"河北田虎"之名。

仇琼英完成任务后，即可回京，投入新的任务。延庆公主得知仇琼英回了东京，自然去找她叙旧，缠着琼英给她讲万兽城的事。偶然间得知他们要动身去少林寺拿人，延庆公主也表示想去，仇琼英无可奈何，只得请苏轸批准。苏轸哪敢不准，但为保障延庆公主的安全，只能再召赤熛怒回京，一同前往少林寺找徐燎。

谁知才上少室山，就见到了两军血战的场景。

苏轸从宽袍中取出一把玄铁扇，轻摇起来，口中道："琼英，待他们精疲力竭，我们就冲下去拿人。赤熛怒，你在此处保护四公主殿下，若有闪失，小心你的脑袋。"

"属下遵命。"苏轸身后的男女同时应道。

延庆公主气得直跺脚，一指苏轸，怒道："你……你为什么不让本宫下去，本宫偏要下去！我在宫里可是向许多大内高手请教过功夫呢，刀啊剑啊，拿手得很！你不让我去，回京之后我让父皇砍了你脑袋！"

苏轸瞥了她一眼，强压心中怒火，面上笑道："刀剑无眼，公主殿下还是待在这里比较好。"苏轸心想，若不是她贵为帝姬，自己怎会受这等鸟气，被一个小女孩指着鼻子骂？下次让仇琼英离她远一点，不然出了岔子，官家降罪下来，谁担当得起？他刚才那句话口气虽软，但态度却强硬，令延庆公主没有反驳的余地。

"无趣！"延庆公主双手叉腰，俏脸气得通红。

他别过脸，不去理睬这蛮不讲理的延庆公主，把目光投向远处的徐燎。

——咦？这家伙怎么不动手了？

苏轸瞧见他与另外一个男子并肩站着，一柄长刀垂在身侧。他们正与一队夜行者的人马对峙着。两者之间，还有两个光着头的和尚，双方均已摆开架势，似乎要进行一场单对单的武斗。

"有意思。"苏轸"啪"的一声合起手中的玄铁扇，嘴角微微上扬，"太有意思了。"

琼妖纳延突然向玄武冲击而来，玄武马步坐得更低，双目凝视他的动作。

将要靠近玄武时，琼妖纳延左手一记朴实无华的摆拳袭来，玄武正马步不变，翻腕拳心向内，屈肘竖臂，硬吃下他的摆击。玄武立刻改立左弓步，上体以肩肘之力，向右侧旋转时突然发力，左肘朝琼妖纳延鼻梁猛击。

琼妖纳延低头躲过，右手勾拳打向玄武腰侧，玄武右手呈"龙爪手"，倏向左下侧去抵住这拳，同时用左肘继续砸击天灵盖。琼妖纳延极为敏锐，一拳失手，立刻身形拔后，右脚蓦地抬起，一记刚猛的鞭腿挟着地上点点泥沙，直抽腰部！

——要跟我比硬功？好！

玄武将身体重心落于右腿，左腿屈膝提起，小腿内收，左腿置于大腿与腰腹之前，此乃少林"麒麟步"！

"啪"的一声，琼妖纳延鞭腿抽上玄武屈起的左腿，两根小腿胫骨撞击，发出一阵沉闷声。

左腿传来一阵疼痛，玄武刚想收腿，却见琼妖纳延猛扭腰胯，又是一记鞭腿抽来！同样是用右脚踢出！

玄武左腿胫骨疼痛，不便再去硬拼，忙提起右腿，再立"麒麟步"。

接着又是一阵闷响，两根胫骨再次撞击，疼得玄武双腿几乎站立不稳。

琼妖纳延像是没有痛觉般，收腿之后，右脚尖点地一下，第三次旋出一记鞭腿！

"招不过三，没听过吗！"

玄武迅疾沉身下坐，琼妖纳延的腿从他头顶呼啸扫过。时机已至，玄武单手撑地，向右转体，右腿绷直膝盖，横扫琼妖纳延左脚踝关节后侧。

单腿直立，本就不太平稳，何况琼妖纳延集全身之力发出的鞭踢。玄武沉身猛扫下盘，琼妖纳延失去重心，一个踉跄，整个身子向后跌去。

玄武立刻起身，绷紧脚踝，准备上前踹击他的头部。谁知琼妖纳延将要跌倒之际，双手撑地借力，一个侧翻又立稳了。玄武一脚踏空，借此之力，滑步向前，左拳冲出击打琼妖纳延的下颌部。琼妖纳延头往左侧一避，躲开直拳，同时一记右拳打向玄武面部。

"来得好！"玄武大声呼喝，右脚略向后移步，左手变掌，向前切琼妖纳延的右后臂内侧，将其拳芒化解，随即右脚跨前一步，右手食、中二指相并伸直，无名指与小指屈于掌根，拇指压在无名指梢节，呈"蛇形手"，穿击琼妖纳延咽喉！这看似平平无奇的一击，确是少林拳法中的"杀人技"！

人类的咽喉极为脆弱，喉软骨若被击碎，气管会因此塌陷，直至窒息而亡。

可惜琼妖纳延的反应速度实在太快。玄武"蛇形手"刚成型，琼妖纳延便已发动腰腹力量，整个上半身如随风飘荡的稻穗般往后仰避，玄武一击落空，琼妖纳延忽然腾空而起，先是右脚踩在玄武的左胯，然后抬起左脚，踩至玄武右肩！

如同整个人爬上了玄武的身体。

观看他们决斗的众人见此奇特的情景，无不吃惊，唯有孙列露出了一抹诡异的笑容。

——骸鬼，你终于忍不住要下重手了啊！

沉默观战的徐燎见到琼妖纳延这个动作，只觉得似乎在哪里见过，却又想不起来，惊得心脏"怦怦"乱跳，冲口而出："防百会穴！"

当琼妖纳延踩上玄武左胯时，就连玄武自己也莫名其妙，本想用"肘靠"击打他的小腹，谁知另外一只脚又踩在了肩上。玄武彻底蒙了。

幸而徐燎出口提示。

琼妖纳延身体在玄武身上找到平衡后，双肘蓦地夹紧，屈臂肘尖冲下，成攻击状态，陡然发力，双肘同时下砸玄武头顶，出于武者的本能，玄武忙将手臂交叉于头顶。

刚完成这个动作，一记势大力沉的肘击便狠狠砸在他两条手臂的尺骨上！

如泰山压顶般的重击，令玄武的马步松动，膝盖一屈，跪倒在地。虽有双臂护首，头部和颈骨却也被猛地震荡了一下。

这记"上身双砸肘"若是正中百会穴，任凭玄武功夫再好，今日也必要毙命于此！

——他妈的！

玄武完全被激怒了。

一击不中，琼妖纳延整个人往后跃开。玄武如同一头疯兽，跨着大步向他冲去。只要进入了拳脚短打的距离，玄武就有战胜他的信心。

琼妖纳延双拳屈臂，护在面门之前，双眼透过双臂，凝神应战。

待玄武靠近时，琼妖纳延左脚向前移步，右腿扬起鞭腿抽击玄武左侧腰部！

——还来这招？

玄武眉梢竖起，左脚登时收步，左掌下挂琼妖纳延右踝，抵住鞭腿，随后立刻右腿骤起，一记少林"弹腿"，以脚尖猛蹴琼妖纳延的前胸。这"弹腿"，关键在于"抬腿需缓，踹击如风"，要掌握瞬间发力的诀窍，才能出奇制胜！

琼妖纳延右腿被玄武抄起，犯了武学大忌，又见一脚弹踹而来，忙双臂交在胸前去挡！

可他没想到，踹击乃是虚招，后招才是实招！

玄武右脚掌前压下落地，借此冲劲，双掌一齐向前，发力平推，琼妖纳延失去重心，向后平平飞摔而去！

琼妖纳延的身体重重摔在地上，滚了好几圈才落定。对他来说，这是前所未有的耻辱，就是在暹国，也未有人敢这样对他。他翻身坐起，却见玄武神色极是轻松。这令琼妖纳延更加愤怒，口中骂出一连串难懂的语言。

"佛爷听不懂你那鸟语，要说就说人话！"

"我要杀你！"琼妖纳延喊出一句发音奇怪的汉语。

此时的琼妖纳延怒从心头起，恶向胆边生，只想要了玄武的命。他冲到玄武面前，右臂像鞭子一样猛然挥向玄武的侧脸，拳臂破风之声清晰可闻，玄武屈起左臂硬接。这一记鞭拳打得玄武手臂发麻，他知道这个番僧是真怒了。

但玄武并不在乎。

又是一记鞭拳抽打在玄武手臂上，紧接着是直拳、勾拳、摆拳，琼妖纳延似乎要把所有的怒气都发泄在拳头上。玄武双手不停变换着格挡的招式，去化解那一拳又一拳猛烈的攻势。但是如果你认为，他只是在防守，那你就错了。

他是在等待一个机会，一个琼妖纳延犯错的机会。

由于长时间高速拳击，琼妖纳延的拳速开始变缓，虽然有很多人完全瞧不出来，但玄武能感觉到。

——机会来了！

琼妖纳延挥出一记直拳，玄武右手上翻，展臂一捞，接住琼妖纳延的拳头，左掌顺势按住他的右后臂外侧，双臂一振，化解直拳的冲力。琼妖纳延发现手臂被擒拿，用力一扯，却丝毫不动，心中一惊，忙出腿鞭击玄武腰侧，却被玄武一个"麒麟步"挡下。

抵住鞭腿攻击后，玄武右掌抓住琼妖纳延的拳头往后一拉，使他失去重心，向前颠仆，同时左肘高速启动，准备重肘创击琼妖纳延头部右侧！

下一刻，玄武的肘尖，已然准确打在琼妖纳延的太阳穴上。

琼妖纳延的头部像被马车撞击一般，大脑在颅内蓦地震荡，双目开始充血。

玄武并没有要放过他的意思，擒拿手并没有松开。他身体旋转，拖着琼妖纳延，猛地一绞，随之而来的是肘关节断裂的声音！

肘关节寸断，琼妖纳延发出一阵刺耳的惨呼，疼得满额冷汗。

玄武松开琼妖纳延的断手，双手向前搂抱他的后劲，同时大腿根部发劲，右腿提膝，狠狠撞击他的胸腔！

随着一阵沉闷的骨骼断裂声，琼妖纳延胸口的肋骨断了三根。

鲜血从琼妖纳延口鼻中流出，整个人颓然倒地。

"没想到骸鬼也被你干掉了，小和尚，还真有两下子嘛！"孙列双腕已安装好刀剑，此时，他正用一种欣赏的眼神打量着玄武，"怎么样，有没有兴趣加入夜行者军团，成为寡人的下属？"

玄武冷冷道:"加入你们?佛爷没有兴趣。我倒是对把你的脑袋砍下来比较有兴趣。"

唐霄见躺在地上的晏贞姑,愤怒到了极点,对玄武道:"小师父,和他这种人不需要讲什么江湖道义,我们一起上!"

"你们一起上吧!免得寡人一个个打,实在太浪费时间了!"

孙列左手依旧是一把金色九裂刀,而右手却换了另一把银色长剑。这把剑身细长,双刃有细小的锯齿,剑锷呈月牙形,名唤"掣电"。

徐燎将虎翼刀直指孙列,怒道:"你在周家村的所作所为,实在令人发指!唐霄兄说得没错,和这种人不用讲江湖道义。这种人,只配死在乱刀之下。"

他话音才落,就响起一阵银铃般的笑声。

那笑声的主人,自然就是俏立在孙列身边的余五娘。

她冲着徐燎微微一笑,媚态十足,道:"你们似乎忘了把我计算在内了。"她说着便生出左手,掌心升腾出一阵赤色粉末。

杨采苓见了那粉末,惊呼道:"腐……腐骨散……"

"哟嚯,来了个懂行的。"余五娘瞧了一眼杨采苓,见她披着青色医袍,冷冷问道,"杨介是你什么人?"

"是我爹爹,怎么了?"杨采苓反问。

余五娘哈哈笑道:"果然虎父无犬女,只是药王谷的杨介,恐怕也未必解得了我的毒!今日,为了孙大人,我……"

她话还未说完,笑声便中止了。

孙列手中的掣电剑,自她背脊插入,穿胸而出。

喷射出的大量鲜血,登时染红了余五娘的衣衫。

余五娘瞪大双眼,看着孙列,简直不敢相信这一切竟然是真的。她的嘴一张一合,却只能发出微弱的声音:"孙……孙大人……"

“哈哈哈哈！”孙列双手刀剑一交，发出一阵刺耳的金属音，脸上表情极度扭曲，整个人陷入了癫狂的状态，“全都要死！你们全都要死！全都要死！”

在场所有人都被这突如其来的意外震惊了，没有人知道孙列为何会下这样的狠手，杀死自己的爱将。除了余五娘自己。

孙列又发病了。

这些年来，他常常控制不住自己的情绪，发起病来六亲不认，见人就杀。可余五娘没想到，他竟然在这当口发起癫来。

“你疯了。”徐燎咬牙道。

“疯了？哈哈哈，寡人早就疯了。”孙列用九裂刀指着徐燎，怒吼道，“在高俅逼寡人远走延安府、在你把刀插入老娘的胸膛、在你把猛火油倒在寡人身上焚烧的那一刻起，我就已经疯了！不给寡人生路，寡人就要你们全都不得好死！哈哈哈！”

周围夜行者的喽啰们见阎帝·孙列已完全陷入了癫狂的状态，连八部鬼帅的头目都杀，心中已有了几分退意。再看少林武僧与朝廷军越战越猛，梁山联军则被包夹得无力反抗，军心开始动摇起来。

站在最前排的一众喽啰见到徐燎与唐霄凶狠的模样，纷纷往后退却。

“不准退！”

孙列当然注意到了这个情况，怒吼着挥出一刀，将其中一个后退的喽啰活活劈死。

那喽啰的背脊炸开血花，登时漫天血雨飘起，犹如一阵赤红色的雨雾。

极度的恐惧感，在夜行者军团中蔓延开来。

死去的喽啰身边，是他的好兄弟。那人见自己的同伴毫无征兆地被首领杀死，抱起尸体，失声痛哭起来。孙列听得不耐烦，掣电剑闪烁吞吐，又将哭泣那人一剑封喉。

"吵死了。"孙列把眉一横，抱怨道，"谁再废话，就与他们同一个下场。"

不知谁在人群中忽然喊道："首领癔症又犯了！兄弟们，快逃命啊！"

孙列时而清醒，时而癫狂，这种不正常的状态，他的下属早已领教过，所以各个心存惧意。大家见首领癔症发作，已丧失理性，怪叫着如潮水般逃开。原本夜行者便是由一群乌合之众组成，论作战能力、团体协作能力和对军纪的守护等素养，如何与身为职业军人的大宋禁军相提并论？他们的精神一旦崩溃，便丢盔弃甲，各寻生路。

"混蛋！都给我停下！"孙列见下属溃逃，怒不可遏，双手刀剑顿起光芒，围绕周身劈砍疾刺，瞬间杀死四五个喽啰。

少林僧见夜行者全线兵败，士气一振，双手的少林棍法也舞得更凶！

徐燎与唐霄见孙列已然发狂，正准备冲击，忽然听见身边一阵哭号。他们转过头去，瞧见玄武正用一种极度惊恐的眼神，扫视身边的尸体。

方才勇斗琼妖纳延的玄武，仿佛变成了另外一个人。他的表情不再凶狠，身姿不再挺拔，就连发出的声音好像也变得轻柔不少。

在场众人中，唯有杨采苓知道发生了什么。

玄武望向杨采苓，悚然道："怎么回事，这……这里怎么那么多死人……少林寺怎么了……大家怎么都死了……"

杨采苓在一旁竭力安抚他，并试图为他解释这一切。可玄武什么都听不进去，惊恐使得他的身体不断颤抖，他的双目来回审视周围的情况。

也许对他来说，现在目睹的就是地狱的样子。

"那个……他有离魂症。"杨采苓无奈地看着徐燎和唐霄，面对他们疑惑的表情，不知该如何向他们解释这种古怪疾病。

因为就算是她也不明白，为什么一个人，可以在两种魂魄中不断切换。

杨采苓看着瑟瑟发抖的玄武，她现在只想快点结束这一切。

第十六章 天王晁盖

"今天，寡人要你们全都死在这里！"

孙列的视线在徐燎与唐霄身上来回移动，心中充满了怒火。

徐燎自不待言，杀母断腕之仇，不可不报。至于那个兵诛城的花花太岁唐霄，之前本想留他一条狗命，赠予宋江，做个顺水人情。现在他不这么想了。三番四次的阻挠，已耗尽了孙列的耐心，他决定今天在少室山，与他们二人做个了断。

四野的杀伐声减弱不少，梁山联军已渐渐呈现败象。尽管占尽了人数上的优势，但平均武艺水平相比少林武僧及朝廷禁军，差得可就远了。原本就没有信仰的山贼团伙，一个个被剿灭杀尽，剩下的则抛下刀剑，匆匆逃逸。

或许是这些逃兵更激发出孙列心中的怒意，他身上那股霸气已不足震慑他的部属，这也是身为五匪之首的他无法接受的狼狈处境。

同样的，徐燎与唐霄两双眼睛，也没有离开孙列。

唐霄伸出右手，伸出两根手指，在膝下做了一个手势，然后合指成掌，轻轻拍打了一下大腿。徐燎立刻会意，唐霄在向他打暗号。伸出两根手指，是表示两翼同时夹击，手掌拍腿，是在倒数计时。拍到第三下时，两人便一起发动，分别从左右两侧杀向孙列。

两人暗自在心中默数。徐燎双臂的力量已灌注在虎翼刀之上，随时预备着挥出致命一刀；唐霄左手扣住三把飞刀，右手反握龟兹短剑，蓄劲待发。他心里已盘算好，待飞刀掷出后，袖箭与脱手镖也可以随之打出，让孙列防不胜防……

然而这一切还只是构想。

因为当唐霄的拍子打到第二下时，孙列却率先发动进攻，朝他们飞蹿而来！

顷刻之间，孙列庞大的身影业已来到了他们面前，右手掣电剑向唐霄疾刺而去，左手九裂刀向徐燎直斩而下！

双手刀剑同时发动，此一心二用之战法，当真旷古烁今！

大惊之下，徐燎忙提虎翼刀格挡，只听"当"的一声响，双刀相交，火星灿烂；唐霄大骇之下，身子急向后退，退步时左手倏出，三把无影飞刀破风而去。孙列冷笑一声，右手掣电剑左挡右磕，将唐霄射来的飞刀尽数砸飞。左手九裂刀斜晃反挑，脱开虎翼，跟着再一次斩击徐燎！

徐燎举刀急挡，却挡了个空，九裂刀以极其诡异的角度，忽然从平斩化为斜劈，在徐燎的左臂上划了长长一道口子！一招得手后，孙列并未得意，后着绵绵而至。唐霄被他暂时逼退，掣电剑也已回收，刀剑得以一齐攻向徐燎。

孙列口中道："徐大人，这次可没人能救你啦！"说着手中刀剑狂舞，一剑接着一剑，一刀快过一刀，攻势连绵不绝。这孙列绝对是徐燎失忆以来，遇到的最强的敌人。从前，他仗着本能反应，便可将敌人一一击败，可眼前这个家伙，却令他的身体濒临极限！

杨采苓趁着他们武斗，将神情木然的晏贞姑抢了过来。晏贞姑不仅神色麻木，像是丢了魂儿，举手投足也如行尸走肉一般。杨采苓命玄武好生照看，玄武连连点头，惊惧的心情比刚才好了很多。杨采苓见没人注意他们，又跑去救中剑的余五娘。

她扶起地上流血不止的毒孟婆，这个江湖上人人恨之入骨的妖女，此刻却像一个弃妇般垂泪满面。她望着远处与徐燎打斗的孙列，眼中尽是不舍。

杨采苓扯开她的襦袴，将金疮药洒在创口上，又从身上撕下一块棉布，使劲按住余五娘涌出鲜血的伤口。因为是躯干的贯穿伤，现场又没有足够的医药工具，治疗起来十分不便，杨采苓正苦思急救之法，却听见余五娘发出一阵呻吟。

余五娘一张开嘴，血就从嘴角流淌下来。

她瞧见杨采苓焦急的模样，又去看孙列，这个她深爱的男人在自己临死的关头，竟然也不回头看她一眼。反而是这素不相识的女孩，为她的性命费神劳心。想到此处，余五娘心中悲伤无比，她闭起双目，温热的泪水从眼角流下。

杨采苓让她平躺，余五娘哆哆嗦嗦地说道："我没救啦……妹子……你……别浪费时间……我这一生……做了太多恶事……我与你……你一样……从前是学……学医术救人的呢……我那老……老不羞的师父……糟蹋了……我的身体……我气不过……就毒死了他……哈哈……现在得到……报……报应了……"

"你别说话。"杨采苓从腰间取出一颗凝血丸送到她口边，"快！吞下去。"

余五娘握住杨采苓的手，从怀里掏出一卷册子，塞给她，气若

288

游丝道："妹子……这……册子赠你……是我毕生……研究的……"话未说完，她便咽下了最后一口气。

杨采苓见她闭目，立刻取出身上携带的金针，刺她人中、合谷、内关三个穴道。折腾了好一会儿，余五娘仍是不醒。她出血量太大，即便华佗再世，恐怕也无力回天。杨采苓长叹一声，收起金针，发现那卷册子，展开一看，只见上面写着"毒经"二字。

她心下寻思，我学医是为了救人，又不是杀人，要这秘籍作甚？好姐姐，还是你自己留着吧。说着正要把册子塞回余五娘手中，旋即一想，说不定这册子里也记载了不少解毒之法，将来细细研读，说不定能救人性命。刀虽能杀人，亦能救人，就看使用的人是善是恶。想通了这个道理，杨采苓便将《毒经》塞入怀中。

才过了三个回合，徐燎身上又多了四条血口。

他没有感觉到痛，感到的只有耻辱！

"徐大人，想不到你的武艺退步成这样，还有脸来和寡人交手？"孙列表情狰狞，口中狂笑不止。他的刀剑已把徐燎逼入绝境，莫说还击，就连自保都有难度。

就在这个时候，孙列耳郭微动，听见头顶传来"嗤嗤嗤"的响声。

他来不及回头，左手九裂刀在头顶舞起刀花，三枚偷袭他的脱手镖被准确无误地砸开。危机解除，孙列才收刀回望，却见唐霄高高跃在半空，左手绷直，对准他的眉心，只听"咔嚓"一声，一枚袖箭从他宽袖中激射而出！

"就这点本事？"孙列颇为不屑，掣电剑一挥，劈开袖箭。

唐霄听罢，微微一笑。

兵诛城的少主，当然不止这点本事。

腾空而起的唐霄抽出一条追魂链，将跃势灌注于链子上，一抖手，追魂链如一条银色巨龙，挟带一股霸道的气势，呼啸而至！

孙列伸出掣电剑去挡，谁知剑身与链条碰个正着，那链子如蛇缠身般，将掣电剑身紧紧盘住。唐霄借着下落之势，双臂同时发力，扯动追魂链。链条带动掣电剑身，使得孙列的整个右腕也受到拉扯，身体向右侧踉跄了一步。

而这一步，就给了徐燎绝妙的反攻契机！

徐燎一声低吼，虎翼刀划出一条完美的弧线，刀势如虹，直取孙列后颈！

失去重心的孙列将左手绕至身后，用九裂刀背挡下斩击。但徐燎没有就此罢休，既抢到了先着，刀招便接连发出，每一刀都是又狠又准，孙列右手被追魂链捆住，身形不能灵活闪避，只能立在原地，用单手去接徐燎的攻势，颇感吃力。

徐燎却越战越勇，刀式也渐趋纯熟，虎翼刀的刃锋始终不离孙列的要害。

——如此缠斗下去，必然吃亏，先将唐霄那小子解决，再全力对付徐燎！

激战中，孙立渐渐恢复了神志，他沉腰坐马，左手九裂刀一记猛斩，逼开徐燎，于此之际，将全身之力皆灌注于右臂之上，借腰腹扭胯的力量，右手猛力一扯！

他打算借链条之力，将唐霄拖到面前，随后一刀将他劈死。

但孙列这发力一扯，手腕蓦地传来一阵剧痛，那链条紧绷了一下，纹丝不动。

——这小子，难道有千斤之重？

他回头一看，才发现中了唐霄的计策！

那追魂链根本不在唐霄手中。趁着徐燎强攻他左侧的空隙，唐霄已将长链捆在一块石碑之上，任凭孙列有千斤之力，也无法移动这石碑半寸。

这时，孙列又想到了另一个问题——唐霄在哪里？

念头一闪而过，凭借多年在沙场中拼杀的经验，他意识到不妙！

但已来不及了。唐霄从他身后跃出，双手紧握龟兹短剑，挟着跃落之劲风，顺势将孙列右臂齐肩砍断！

孙列右肩爆出一阵血花！

他强忍剧痛，身体陡然拧转，以髋关节为轴，蓄力将右腿向后猛蹬而去！唐霄避无可避，被这记后旋踢轰中胸膛，登时一根肋骨折断，整个人向后飞纵而去。

疼痛使得孙列更为狂怒，手中九裂刀直上直下，狂乱出刀，势道威猛之极。

徐燎也毫不畏惧，刀刃上带着风劲，"嗤嗤"有声。

两把宝刀光芒闪烁，越斗越急，耳边传来阵阵急密的金属暴击之音。远处望去，只见两圈金银波涛之中，裹着两条黑影，兀自缠斗不休。

孙列忽地一个旋风疾舞，九裂刀向徐燎头顶斩落。徐燎紧咬下唇，双手握住虎翼刀长柄，向上撩击！双刀碰个正着，一声刺耳巨响，火花蓬飞，两人都撞得虎口疼痛。孙列右臂已失，一来平衡不稳，二来单手与徐燎拼刀，力不能及，是以略落下风。幸而他实战经验丰富，好几次危急的边缘，都给救了回来，这才在场面上与对方打成平手。

忽听唐霄远远喊道："徐兄，闪开！"徐燎收起虎翼，急向后退。

待他退去后，孙列突然听见"嗖嗖"数声发自身后。他不明所以，回头望去，只见星星点点的暗器，瞧不清是什么事物，如漫天冰雹般向他迎面激射而来！形势极紧，孙列当下毫不犹豫，九裂刀金光飞舞，急挽剑花护住身躯。

只听一串刺耳的敲击声，数枚金钱镖被孙列用九裂刀砸飞。

突然间，唐霄身后钻出一个高大的人影，持着一杆长矛，朝孙列猛冲过去。孙列此时注意力全被暗器吸引，完全没有注意到长矛的攻击。直到那杆长矛的刃尖深深扎入他的胸膛。鲜血喷射而出。

但是孙列没有倒下。

栾廷玉一双粗壮的手臂，前后手紧握长矛，将矛尖精准地捅入孙列的心脏。

"阎王，还是让我送你一程吧！"栾廷玉被溅得满面鲜血，朝孙列咧嘴而笑。

"他妈的，竟然偷袭寡人……"

孙列拼尽最后的力气，举起九裂刀猛向栾廷玉横斩，却被徐燎用虎翼刀架住，唐霄从他背后闪出，用追魂链绞住他的脖子，往后猛勒。窒息感让孙列张大了嘴巴，胸口的疼痛已经感受不到了。孙列的嘴巴和鼻孔中开始流出血来，栾廷玉握紧长矛，手腕翻转搅动，孙列忽然瞪大了眼睛。

"去死吧！"

他松开长矛，只听"轰"的一声巨响，孙列庞大的身躯直直摔倒在地。

"栾……栾大哥！"唐霄松开追魂链，激动地伸出右手，与栾廷玉的右手重重握在一起。

栾廷玉与唐霄握过手，又转头去和徐燎拥抱，喜道："徐燎兄弟，你醒了？实在太好了！对了，祝道长和小二哥呢？"

一旁的杨采苓想起祝永龄，抹了一把眼泪道："道长被这厮的手下害死了。不过唐霄已经为道长报了仇，杀了那个任原。"

栾廷玉闻言，唏嘘不已。扈三娘站在栾廷玉身后，也与众人一一寒暄。

"我在这里！"忽然北侧传来一阵呼喊，众人定睛一看，正是东京云来客栈的小二哥张闲。奇怪的是，这张闲身后还紧随着四位美女。栾廷玉只认得有一面之缘的仙音阁刺客赵元奴，其他三位姑娘均不认识。

徐燎与唐霄对视一眼，纷纷拔出兵刃，挡在众人与张闲之前。

那四女正是赵元奴、梁红玉、骆琪花与阎凤羽。她们见徐唐二人意欲对张闲动手，也纷纷亮出兵器，抢护在张闲身前。

"两位兄弟，你们这是做什么？"栾廷玉一把握住唐霄的手腕，奇道。

唐霄目不转睛地盯着张闲，冷冷道："把衣服脱了。"

"啊？"张闲瞧四周都是女人，神色颇为尴尬，苦道，"在这里脱衣服做什么？唐兄弟，你不是在和我开玩笑吧？"

"脱！"唐霄正色道。

骆琪花乍听他们的要求，以为听错，再一听，便忍不住笑出声来，道："官人，他们让你脱，你就脱呗。一个大男人，扭扭捏捏的，比我们女子还害臊呢！"

阎凤羽也起哄道："裤子也要脱！"

见徐燎、唐霄二人虎视眈眈，毫无说笑的意思，张闲只得脱下短褐，露出雪练也似的一身白肉。

徐燎收起虎翼刀，对唐霄道："既无刺青，应该是张闲兄弟无疑了。"说罢上前一步，深深一揖，歉然道："张闲兄，适才冒犯，请你谅解。"唐霄也红着脸上前与他道歉。

张闲穿上短褐，仍是不明所以，唐霄便简略地将他们误认燕青为"张闲"的事，向众人说了一遍。

"天下间竟有容貌完全一样的人，真是奇事一桩！"

听完唐霄的讲述，栾廷玉叹了一声，摇头苦笑道。

另一边，赵元奴则朝徐燎款款走去，一只纤纤玉手搭上徐燎的肩头，面上流露妖冶的媚态，柔声说道："没良心的东西，分别这么久，却也不见你来找奴家。"

徐燎轻咳了一声，神色尴尬道："我与你素不相识，为何要来找你。"

赵元奴伸手轻抚着徐燎宽阔强壮的胸膛，蓦地重重拍打了一下，娇嗔道："不想来找奴家，那你脸红什么？口是心非！"

扈三娘冷冷道："有空在这儿说三道四，不如去帮帮少林武僧！"她还记得当日赵元奴出口羞辱她，所以对这个风尘女子，完全没有好感，只有厌恶。

她说完就提着日月双刀，率先杀入战阵之中。

徐燎闻言，一把将赵元奴推开，抽出腰间虎翼刀，喊道："三娘，等等我！"跟着冲杀了过去。栾廷玉、唐霄二人各持兵器，也紧随其后。杨采苓与玄武在原地照看晏贞姑，张闲和四位仙音阁的女刺客也在原地不动，静观战况。扈三娘率众人冲入敌阵，各显神通，瞬间又解决了不少梁山喽啰。

不过毕竟敌方兵多将广，栾廷玉他们虽逞一时之能，鏖战一久，体力难免不支，气势也渐渐被梁山众人压了过去。四面环敌，唐霄手中的暗器已发射殆尽，全靠手中的龟兹短剑苦苦支撑；扈三娘手臂和大腿上都被划开了长长的血口，却没有时间料理伤势，依旧在

294

战阵中搏杀；栾廷玉更是杀得满面赤红，手中风雷电棒已沾满了黏稠的血液，整个人宛如从地狱中降临人间的邪神。

战局竟在转瞬之间，再度扭转。

梁山恃众凌寡，饶是栾廷玉他们武艺精湛，也抵不过愈聚愈多的敌兵。眼看就要毙命于对方刀戟之下。

绝望充斥了整个战场。

这完全是一边倒的战况。在绝对数量面前，任何英雄都会显得无力。

栾廷玉苦笑道："想不到今日就要死在这里，没能去梁山杀了宋江，真不甘心啊！"

唐霄喊道："虽杀不了宋江那厮，在这里多拉几个梁山杂毛下地府给我们陪葬，也是好的！"

栾廷玉大笑道："正是！"精神一振，舞开短棒拼杀。

周围的敌人如蚁群般汹涌而至，几人被困在中央，背靠背死命抵抗。扈三娘左右手各中一刀，已无法握住兵器，全靠栾廷玉挡在她身前，为她御敌。忽听得身边有人惊呼，她转头去看，见唐霄被脚下尸体绊倒，仰面摔倒。一个喽啰抢上一步，正待举刀劈下，被赶来的徐燎一刀戳穿咽喉，当场毙命。而徐燎也为掩护唐霄付出了代价，背后被人偷袭，中了一剑。

幸而他感觉不到疼痛，回首一刀砍死了偷袭者。可纵使没有痛感，随着时间的推移，体力与鲜血的流逝都不可能在短时间内恢复。

他的刀从急速变得缓慢。

唐霄也不比徐燎好到哪儿去。他挣扎了好久，才从尸堆中起身。整个人摇摇晃晃，随即被一个喽啰扑倒在地，扭打起来。堂堂兵诛城的少主，此时却如同地痞无赖般和人在泥地中挥拳厮打，毫无章法可言。

厮杀声围绕在扈三娘耳边，她看着栾廷玉高大的背影，心里泛起一阵苦涩。

——不论如何，今日非毙命在此了。

泪水混杂着血液，顺着她布满伤口的脸颊流淌下来。

她心里明白，如果不出意外，他们几个断无生还的可能。

正在此时，忽然远处传来一阵长啸，众人耳畔陡生啸声，皆尽惊奇。那啸声在少室山上空盘旋不去，音传数里，四下里回声不绝，极为雄浑浩大。不少厮杀中的士兵僧人皆停下手中的刀枪，回首四望，想知道是谁在嗥啸。

原来，晁盖在暗处见少林寺尸骸重叠，为藏自己，竟死伤如此惨重，心中不忍，便想亲自登上高台，以自己的命来谢罪。这样宋江的目的达到，也就不会为难少林寺。他在高台上仰首纵声长啸，既是让别人注意到自己，也是为了发泄多年来心中的苦闷之情。

众人循声望去，只见一个身材精壮的光头和尚，站立在寺前高台之上。

那和尚满面怒容，双目炯炯有神，下颌留着一把虬髯胡须，更添强悍的气质。他手里持着一把长弓，弯弓搭箭，一双粗壮的手臂拉个满弦，"嗖"的一声，直向底下一人射去，箭去劲急。底下那人正举枪与少林武僧厮打，耳边忽闻破空之声，回过头来，被箭镞穿胸而过，整个人钉在了地上！

"穆弘兄弟！一箭换一箭，公平得很呢！"虬髯和尚晁盖，怒叱道。

众多梁山联军的兄弟，纷纷傻了眼，其中有几个梁山旧部，疑道："此人怎么如此像晁盖天王？"

另一人也附和道："你这么一说，确实像！"

被晁盖一箭射个对穿的人，正是没遮拦·穆弘。他心脏中箭，此时已没有了呼吸，一双眼睛瞪得老大，显然死不瞑目！

晁盖对着底下厮杀的众人，高声喊道："众位梁山兄弟，我便是当年梁山之主，托塔天王·晁盖！当年攻打曾头市，我被小人暗算，幸得好汉相助，才苟活至今。现在想来，若是当时死在梁山，如今少林也不会遭此厄难。我虽入了佛门，却给这清修之地带来如此灾祸，身为佛门弟子，真是罪过，罪过！我恳请诸位梁山好汉，若还念旧日之情，请放过晁盖。若说没有复仇的念头，恐怕大家也不信，不过经过此役之后，复仇的念头已从我心中消失。说句心里话，眼下水泊梁山之主的位子，便是宋江拱手送给我，我也不要了。今日起，晁盖已死，世上只有庆德和尚，再无托塔天王！"

他这番话说得慷慨激昂，且面目又与昔日晁盖九成相似，不少梁山旧部心中疑云大起。

正与韩世忠血战的关胜横斩逼开韩世忠，指着晁盖道："无耻秃驴，竟敢冒充我梁山晁天王！众位兄弟，切莫中了少林寺的奸计！"

韩世忠冷冷一笑，道："事情败露，恼羞成怒了吧。"

关胜大吼一声，挥刀再次攻向韩世忠。

在战阵的南侧，鲁智深一拳将**白面郎君·郑天寿**打得冲天飞起，重重摔倒在地，就听见晁盖登高长啸。武松双手各提着昏迷的欧鹏与蒋敬，抬头瞧了一眼，惊呼道："天王竟然没死？"站在他身旁的张青夫妇也惊呼出声。

这对他们来说实在太意外了。

杨志与索超也斗了一百多个回合。只见杨志的宝刀越来越快，索超渐渐体力不支，眼看就要败于杨志手中。索超正急急思虑对策，忽然听四周有人喊"晁天王"的名字，便循声眺望，一眼看到了高台上那个壮硕的和尚。认出晁盖后，索超面色大变，惊得说不出话来。杨志收起槛兽刀，垂刀而立，静静听着晁盖所言，脸上没有一丝情绪的波动。

"我轻信奸佞，落得如此下场，是自食其果。我不怨天，不怨地，只怨自己瞎了眼，从而惹祸上身。但是，水泊梁山毕竟是忠义之地，不少兄弟都是真正的好汉！我不希望你们被谎言蒙蔽了双眼。招安之路，是一条非常危险的路，走错一步，即可能万劫不复！我做梁山之主时，时常会听见弟兄们私下讨论，说我胸无大志，偏安一隅。我想说的是，与其粉身碎骨，让朝廷把大伙儿当替死鬼，不如偏安一隅，大口吃肉，大碗喝酒。今日，我若死在这里，能换得数千少林僧人的性命，能换得数千禁军将士的性命，晁盖愿意一死！如果我的死，能够让宋江和吴用放心，晁盖也愿意一死！我本就是一条莽汉，不似宋江那般花花肠子，甜言蜜语哄骗诸位兄弟，不过晁盖是真心待你们，我相信弟兄们心中，也感觉得到。唉，我说得太多了，诸位兄弟保重，方丈、师父、诸位师叔及师兄弟们，保重。请原谅弟子的罪孽！你们对弟子的恩德，弟子铭感五内，永记于心！"

晁盖言罢，竟抽出腰间的匕首，刃尖对准自己心窝，猛然扎入！

少林众僧与梁山联军均发出一阵惊呼，方丈与数位高僧大德更吓得面色惨白。与少林僧人并肩作战的刘唐与白胜见此情景，纷纷跪倒在地，放声大哭起来。至于鲁智深、武松、杨志、孙二娘、张青等二龙山群雄，也不禁黯然神伤。

关胜见晁盖自尽，亦是怏然失色。他与韩世忠打了半天，已落下风，既然晁盖已死，此时收手正是最合适的时机，当下运足内劲，大声喊道:"撤军!"说罢跨出一步,身体旋转,青龙偃月刀平平斩出,刀刃直袭韩世忠!

韩世忠怎么会不知他的意思,持枪格挡,但刀劲犹在,生生被退出两丈之远。

关胜得了空隙,翻身上马,再次喝道:"撤军!"

他率着一小队人马突杀出重围,忽见一个熟悉的面孔,正被四女裹挟在中央。关胜定眼一看,正是浪子·燕青!他拍马过去,那燕青被围在众女中间,正自没精打采,忽见关胜骑马而来,更是一脸惊愕。

关胜喜道:"燕青兄弟,原来你也在这里,上马!"

自从燕青独身上了嵩山,便和梁山失去了联络,夜行者那边也没有他的消息。关胜作为主帅,失去一名如此出色的左膀右臂,自然懊恼不已。此时一见燕青,见他被人围困,只当是他身处危机,想也不想,就提着青龙偃月刀拍马来救。

其实这人哪里是什么燕青,分明是东京城里云来客栈的小二哥张闲。关胜当然不知道,真正的浪子·燕青正被关押在戒律院的地牢中。

四女见关胜来势极凶,纷纷亮出兵刃。赵元奴反应最为敏捷,高高跃起,弯刀一左一右劈砍关胜,谁知这关胜单手持刀,一记平平无奇的横扫,即将赵元奴连人带刀击出数丈之外。阎凤羽双足点地,高高跃起,但铁尺还未击出,就被青龙偃月刀的刀杆击中腹部,整个人飞摔在地。骆琪花与梁红玉见赤兔马长纵蹄疾驰,便知这冲击力极大,她们武艺再高,也经不起这烈马一撞,纷纷向两侧滚去。

其实合四人之力,未必就不能与关胜一战,或者说,她们四人的实力不至于差到只能接关胜一招即败。问题在于关胜骑马奔来,直取张闲，一来时间紧促，来不及反应，二来烈马奔腾带来的冲击力及惯性，给予关胜极大的优势。最后才是关胜本身的战力，乃是居于马军五虎将第一位，连八十万禁军教头**豹子头·林冲**也都要让他三分。

关胜骑马来到张闲身边，不由分说，一把将他提起，置于鞍上。

四女眼睁睁看着张闲被人掳走，绝尘而去，均是郁郁寡欢。阎凤羽气得直跺脚，骂赵元奴武艺低微，挡不住关胜一击，赵元奴反唇相讥，说她自己连兵器都没亮，就被一杆子打翻。梁红玉在一旁劝阻两人，骆琪花双眼怔怔瞧着赤兔马远去的身影，不发一言。

张闲猛地被关胜拦腰抱住，提上马来，心中已是惊惧交集，又被这烈马一阵颠簸，登时昏了过去。关胜见他昏迷，再无怀疑，将张闲交给身边部署，并命他们传令退兵。

主帅一声令下，鼓声擂动，号角响起，梁山众人早已无心恋战，听到下令撤军，当即前军变后军，向少室山下退兵。少林僧兵见梁山联军开始撤退，并不追击，他们只为了守山门，并非真的在沙场上兵戎相见。至于其他兵团，包括不庭山、破戒僧、敢炽军及大小山寨，也纷纷随着梁山远征军退去。

少林方丈道禅大师见满山遍野的尸首，其中有少林僧人，也有禁军将士，更多的还是那些不知名的山寨喽啰，心中一动，不由泣下沾襟。

梁山众人早已没了战意，一听见号角声，如潮水般退去。

徐燎垂刀瞧着他们，并不追击，他的身体已疲惫到了极点，再打下去，恐怕也要战死在这里了。他瞧着地上两位刚刚被他杀死的梁山喽啰，心想，若是这号角声早吹响一刻，这两人或许就不会命丧虎翼刃下。但是人生哪来那么多如果？如果适才没有唐霄相助，自己恐怕也已死在孙列的刀剑之下。

身边尽是庞杂的足音，忽听得有两人逆着梁山退兵的洪流朝他走来。

徐燎转过身去，瞧见一张熟悉的脸孔。

见到这张黑笠下的面孔，徐燎感到全身汗毛竖起，一种前所未有的厌恶感布满全身。

"徐燎，好久不见。"那人用食指顶开笠檐，咧嘴笑道。

这人正是现任皇城司亲事官的指挥使，豺狼·苏轸。

黑袍女子也微微抬起头来，徐燎见她明眸皓齿，相貌秀美，只是目光中透着森森寒意。对这个女人，徐燎似乎没有印象。女子开口道："仇琼英，见过徐燎大人。"

徐燎见了他们的装扮，自然明白了一切，冷冷道："你们是皇城司的'乌鸦'？"

"不，不止我们。"苏轸从怀中取出玄铁扇，一指徐燎，大声道，"你也是'乌鸦'！我们的双手都不干净，百姓见了我们，也是避之若浼。"

徐燎翻转虎翼刀，随时准备动手。但是同时，他感到手臂肌肉和跟腱传来一阵剧痛。这次打斗的时间太长了，他的体力已跟不上这场战争所需的消耗。更何况，他在沈老汉家浪费了太多时间，耽误了许久武术训练，此时的他，已远远不及当年威震京师的鬼刃、皇城司八虎之首的徐燎，徐大人。

苏轸自然明白他想做什么，冷道："要不你跟我回去，要不我捉你回去，自己选。"

仇琼英从腰中抽出一条长绳，一看就是用来绑缚徐燎用的。

"你就这么小瞧我？"徐燎怒视苏轸。

"不，我怎么敢小瞧徐大人呢！只不过，适才我在远处观赏你与那使刀剑的匪头决斗，还差点被他击败。哎，要我说什么好呢？若是从前的徐大人，这匪头在你手中，走不过十招，人头便要落地。嘿嘿，鬼刀的武艺竟凋零如斯，真是令人想不到啊！那些年我们所受的炼狱般的历练，恐怕你也已经忘光了吧？"

徐燎横刀当胸，立个门户，正色道："少废话，你们俩快动手吧！"

"我们俩？"苏轸像听了个笑话般，哈哈大笑起来，好久才止住，"错了！徐大人，你搞错了！不是我们俩，是她一个。您也太高估自己了吧？鬼刀已经死了，现在的你，我都懒得出手。"说罢，苏轸向仇琼英使了个眼色。

肌肉带来的疼痛感持续着。徐燎后来才知道，原来一切都是因为腹部的贯穿伤没有好透。他在与孙列决战的时候，腹部的旧伤口就已崩裂。因为没有痛觉，他无法察觉到这一点，只是觉得疲惫。

事实上，此时的徐燎，身体已濒临崩溃的边缘。

仇琼英手持长戟，双手猛抖，戟杆如潜龙翻腾，猛地攻向徐燎。

面对如此猛烈的刺击，徐燎提着如灌铅的双腿，不住往后退却，他想提起手中的虎翼刀，却完全使不出劲道。一个恍惚，仇琼英的长戟便深深刺中徐燎的大腿。

鲜血随着大腿流出，沿着小腿肚淌到脚底。

然而，他没有任何感觉。

对于徐燎来说，没有痛觉，这才是最致命的缺点，甚至可以说是缺陷。

徐燎使出全力，举刀猛劈！仇琼英不慌不忙，抽出戟刺，重心移到后足，长戟在半空中划出一道圆弧，蓦地扫击虎翼刀锋！

刀戟一交，火星乍现，两人都给震退几步。

可是徐燎的视线已经模糊了，他看不清仇琼英的样子，见到的只是模糊的人影。她旋转着那曲线优美的身体，双手舞动着一杆与她身材比例极不相称的长戟，产生一种独特的美感。

他最后看见的，是那人影撩舞着一杆长戟，向他全速袭来！

戟劲所至，地上便会卷起阵阵沙暴，挟带着沙石的戟刺，扑面而至。

风沙刮擦在脸上，很痒。

紧接着，徐燎就什么也感受不到了。

空气中弥漫着血腥气与草药混杂的味道。

少林寺演武场上，密密匝匝挤满了伤者，到处有哀号呻吟。数个身披黄色僧衣的禅医忙得焦头烂额，恨不能再多生一双手，一双腿。受伤的僧人实在太多，立寺数百年以来，似乎从未发生这般大规模的护寺战役。

大战一结束，玄武便亲自跑到方丈面前请罪，要求将他重新押入戒律院。道正禅师立刻命左右将他重新打入地牢。不过方丈念在玄武这次护寺有功，若非发病时，可以自由借阅藏经阁经书，让他在囹圄中亦能自习佛法。玄武连连称谢，但若被另一个"自己"知道，必定会咒骂不已。

唐霄因断了肋骨，身子被木板固定，双手也裹着厚厚的布帛。他躺在演武场的角落，看着众人来回忙碌，心中依旧是郁结难舒。他将目光投向远处的晏贞姑，见她只是垂首呆坐着，没有任何多余的表情。栾廷玉腰部受了挫伤，扈三娘扭伤了脚踝，每次走路会扯到伤处引起疼痛，幸而都是外伤，不足为虑。

仙音阁四女中，骆琪花伤势较为严重，毕竟她肋部的伤势还未痊愈，又再次投入战斗，眼下正坐在地上，喝着禅医配制的汤药。赵元奴、梁红玉和阎凤羽受伤不重，只做了简单的包扎。主上交给她们四人的两个任务，无论是刺杀张叔夜，还是保护张闲，都没能完成，不知回到仙音阁后会面临李师师怎样的处罚，各个怏怏不乐。

　　二龙山群雄集结在演武场北侧，剩下百来号人，除了十多个身受重伤的，其余都是皮肉伤，缝了针后应该没有大碍。至于武松、鲁智深、杨志、孙二娘、张青等头领，虽负了伤，都不严重，也就谢绝了少林禅医的治疗。此时他们关心的并不是自己，而是躺在地上，正被杨采苓施以急救的那个虬髯和尚。

　　晁盖被发现的时候，匕首已贯入胸腔，但尚有鼻息。

　　众僧忙将晁盖抬入寺中，让禅医救治。然而刀刃触及心脏，如果贸然拔出，会引发大出血，面对这样的疑难杂症，群僧束手无策。杨采苓挤开众僧，俯身去检查伤势。其中一名禅医刚想喝止，却被栾廷玉伸手拦阻。禅医不明就里，栾廷玉正色道："她可是药王谷杨介的女儿。"众人一听是神医杨介的女儿，便不再作声，敛声屏气静观她治疗。

　　杨采苓一手触着晁盖的脉搏，一手翻拨开他的眼皮，凝视片刻，秀眉微蹙，奇道："按理说刃锋插得这么深，已伤及心脏，早就一命归西了，怎么还有如此强劲的脉息？"她侧过脸贴在晁盖胸前，谛听了一会儿，惊道："晁天王真乃奇人也！"

　　鲁智深上前一步，心切道："杨姑娘，此话怎讲？"

　　杨采苓踌躇片刻，指着晁盖的胸腔，说道："普通人的心脏在左侧，而晁天王的心脏却生在了右侧。这种体质的人，万中选一，十分稀有。"

先前杨介在泗州行医时，曾从郡守李夷处得到过详细的人体十二经图。原来郡守处决犯人时，会命医师及画工解剖胸腹，察验脏腑，并一一绘制成图。杨介得图后，又加以订正，撰成《存真环中图》。其图绘以人体脏象，杨采苓于此自然相当熟稔。

杨采苓又道："所以刀刃并没有刺入心脏要害，使得晁天王不至于当场殒命。不过要治疗的话，恐怕也没那么简单，把匕首抽出后，必须立刻用草木灰止血，敷以金疮药，而后数十日不能使其见风着水。至于能不能醒来，就要看晁天王的造化了。"

二龙山群雄见晁天王命在俄顷，各个阴沉着脸，不发一言。

"麻烦杨姑娘了，晁天王的命握在你的手里，务必尽力救治！洒家粗人一个，说话直来直去，不知如何道谢，请姑娘原谅则个！"

鲁智深说完，躬身深深一拜。其余几人亦依样葫芦，朝杨采苓拜谢。

"各位不必多礼，以医技普济众生，本就是医者的天职。救治晁天王，小女子定当尽力而为！"杨采苓用绢布拭去手上的鲜血，回头对另外几个禅医说道，"有哪几位师父能协助我完成剖腹术与缝合术？这里风太大，怕会感染伤口，诊治需要在室内完成。"

她话才说完，一个年老的禅医就率先举起手来，而后又有三四个禅医也表示愿意襄助。在杨采苓的指挥下，四个禅医用一块旧木板制成的担架将晁盖拖起，辑志协力抬向后山的禅房。

待禅医走远后，武松走近栾廷玉身边，沉声道："栾兄弟，我们几个也准备回二龙山了。你要不要和我们一起走？"

孙二娘也点头道："是啊，栾教头，不如同我们上山聚义，逍遥自在，岂不美哉？"

鲁智深与张青用力点了点头，目光甚是热切。杨志则双臂抱着槛兽宝刀置于胸前，一副爱理不理的模样。但大伙儿都知道，他只是性情孤介，不太会表达感情而已。

这几日来，栾廷玉与他们朝夕相处，说没有一丝不舍，那是假话。不过梁山尚未覆灭，他还有更重要的事要去做。

"先谢过各位，我还有一点事情要去办。不过我答应你们，待事情办成，一定上二龙山找各位喝酒吃肉！"栾廷玉瞥了一眼身旁的扈三娘，神色略有尴尬，道，"小弟还有一件事想麻烦众位，不知当讲不当讲。"

"既是兄弟，如此婆婆妈妈作甚？说！"鲁智深不耐烦地大叫起来。

栾廷玉苦笑道："扈三娘是小徒未过门的妻子，按理说我身为师父，有保护她的义务。不过将来我要去办的事情，太过凶险，为了三娘的安危，我想请各位带她上山，暂避风头。"

他这句话，令扈三娘勃然变色，喝道："我不去二龙山。"

栾廷玉温言道："待师父办完事后，就来找你们。"言毕大手将扈三娘往前一推，转身便走，口中道："三娘就拜托各位了！"他这一把推的力量甚大，扈三娘一个趔趄，等站定后，栾廷玉早已走远。

她不舍地望向栾廷玉孤身的壮硕背影，见他迈着开阔的大步，在夕阳下慢慢消失，鼻子一酸，泪水竟不争气地流淌下来。

"你一定要回来找我们！"

扈三娘冲着栾廷玉的背影放声大喊，肩膀不住颤抖。

栾廷玉止步，回身，高高举起握拳的右臂，大笑着喊道："君子一言，驷马难追！我一定会来找各位喝酒！"说完便转身离去。

暮光洒在他的项背，金灿灿的一片。

张闲醒来时，只觉得眼皮异常沉重，浑身无力。

他听见耳边传来衣服摩擦的声音，随后是椅脚摩擦地上石板的响声。他睁开眼睛，光线透过上下眼睑的缝隙映入眼球。刺目的光线让他连忙又闭上了眼，过了一会儿，他才尝试着再次睁开眼睛，去适应这耀眼的光芒。他瞧见自己身处一间普通得不能再普通的房屋里。

"小乙哥，你终于醒来啦？"

粗犷低沉的声线在耳边响起。

张闲只记得自己被关胜提上了马背，随后一阵颠簸，震得他五内翻滚。

随后他就失去了意识。

——糟糕！

张闲猛然惊醒，用手撑起整个上半身。但同时又有一张巨大厚实的手掌，按住了他的胸膛。那手臂上竟是粗糙的厚皮，五根手指上布满茧茧。

再看那人的脸，张闲禁不住倒吸一口凉气。

只见一个肤色极黑的巨汉，正咧着嘴对他大笑。如铁刷般的胡须围绕在巨汉的半张黑脸上，双目布满血丝，容貌寝陋之极。

张闲满心惶恐，颤声问道："你是何人？我……我在哪里？"

黑脸巨汉微微一怔，伸出巨掌挠着头，苦思半天，顿然道："是了，小乙哥定是被人打伤了脑袋，记不起事啦！"随即又露出那令人作呕的笑颜，道："俺是铁牛，你咋不认得俺啦？哎呀，你是浪子·燕青，**俺就是黑旋风·李逵！**"

乍一听"李逵"的名字，张闲登时吓得魂飞天外，不禁摇摇欲倒，身子抖得更厉害了。

"这里便是咱们梁山的天书阁！"李逵伸出右掌，捋着短须笑道，"前几日少林寺大战，打得天昏地暗，关大刀救你回来，谁知路上你高烧不退，一路昏迷。幸好有**神医·安道全**那老儿在，全靠他救你性命！"

——这里便是水泊梁山？我竟然到了水泊梁山？

李逵哈哈大笑，拍着手说道："醒来就好，俺瞧你烧也退得差不多了，说明身体并无大碍。你好生躺着歇息，俺去喊安道全老儿来看看，顺道向宋江哥哥报喜！"言毕便一路蹦蹦跳跳、欢天喜地跑出了门外。

空屋中，留着张闲一个人怔怔发愕。

他心下只感到一阵如深渊般无尽的绝望。

更多精彩，敬请期待《水浒猎人3》

《水浒猎人3》
即将出版，精彩预告：

　　得知晁盖仍在人世，原本就对晁盖之死心存疑惑的梁山众人，一时间无所适从。一部分人当即认出了晁盖，一部分人却怀疑是有奸人冒充晁盖，故意挑起梁山纷争。

　　张闲被当作燕青带回梁山之后，逐渐如鱼得水。张闲趁着梁山中的混乱局势，潜入天书阁，逐步窃取梁山的机密，却也受到了吴用的怀疑。吴用几次三番命莲台寺暗中调查张闲，并派黑风亭刺客进行行刺，每次都被张闲在李逵的帮助下，堪堪躲过。

　　为救出张闲，栾廷玉、李师师等人分头谋划潜入梁山，然而等待他们的，却是一个令人难以置信的消息……

　　扫描紫焰二维码，并回复"水浒3"
　　抢先试读《水浒猎人》第三部！